ANNE MEREDITH

ist das Pseudonym von Lucy Beatrice Malleson (1899–1973). Sie war eine hochangesehene britische Krimiautorin und Mitglied des berühmten und exklusiven Detection Club, dem unter anderem Agatha Christie und Dorothy L. Sayers angehörten.

*Anne Meredith*

# DAS GEHEIMNIS DER GRAYS

*Eine weihnachtliche Kriminalgeschichte*

Deutsch von Barbara Heller

*Mit einem Nachwort*
*von Martin Edwards*

KLETT-COTTA

Die Übertragung der Gedichtzeilen erfolgte mit freundlicher Genehmigung von © Bertram Kottmann: https://www.lieder.net/lieder/get_text.html?TextId=108567

MIX
Papier aus verantwortungsvollen Quellen
FSC® C083411

Klett-Cotta
www.klett-cotta.de
Die englische Originalausgabe erschien 1933 unter dem Titel »Portrait of a Murderer. A Christmas Crime Story« by Victor Gollanz, London.

Printed in Germany
Cover: ANZINGER UND RASP Kommunikation GmbH, München unter Verwendung einer Illustration von Dieter Braun Illustration, Hamburg
Gesetzt von Dörlemann Satz, Lemförde
Gedruckt und gebunden von CPI – Clausen & Bosse, Leck
ISBN 978-3-608-98362-3

## INHALT

*Erster Teil* • Heiligabend ........................ 7

*Zweiter Teil* • Hildebrand Grays Tagebuch .......... 59

*Dritter Teil* • Der erste Weihnachtstag .............. 103

*Vierter Teil* • Nach dem Verbrechen ................ 151

*Fünfter Teil* • Das Urteil über euch alle .............. 201

*Sechster Teil* • Zeuge der Verteidigung ............. 229

*Siebter Teil* • Die Lösung ........................ 263

*Epilog* ........................................ 291

*Nachwort von Martin Edwards* ....................... 293

*Erster Teil*

# HEILIGABEND

## 1. ADRIAN

Adrian Gray wurde im Mai 1862 geboren und starb Weihnachten 1931 eines gewaltsamen Todes durch die Hand eines seiner eigenen Kinder. Das Verbrechen geschah aus dem Augenblick heraus, ohne Vorsatz, und der Mörder, noch nicht beunruhigt, geschweige denn verängstigt, stand nur stumm da, starrte ungläubig die Waffe auf dem Tisch an und sah dann zu dem Toten hin, der im Halbdunkel am Fuß der schweren Vorhänge lag.

## 2. DIE GRAYS

Zum Zeitpunkt seines Todes stand Gray in seinem siebzigsten Jahr und hatte sechs lebende Kinder. Ein siebtes war gestorben, vor so langer Zeit, dass die Jüngeren sich kaum noch daran erinnerten. Nur wenn Bitterkeit und Vergeblichkeit des Vaterseins den alternden Mann niederdrückten und er noch stärkeren Überdruss empfand als sonst, fragte er sich, ob der kleine Philip nicht vielleicht zu einem Trost, zu einem Gefährten für ihn herangewachsen wäre. Solche Stimmungen waren jedoch selten; meist dachte er so wenig wie seine Kinder an den Sohn, der vor dreißig Jahren gestorben war.

Zu Weihnachten pflegte er alle seine Verwandten in sein einsames Haus in King's Poplars einzuladen. Mit der Frau eines seiner beiden Söhne und den Ehemännern zweier Töchter waren es neun an der Zahl, mit ihm selbst und Mrs. Alastair Gray, seiner neunzigjährigen Mutter, insgesamt elf Personen. Hinzu kam eine Reihe von Dienstboten, männlichen wie weiblichen.

Wie die Ermittlungen ergaben, stand sich Gray mit keinem seiner Kinder gut, vielmehr hatten einige allen Grund zu wünschen, er wäre ihnen nicht länger im Wege. Sein ältester Sohn Richard war zweiundvierzig, ein ehrgeiziger Mann, verbissen und wild entschlossen, sein Ziel, nämlich Rang und Namen, zu erreichen. Er war kinderlos – ein Umstand, der ihn peinigte und beschämte –, auf der politischen Bühne kein Unbekannter und einige Jahre zuvor in den Adelsstand erhoben worden. Seit etlichen Jahren war er mit Laura Arkwright verheiratet, einer angesehenen Dame der Gesellschaft.

Grays älteste Tochter Amy, das einzige seiner Kinder, das ledig geblieben war, führte ihm den Haushalt, eine kluge, streitbare Vierzigjährige, klein, mit scharfen Gesichtszügen, rötlichem Haar, dünnen Lippen und schmalen Händen.

Seine zweite Tochter Olivia war mit Eustace Moore verheiratet, einem intelligenten, aber skrupellosen Finanzier, dem Gray den Großteil seines Vermögens anvertraut hatte.

Der tote Philip war als Nächster gekommen und nach ihm Isobel. Sie hatte eine glänzende Partie gemacht, doch die Ehe hatte sich als katastrophal erwiesen. Gray war hocherfreut gewesen, als Devereux um die Hand seiner Tochter anhielt.

Der Bewerber war reich, gutaussehend und allseits begehrt. Er stand - nicht ganz zu Unrecht - in dem Ruf, witzig und charmant zu sein, aber er hätte besser eine Frau aus seinen eigenen Kreisen geheiratet, nicht die junge, freiheitsliebende, glühend idealistische Isobel. Nach zwei Jahren hatte sie eingesehen, welche Dummheit sie begangen hatte, doch als sie sich deren Folgen zu entziehen suchte, musste sie feststellen, dass ihr die Hände gebunden waren. Ihr Mann erklärte ihr, dass der Versuch, sich von ihm scheiden zu lassen, ihr nichts als Schimpf und Schande einbringen würde, und sie sah ein, dass er recht hatte. Ein so beliebter Mann konnte an jedem Finger zehn Frauen haben, die bereit waren, ihn zu verteidigen. Isobel hielt es für unwahrscheinlich, dass er sich nicht nach allen Seiten abgesichert hatte, und so harrte sie noch ein weiteres Jahr aus. Dann brachte sie eine Tochter zur Welt, die jedoch nur sieben Monate alt wurde. Sie führte den Tod des Kindes auf eine bestimmte grausame Handlung des Vaters zurück und quälte sich wochenlang mit der Frage, wie sie die Tragödie hätte verhindern können. Schließlich schrieb sie an Gray, schilderte ihm, so gut sie konnte, ihr unerträgliches Leben in London und bat ihn, sie wieder bei sich aufzunehmen. Sowohl er als auch Amy beschworen sie in ihren Antwortbriefen, doch zu bedenken, in was für eine Lage sie sich damit brächte, wie die Leute sich den Mund über sie zerreißen würden und wie demütigend dies alles für sie wäre. Sie äußerten ihr Mitgefühl zum Tod des Kindes, ließen jedoch durchblicken, dass sie ihre Bitte einer aufgewühlten Gemütsverfassung nach dem Verlust zuschrieben, und sprachen hoffnungsvoll von einem »nächsten Mal«. Isobel reagierte nicht darauf, und in King's Poplars hörte man nichts mehr von ihr, bis eines Tages Devereux selbst erschien und vorschlug, Isobel solle nach Hause zurückkehren, sie sei krank, halsstarrig, sie verweigere ihm fortgesetzt seine Rechte und er befürchte eine Verzweiflungstat ihrerseits, einen Selbstmord etwa.

»Und du meinst, für uns sei es angenehmer als für dich, den Skandal im Haus zu haben?«, lautete Grays beißender Kommentar.

Und Amy sagte: »Das Leben ist so schon schwer genug, auch ohne dass man noch ein Maul mehr zu stopfen hat.«

Devereux stellte klar, dass er seiner Frau eine ansehnliche Apanage zahlen würde, sofern sie in King's Poplars blieb, worauf Vater und Schwester augenblicklich einlenkten. Eine Woche später war Isobel wieder da. Die älteren Dienstboten – eine Haushälterin, die die Familie seit vielen Jahren kannte und die ein Jahr später starb, sowie der altgediente Moulton – machten keinen Hehl aus ihrer Erschütterung über Isobels Aussehen. Sie war immer die Selbständige, die Mutige gewesen. Sie hatte sich im benachbarten Marktstädtchen eine Arbeit gesucht, sie war gern allein gewesen, hatte viel gelesen und ihre Ausflüge nach London genossen, und sie war eine häufige Besucherin in Buchhandlungen und Kunstgalerien gewesen. Isobel Devereux aber kam bleich und teilnahmslos zurück, ihrem Vater gegenüber verhielt sie sich unterwürfig, und ihrer Schwester Amy händigte sie widerspruchslos fast alles Geld aus, das ihr Mann ihr zahlte. Als Persönlichkeit wurde sie kaum wahrgenommen, doch sie erledigte zuverlässig jene gelegentlich anfallenden undankbaren häuslichen Pflichten, vor denen andere sich zu drücken pflegten.

Als Nächster kam Hildebrand, benannt nach dem berühmten Kardinal, ein schwieriger, auffallender, gutaussehender

Mann. Er war düster und verschlossen, konnte jedoch unvermittelt aus sich herausgehen und blühte dann schön und unerwartet auf wie eine Blume oder ein Wunder; in der Familie aber blieb er schweigsam und übellaunig. Eigenwillig, starrköpfig und jähzornig, wie er war, hatte er seinem Vater von klein auf Sorgen bereitet, und schon früh hatte er jeden freundschaftlichen Verkehr mit seinen Verwandten abgebrochen, die seine Ideale und Pläne ablehnten und höchst ungnädig auf seine ständigen Bitten um finanzielle Unterstützung reagierten (verständlicherweise unter den gegebenen Umständen). Ihren Bekannten gegenüber erwähnten sie ihn selten, und so fristete er mit der Frau, die er geheiratet hatte, und einem Stall voller freudloser, unansehnlicher Kinder ein kümmerliches Dasein in einem kleinen Haus nahe dem Friedhof von Fulham.

Grays letztes Kind, Ruth, war seit acht Jahren mit Miles Amery verheiratet, einem einst vielversprechenden jungen Anwalt, dessen Karriere bedauerlicherweise nicht hielt, was sie versprochen hatte. Richard wie auch Eustace erzürnten und empörten sich über diesen eigenwilligen Verwandten, dem jeglicher Ehrgeiz zu fehlen schien und der auch gar nicht gewillt war, der Familie, in die er eingeheiratet hatte, Ehre zu machen. Sichtlich zufrieden ging er seinen unbedeutenden Angelegenheiten nach, ohne jemals höher hinaus zu wollen. Für ihn schienen ein bescheidenes Einkommen und ein kleinbürgerliches Haus in einem gediegenen Viertel das höchste der Gefühle zu sein. Fragte man ihn, wie es ihm gehe, bekam man zur Antwort, er erfreue sich bester Gesundheit und habe jede Menge Spaß.

»Spaß!«, rief Eustace mit Grabesstimme, in einem Ton, in

dem Charles Dickens' Chadband »Schnaps!« hätte rufen können, genauso sündhaft fand er das.

»Spaß!«, echote Richard, schockiert über ein in seinen Augen sträfliches Vertun von Chancen. »Was für Spaß?«

Eine gute Frage. Ruth hätte es ihnen sagen können. Es waren das Haus in St. John's Wood, die beiden kleinen Töchter Moira und Pat und ihr ganzes glückliches und erfülltes gemeinsames Leben.

## 3. RICHARD

### I

Am Morgen des vierundzwanzigsten Dezembers 1931, der so tragisch enden sollte, fuhren Richard Gray und seine Frau Laura erster Klasse nach King's Poplars. Nach langem Schweigen ließ Richard die *Times* sinken, hob sein hochmütiges, melancholisches Gesicht und sagte in einem Ton so kalt und glatt wie ein Messingtürgriff: »Laura, vergiss um Gottes willen nicht, wie dein Vater über die Zölle denkt. Es ist von größter Wichtigkeit, dass er sich nicht aufregt, bevor ich Gelegenheit habe, die Lage mit ihm zu erörtern. Du weißt ja, wie er sich bei diesen politischen Meinungsverschiedenheiten ereifert.«

Richard sprach stets so, als hätte er einen Reporter in der Westentasche.

Laura, eine hochgewachsene, hübsche und sehr gut gekleidete Frau, sagte leichthin: »Du kannst dich auf meine Diskretion verlassen. Ich weiß selbst, wie wichtig es ist, dass er sich nicht aufregt. Schließlich liegt mir genauso viel an einem Titel wie dir daran, mir einen zu kaufen.«

Richard runzelte die Stirn und wandte sich wieder seiner Zeitung zu. Er fand die Äußerung seiner Frau geschmacklos. Laura war eine seiner weniger profitablen Investitionen. Als junger Mann, noch vor Abschluss seines Studiums, hatte er beschlossen, sein Leben zu einem Erfolg zu machen. Er hatte hart gearbeitet und sich einen großen Bekanntenkreis zugelegt, er war gereist und hatte sehr viel gelesen, hatte sich beigebracht, Golf zu mögen, und nasse Nachmittage lang einem Ball nachgeschaut, der unentwegt über glitschigen Rasen geschlagen wurde; in gewissen Kreisen hatte er sogar Geld bei Pferdewetten verloren. Mit dem Ergebnis, dass er sich innerhalb von zehn Jahren einen Ruf erworben hatte. Er hatte eine politische Karriere in Angriff genommen und wurde schon bald mit Ehrungen überhäuft. Stolzgeschwellt und voller Ehrgeiz erweiterte er seinen Bekanntenkreis, und mit dreißig lernte er Laura Arkwright kennen. Sie war drei Jahre jünger als er, hübsch, eine gute Partie, sie hatte eine einflussreiche Verwandtschaft, war gebildet, weltläufig und eine bekannte Amateurpianistin. Mit einem Wort: Sie war in jeder Hinsicht die passende Ehefrau für einen aufstrebenden Parlamentarier.

Richard, hochzufrieden mit seinem Weitblick, erwartete sich von diesem neuen Fühler, den er ausgestreckt hatte, eine Bereicherung seines Lebens. Doch er wurde in fast jeder Hinsicht bitter enttäuscht. Das Vermögen seiner Frau schmolz durch unkluge Spekulation weitgehend dahin. Schon recht bald nach der Heirat gab sie ihr Klavierspiel auf, aus dem erstaunlichen Grund, dass sie etwas gegen kommerzielle Kunst habe. Darüber sann Richard einige Zeit nach – er war schon genau wie sein Vater –, dann trieben ihn Kränkung und Neugier dazu, sie zu fragen, was sie damit meine. Sie meine, antwortete Laura obenhin, dass sie seinen Freunden nicht mehr vorspielen wolle und dass ihr schon immer die schönen Hunde leidgetan hätten, die bei Wettbewerben zur Schau gestellt würden – auch dies eine kryptische, absurde Äußerung, die Richard nicht verstand. Doch er hatte genug davon, um Erklärungen zu bitten, und griff zu anderen Mitteln, um sein Missfallen kundzutun.

Seine größte Enttäuschung aber war, dass keine Kinder kamen. Er hatte Söhne gewollt, später vielleicht eine Tochter oder zwei, denn Töchter, obwohl an sich nichts Besonderes, konnten ihrem Vater durch Heirat vorteilhafte Verbindungen verschaffen. Doch Richard und Laura hatten nie die Ängste und Hoffnungen junger Paare erlebt. Richard gab natürlich seiner Frau die Schuld; manchmal, in vertrauter männlicher Runde, wenn er sich hinreichend verletzt fühlte, bekannte er, dass sie frigide sei. Es überraschte ihn immer wieder, wie viele wichtige Leute Wert darauf legten, mit ihr in Kontakt zu bleiben, auch noch, nachdem sie ihr Vermögen verloren hatte; er vermutete jedoch, sie seien sich darüber im Klaren, dass Laura mit einem Mann verheiratet war, der ihnen eines Tages sehr nützlich werden konnte.

Laura meinte verächtlich, es sei kein Wunder, dass sie keine Kinder hätten, ein Mann wie Richard könne das auch nicht erwarten; so geizig, wie er sei, würde er ihnen schon ihr bloßes Leben missgönnen.

Nach drei Jahren hasste sie ihn. Nachdem er eingesehen hatte, dass sie höchstwahrscheinlich nie Kinder bekommen würden, hatte er zunächst demonstrativ den Beleidigten gespielt. Später jedoch nahm sein Groll subtilere Formen an. Er fuhr fort, seine Frau mit Schmuck, schönen Kleidern und Pelzen zu überhäufen, und Laura sagte bitter: »Er versieht mich mit seinem Markenzeichen, damit ich ihm nicht abhandenkommen kann.« Andere Frauen meinten neidvoll: »Herrlich muss das sein, einen Mann wie Richard Gray zu haben! Seine Frau rührt keinen Finger für ihn, und trotzdem ist er der großzügigste Ehemann der Welt. Ein Glück haben manche Frauen!« Das hatte Richard schlauerweise auch beabsichtigt, wie Laura wusste – es war eine neue Methode, sie zu demütigen. Zu allem Übel hatten auch ihre Verwandten seine Erwartungen nicht erfüllt und sich eher als peinlich denn als nützlich entpuppt. Sie hatten sich einem fortschrittlichen Radikalismus verschrieben, der Richard abstieß und entsetzte; er vertrat den Standpunkt, dass eine Klasse, die seit Jahrhunderten Macht und Land in Händen hielt, eben damit ihre Regierungsfähigkeit bewies.

Laura gab sich nach außen hin heiter und lebhaft, war in Wirklichkeit aber todunglücklich. Das lag zum Teil an der demütigenden Erkenntnis, dass sie nicht einmal mit ihrem Küchenmädchen mithalten konnte, das vor kurzem mit erstaunlicher Gelassenheit und ohne Trauschein Zwillinge zur Welt gebracht hatte. Noch mehr aber war ihr Unglück dem tristen, sinnlosen Leben geschuldet, das sie mit ihrem Mann führte. Von Natur aus eher leichtsinnig und impulsiv, hatte sie sich einen kühlen, geschliffenen Habitus zugelegt, der einer gleichgültigen Welt mit offenem Zynismus begegnete. Im Grunde ihres Herzens verabscheute sie die zahllosen politischen Ränkespiele, die ihr Mann ins Werk setzte und deren Lohn sie verachtete. Zudem war sie unsterblich in einen Mann verliebt, der sich wie Richard hauptsächlich für seine beruflichen Erfolge interessierte und sie seinerseits demütigte, indem er sie höchst feige immer wieder beschwor, vorsichtig zu sein, damit nur ja nicht die wahre Natur ihrer Beziehung ans Licht kam. Manchmal hatte sie mit dem Gedanken gespielt, Richard um die Scheidung zu bitten, aber im Grunde kannte sie beide Männer zu gut, um darauf hoffen zu können, dass sie ihr zuliebe auch nur ein Jota von ihren Zielen abrücken würden.

Sie wusste um Richards missliche Lage. Seit einiger Zeit strebte er mit verzehrender Leidenschaft nach der Peerswürde, was sie zutiefst anwiderte. Das Ausmaß an Emotionen, das er an das Erreichen dieses lächerlichen Ziels verschwendete, stieß sie mehr ab als die damit verbundenen Kosten. Er hatte diesen Schritt ursprünglich gar nicht in Betracht gezogen, aber dann hatte er jemanden aus seinem Club, der nicht ganz so versnobt war wie er, zu einem Nachbarn sagen hören: »Was in aller Welt nützt ein Titel einem Burschen wie Gray? Er hat ja niemanden, dem er ihn vererben könnte«, und seitdem hatte er sich vollends darauf versteift. Ein Titel würde ihm auf jeden Fall Ansehen und Beachtung verschaffen, wenn schon nicht bei der Nachwelt, so doch zumindest bei den Zeitgenossen. Inzwischen war das zur fixen Idee geworden und verleitete ihn sogar zu unverantwortlichem Handeln. Nicht nur die Peerswürde begehrte er, sondern auch ein bestimmtes Amt, für das, so glaubte er, die Peerswürde Voraussetzung war. Es gab noch einen Mitbewerber, einen Mann, der in vieler Hinsicht besser dastand als er, und dem verbissenen Kopf-an-Kopf-Rennen mit ihm widmete sich Richard ohne Rücksicht auf Verluste. Das war mit Ausgaben verbunden, die seine Möglichkeiten weit überstiegen, und er war bereits Verpflichtungen eingegangen, denen er nicht nachzukommen vermochte. Der Mann, den er von sich überzeugen musste, ein gewisser F., war ein strenger Nonkonformist, der es mit Sicherheit missbilligen würde, wenn sein Kandidat sich kopfüber in Schulden stürzte. Kamen ihm Richards finanzielle Nöte zu Ohren, war womöglich alle Hoffnung auf Titel und politischen Aufstieg dahin.

Das Geld, so glaubte er, war gut angelegt. Einen Teil hatte er für wohltätige Zwecke ausgegeben: Er hatte ein Bett für ein etwas obskures Krankenhaus in F.s Wahlkreis gestiftet, eine hübsche Summe hatte er in einen Arbeitslosenfonds eingezahlt, der gerade ins Leben gerufen wurde, und er hatte mehreren Stiftungen für Bedürftige Spenden zukommen lassen. So weit, so gut, selbst aus F.s Sicht. Weitaus höher waren jedoch die Summen, die er für Bewirtung, teure Weine und exotische Früchte aufwandte, hinreißende Kleider und glitzernde Juwelen für Laura, ein Automobil, das in mehreren Klatschblättern abgebildet wurde, und teure Plätze bei gesellschaftlichen Ereignissen - alles, um den Eindruck zu erwecken, es fehle etwas, wenn Richard Gray nicht dabei war. Und als wäre es nicht schon lästig genug, von kurzsichtigen Gläubigern bedrängt zu werden, die in Verkennung der Lage nicht sahen, welcher Lohn ihrer Geduld winkte, war da auch noch die Affäre mit Greta Hazell.

Miss Hazell war eine auffallende junge Schönheit südländischen Typs, heißblütig, hinreißend und, ja, sehr kostspielig. Wie kostspielig, das dämmerte Richard gerade erst. Er hatte sich, was seine Frau anging, für großzügig, wenn nicht gar waghalsig verschwenderisch gehalten, doch Greta zeigte ihm, dass eine Geliebte sich auch ohne solche Zurschaustellung als genauso teuer erweisen konnte. Hier lag, auch wenn er es niemals zugegeben hätte, die Wurzel seiner Geldverlegenheit, die ihn Tag und Nacht verdross. Alles andere hätte er hingenommen, aber dies machte die Last unerträglich. Die fragliche Dame, die eine Nase für Geschäfte und auch Erfahrung damit hatte, erpresste ihn um eine aberwitzige Summe. Als er protestierte, sagte sie: »Es wäre dir gar nicht recht, mein lieber Richard, wenn unsere Beziehung publik würde. Wohingegen mir das überhaupt nichts ausmachen würde. Im Gegenteil, da du ja neuerdings sehr im Rampenlicht stehst, wäre es sogar gut für mich. Die Frau, die Richard Gray verführt hat.« Und sie lachte.

Er sah sie stumm an. Selbst jetzt, bei aller Wut und Ernüchterung, konnte er nicht umhin, ihren Liebreiz wahrzunehmen. Gewiss, er hatte sie zu einem ungünstigen Zeitpunkt kennengelernt. Er hatte an einer Herrengesellschaft teilgenommen, deren Ehrengast ein berühmter Romancier gewesen war, der sich sehr freimütig äußerte und dessen Bücher selbst Richard gelesen hatte. Die Stunden vergingen, der Einfluss dieses Herrn und des ausgezeichneten Weins löste mehreren Gästen die Zunge, und Richard gelangte zu der schockierenden Erkenntnis, dass für Geld ein Vergnügen zu haben war, das er noch nicht kannte. Die maßvollen Freuden, die er mit seiner Braut genossen hatte, waren nichts im Vergleich zu dem, was einige der Anwesenden hinter vorgehaltener Hand schilderten. Offenbar gab es da einen geheimen Quell der Lust, aus dem andere Männer tranken, er aber nicht.

Seine eheliche Treue war eine Frage der Zweckmäßigkeit

und der freien Entscheidung gewesen. Er fühlte sich keiner Moral verpflichtet, war aber nie in Versuchung geraten, Laura zu betrügen, und außerdem zu sehr damit beschäftigt gewesen, anderweitig Trophäen zu sammeln. Doch das Gespräch hatte seine Eigenliebe angefacht. Diese Männer waren weniger wohlhabend und weniger intelligent, sie verfügten über weniger gute Beziehungen und waren in jeder Hinsicht weniger brillant als er - und doch erschienen sie ihm jetzt reicher. Seine Sicht der Dinge war einseitig gewesen; er hatte nur die Arbeit im Kopf gehabt und nie an privaten Ausgleich gedacht. Ungewöhnlich aufgewühlt machte er sich auf den Nachhauseweg, darauf gefasst, dass seine Frau nicht auf ihn eingehen würde. Die Umstände erwiesen sich als günstig. Sie hatte am Nachmittag ein höchst unbefriedigendes Gespräch mit ihrem Liebhaber geführt und daher gründlich die Nase voll von den Männern, ihren Ausflüchten und Beteuerungen. Daher wandte sie sich ab, als Richard zu ihr trat, ihren Arm fasste und ihn besitzergreifend streichelte. Er war ob dieser Demonstration ehelicher Kälte jedoch eher erfreut. Drei Tage später traf er sich mit Greta Hazell, zwei Wochen darauf hatte er in der Shaftesbury Avenue eine hübsche kleine Wohnung für sie gemietet - erst später stellte er fest, dass die Miete dreihundertzwanzig Pfund im Jahr betrug -, und er kaufte ihr, wonach immer ihr gerade der Sinn stand. Nach einigen Monaten merkte er, dass er keineswegs der einzige Besucher in der Wohnung war. Der Untreue bezichtigt, lachte Greta dreist. Ob er geglaubt habe, ihr Leben sei allein seinem Vergnügen vorbehalten, fragte sie. Richard war wie vor den Kopf geschlagen. Etwas, das er gekauft hatte, entzog sich ihm. Das war unerträglich. Augenblicklich beschloss er, die Beziehung zu beenden und diese verachtenswerte Person nie wiederzusehen. Da nannte sie ihre Bedingungen. Sie waren niederschmetternd. Anfangs nahm er sie nicht ernst; bestimmt machte sie sich – in geschmacklosester Weise – über ihn lustig. Doch die Ernüchterung folgte auf dem Fuße. Er konnte nichts tun. Sie hatte ihn in der Hand, und in seiner derzeitigen Lage wäre es gefährlich gewesen, sie sich zur Feindin zu machen. Woher wusste sie so genau Bescheid? Dass unter ihren Besuchern ein politischer Gegner von ihm sein konnte, kam ihm nicht in den Sinn.

So also war die Lage an Heiligabend. Er hatte ihre Forderungen noch nicht erfüllt, sah sich gar nicht dazu imstande, war sich aber darüber im Klaren, dass er die Zahlung nicht länger hinausschieben konnte. Wohl oder übel musste er seine Gefühle hintanstellen und seinen Vater irgendwie dazu bringen, ihm zu helfen. Als Erstes musste er Greta ausbezahlen – die in dem Ruf stand, einen abgelegten Liebhaber oder einen, der sie seinerseits ablegte, nie wieder heimzusuchen –, dann musste er genug Geld beschaffen, um sich die penetranteren Gläubiger so lange vom Leib zu halten, bis er sein Ziel erreicht hatte. Das war eine schwierige Aufgabe. Adrian Gray hatte seinem Sohn, als er in den Adelsstand erhoben wurde, nur widerwillig gratuliert. Richard fand, er hatte alles andere als angemessen reagiert, als er mit gespielter Herzlichkeit sagte: »Ganz wie es dir beliebt, Richard, versteht sich. Zu meiner Zeit hat es genügt, Gentleman zu sein. Wir haben auf diese schicken Titel und die Buchstaben hinter unserem Namen keinen Wert gelegt.« Eine Generation zuvor sei der Gentleman noch etwas Vornehmeres gewesen, fügte er hinzu. Nichtsdestotrotz bereitete es ihm eine gewisse Genugtuung, »Mein Sohn, Lord Soundso« zu sagen, auch wenn er möglicherweise der Meinung war, dieses Prestige sei seinen Preis nicht wert. Seine eigenen Geschäfte gingen schlechter, als ihm klar war. Richard wusste das, und er hielt es für unwahrscheinlich, dass Eustace ihn über den wahren Stand der Dinge aufgeklärt hatte. Umso erpichter war er darauf, seinem Schwager zuvorzukommen und als Erster mit seinem Vater zu sprechen. Hatte Eustace erst einmal Farbe bekannt, bestand für beide keine Aussicht mehr, dass Adrian ihnen half. Und was Brand anging - den konnte man schlicht vergessen. Er war ein unbedeutender Mensch von keinerlei Einfluss, einer, wie ihn selbst ein Peer in seiner Verwandtschaft haben kann - was bei einem bloßen Ritter freilich alles andere als empfehlenswert ist. Eustaces Spekulationen waren Dauerthema von Klatsch und Tratsch in Richards Kreisen; man war der Meinung, der Mann werde in Kürze am Ende sein und könne von Glück sagen, wenn er nicht ins Gefängnis komme. Wettliebhaber hätten allerdings im Falle eines Zweikampfs zwischen ihm und Richard hoch auf Eustace gesetzt, etwa fünfzig zu eins. Richard spürte, dass seine einzige Chance, mochte sie auch noch so gering sein, darin bestand, als Erster zur Stelle zu sein.

Amtsgeschäfte hatten ihn jedoch bis zum Abend des Dreiundzwanzigsten in der Stadt festgehalten, und dann war es zu spät gewesen, um noch die umständliche und beschwerliche Fahrt nach King's Poplars anzutreten. Er hatte sich entschlossen, den Zug zu nehmen, der ihn nichts kostete. Als Bittsteller in seiner vielgerühmten chromblitzenden Karosse vorzufahren hätte Gray verprellt und Eustace Gelegenheit gegeben, mit spöttischem Finger auf ihn zu zeigen.

»Warum stößt er den Wagen nicht ab, wenn er so klamm ist?«, hätte er gefragt. Und zweifellos hätte Gray sich auch ohne diesen Souffleur dieselbe Frage gestellt.

Überdies war das Auto eines jener Luxusgüter, die er noch nicht bezahlt hatte, sodass es ihm sicherer erschien, es in der Garage zu lassen. Im Bahnhof London Bridge hielt er nervös Ausschau nach Eustace, obgleich sein Schwager höchstwahrscheinlich mit dem Auto fahren würde. Eustace war weder auf dem Bahnsteig noch im Zug zu sehen, und Richard musste sich bis King's Poplars in Geduld üben. Kurz bevor der Zug dort einfuhr, richtete er unvermittelt das Wort an Laura.

»Mein Vater hat offenbar einen sehr beunruhigenden Brief von Brand erhalten«, sagte er kühl. »Er bittet wieder einmal um Geld.«

Laura zog ihre reizvollen Brauen hoch. »Da sitzen wir ja zur Abwechslung mal im selben Boot.«

Richard war wütend. Es war widerwärtig. Ihn mit einem ärmlichen kleinen Angestellten zu vergleichen, der eine Frau mit einer grauenvollen Vergangenheit am Hals hatte, in einem heruntergekommenen Viertel von London lebte und in seiner freien Zeit mit einem Malkasten herumstümperte – so etwas tat allenfalls ein Lakai. Einen feinen Verwandten würde Brand künftig für seine Lordschaft abgeben.

Endlich angekommen, erfuhr er, dass im Moment kein Fahrzeug zur Verfügung stand, und bekundete seinen Ärger auf eine Weise, die Laura abstieß. Sein würdeloser Zorn auf den Stationsvorsteher verursachte ihr leichte Übelkeit, und sie dachte: »Warum in aller Welt habe ich das getan? Was habe ich geglaubt, was einmal aus ihm wird? Niemand hat Druck auf mich ausgeübt. Ich war unabhängig, ich hatte Geld und eine Familie, die ich liebe. Was habe ich nur in ihm gesehen? Und wer von uns beiden hat sich so sehr verändert?«

In den Augen des Stationsvorstehers wirkte Lady Gray stets damenhaft, ruhig und stolz, das schöne rote Haar, das sie nie schneiden ließ, unter dem modischen Hut gerade noch sichtbar. Endlich fand sich ein Taxi, und sie fuhren zum Herrenhaus, Richard in fiebriger Unruhe, Laura angewidert und gelangweilt. Der erste, dem sie über den Weg liefen, war Eustace, der mit kalter, mürrischer Miene durch den Park streifte.

»Hast du meinen Vater gesehen?«, fragte Richard höflich. Eustace bejahte und meinte, der alte Mann mache keinen sehr gesunden Eindruck. Er habe von einem schwachen Herzen gesprochen; ob Richard etwas darüber wisse? Richard verneinte entschieden, stürmte unter Missachtung deutlicher Zeichen, die Eustace und Amy ihm gaben – für Amy hatte er in der Eile kaum einen Gruß übrig –, in die Bibliothek und sprudelte seinen Bericht über seine Lage hervor.

Adrian reagierte alles andere als teilnahmsvoll. »Du kannst dir deinen Titel an den Hut stecken«, schnaubte er. »Ich bin ruiniert, sagt Eustace. Ruiniert. Daran ist allein dieser Mensch schuld, dieser Gauner, dieser schmierige Kerl, der nicht mal ein Gentleman ist. Was Olivia an dem gefunden hat, ist mir ein Rätsel. So eine gestandene Frau, und lässt sich mit dieser Ratte ein.«

Richard, bestrebt, das Beste aus der beklagenswerten Angelegenheit zu machen, antwortete rasch: »Ich fand Eustace noch nie sehr vertrauenswürdig. Er wirft anderer Leute Geld aus dem Fenster.«

Gray funkelte ihn zornig an. »Wenn du dir da so sicher warst, warum hast du mich dann nicht gewarnt? Du wusstest doch, dass der Großteil meines Kapitals in seinen Geschäften steckt.«

Richard glich einem Mann, der sich verzweifelt müht, ein durchgehendes Pferd zu zügeln. Er war weiß im Gesicht, vor Zorn und von der Anstrengung, ihn zu unterdrücken; seine Stimme klang unnatürlich hoch, und er sprach hastig, als könne er seiner Wut und Enttäuschung gar nicht schnell genug Luft machen. »Wie sollten wir dich denn warnen? Du hast ja auf niemanden gehört. Du warst doch überzeugt, dass du in Gelddingen mutiger bist als jeder andere. Ständig hast du uns was von hohen Dividenden und gewagten Investitionen erzählt. Solide Unternehmen haben nicht mal fünf Prozent gezahlt, da hättest du dir doch denken können, dass du bei sage und schreibe vierzehn Prozent ein Risiko eingehst oder dich außerhalb der Legalität bewegst. Wir haben dir Vorhaltungen gemacht, Miles genauso wie ich. Und hast du auf uns gehört? Nein. Ich war für dich ein halbseidener Politiker, der sich nur die Taschen füllen will, und Miles ein Anwalt, der hofft, von beiden Seiten zu profitieren.«

»Miles ...«, begann Gray unsicher, doch sein Sohn schnitt ihm das Wort ab.

»Miles ist Anwalt, so wie Eustace Finanzier ist; keiner von beiden macht einen Finger krumm, sofern er nicht dafür bezahlt wird. Warum auch? Du hättest nur ein paar Erkundigungen einziehen müssen, dann hättest du gewusst, was los ist. Du kannst jeden in der City fragen, was für einen Ruf Eustace genießt. Die Antwort bekommst du mit einem einzigen Wort. Du hast gewusst, dass er immer Geld in der Tasche hatte, obwohl er keinen Beruf ausübt wie wir anderen. Hast du dich je gefragt, wo das Geld herkam? Aus anderer Leute

Taschen kam es, und die wollten es genauso wenig verlieren wie du. Jetzt will er wahrscheinlich noch mehr …«

»Kriegt er aber nicht, keinen Penny. Ich hab's nicht. Und für dich hab ich auch nichts. Du kaufst die Peerswürde ja nicht, um mir eine Freude zu machen. Sie ist ein teurer Luxus, zumal du keinen Sohn hast, dem du sie vererben könntest.«

»Noch nicht«, sagte Richard mit belegter Stimme.

»Noch nicht?« Sein Vater starrte ihn an. »Du meinst, Laura ist nach all den Jahren …?« Angesichts der möglichen Schmach seines Sohnes schlug er augenblicklich einen verbindlichen Ton an. »Mein lieber Junge, gibt dir das nicht zu denken?«

»Ich rede doch nicht von so etwas!«, rief Richard wütend. »Laura wird keine Kinder bekommen, so wenig, wie sie mich jemals betrügen wird. Eine Frau wie sie mag zwar nicht gerade ideal sein für einen normalen Mann, aber sie kennt ihre Pflichten, und eine davon besteht darin, mir keine Hörner aufzusetzen.« Sein Zorn machte ihn grob und bitter.

»Wovon redest du dann? Laura ist doch kerngesund, oder nicht?«

»Doch, schon, soviel ich weiß, abgesehen von ihrem bedauerlichen Unvermögen, mir Kinder zu schenken.«

»Du baust doch Luftschlösser, wenn du unter diesen Umständen noch mit einem Erben rechnest. Und du wirst doch wohl nicht Brands Sohn zuliebe uns beide, dich selbst und mich ruinieren wollen?«

Richard gab ihm eine unflätige Antwort. Nachdem er gegangen war, tat sein zutiefst aufgewühlter Vater etwas Seltsames. Er schickte nach Miles Amery, seinem zweiten Schwiegersohn, und sagte: »Siehst du Richard eigentlich öfter, wenn ihr beide in der Stadt seid? Er scheint mir in einer ganz merkwürdigen Verfassung zu sein.«

»Er will hoch hinaus«, antwortete Amery, ein großer schlanker, leicht gebeugter Mann in einem salz- und pfefferfarbenen Anzug und mit freundlichen grauen Augen hinter dem randlosen Kneifer. »Das strapaziert die Nerven.«

»So wie er sich eben hier verhalten hat, würde ich sagen, er steht kurz vor einem Zusammenbruch. Hast du irgendeinen Einfluss auf ihn?«

Miles schüttelte den Kopf. »Wir kennen uns kaum. Wir haben nichts gemeinsam, verstehst du, und ich bezweifle, dass wir uns auch nur in einem einzigen Punkt einig wären.«

»Normalerweise ist er ja eher schweigsam, aber heute redet er wie ein Wasserfall und mit einer Heftigkeit, dass ich das Gefühl habe, es geht ihm nicht gut. Laura habe ich noch nicht gesehen. Wie wirkt sie auf dich?«

»Bei Laura käme man nie auf die Idee, dass irgendetwas sie beunruhigt oder bekümmert. Man müsste schon sehr vertraut mit ihr sein, viel vertrauter, als es Ruth oder mir beschieden ist, um zu wissen, was sie fühlt oder denkt. Vom Äußeren her war sie immer die hinreißendste Frau, die ich je gesehen habe!«

»Hoffentlich ist alles in Ordnung«, sagte Gray nervös. »Nach meinem Eindruck war er in einer Stimmung, in der ihm alles zuzutrauen ist. Außerdem – ganz unter uns (du bekommst ja viel Vertrauliches zu hören, Miles, und ich sage das vollkommen unvoreingenommen) –, außerdem glaube ich, dass er eine regelrechte Abneigung gegen Laura entwickelt hat. Er hat sogar die Möglichkeit einer späteren zweiten

Heirat angedeutet. Und dabei denkt er mit Sicherheit nicht an Scheidung.«

Miles schien besorgt. »Glaubst du im Ernst, es könnte für Laura gefährlich werden, bei ihm zu bleiben? Das ist ein sehr schwerwiegender Vorwurf.«

»Ich werfe ihm gar nichts vor. Ihr Anwälte wollt immer ein Ende mit Schrecken. Davon lebt ihr.«

»Wir sind auch nur Menschen und müssen wie alle anderen sehen, wo wir bleiben«, erklärte Miles ruhig.

»Ich sage ja nur, dass Richard mir unausgeglichen vorkommt. Denk nur an die enormen Kosten und den Aufwand, den er betreibt, um diesen Titel zu bekommen. Würde er so etwas tun, nur damit Brands Sohn den Titel später erbt? Richard ist doch sonst so verschlossen. So wie heute habe ich ihn noch nie erlebt; in seiner momentanen Stimmung ist er womöglich zu jeder Ungeheuerlichkeit fähig.«

»Könntest du ihn überreden, zum Arzt zu gehen?«, fragte Miles.

»Er würde nicht auf mich hören, egal, was ich sage. Aber vielleicht auf dich ...«

Miles sah bedenklich drein und sagte, er werde es versuchen, verspreche sich aber nicht viel davon.

## II

Unterdessen berichtete Richard einer desinteressierten Laura wutschnaubend vom Ausgang des Gesprächs. Als er geendet hatte, fragte sie nachdenklich und unablässig den prächtigen Marquisering an ihrem Finger drehend: »Meinst du, das war sein letztes Wort?«

»Ich denke, er hat bewusst oder unbewusst die Wahrheit gesagt, als er erklärt hat, er besitzt keinen Penny mehr. Er ist am Ende, wenn man dem Klatsch in der City glauben darf. Eustace ebenso und wir auch. Es ist das Ende jahrelanger Mühen und Bestrebungen. Ich habe alles meiner Karriere untergeordnet, und das habe ich nun davon. Ich verliere alles, meine Gesundheit, meine Position, mein Geld, meine Sicherheit, meine Freiheit – alles weg, in einer einzigen Stunde.«

»Es ist schon zum Lachen, dass wir das nicht früher gemerkt haben«, lautete Lauras überraschende Antwort.

»Nicht gemerkt …?«

»Ich meine, dass all unsere Mühe, es zu Wohlstand zu bringen, schlicht umsonst gewesen sein kann. Wäre es um etwas anderes gegangen, etwas Stabileres, Lohnenderes, dann hätten wir zwar genauso scheitern können, aber wir müssten uns nicht eingestehen, dass wir alles verloren haben. Wir hätten immer noch die Freude an unserer Arbeit und das Vergnügen, Gleichgesinnte kennenzulernen. Aber so haben wir gar nichts mehr. Nur Zeit. Davon haben wir zum Glück noch eine ganze Menge.«

Richard starrte sie an. »Zeit?«, wiederholte er benommen.

»Ja. Um etwas anderes anzufangen. Wenn es stimmt, was du sagst, dann bedeutet das Aufsehen, Bloßstellung – du wirst in Ungnade fallen, und wir müssen etwas anderes anfangen. Lass uns nächstes Mal etwas Besseres wählen.«

Richard brauchte eine Weile, bis er begriff, was sie meinte. »Bloßstellung?«, rief er. »Würdest du es bitte unterlassen, so zu reden, als wäre ich ein gemeiner Dieb? Ich bin nicht Eustace. Für ihn kann öffentliches Aufsehen durchaus eine kriminelle Art von Ruin bedeuten. Aber ich habe nichts Ungesetzliches getan.«

»Entschuldige. Ich habe dich missverstanden. Aber du bestreitest zumindest nicht, dass du der Peerswürde Lebewohl sagen musst. Wenn die Affäre Eustace, wie du sagst, demnächst Schlagzeilen in den Sonntagsblättern macht, dann fällt dabei mit Sicherheit auch dein Name. Und der deines Vaters. Auch wenn du nichts mit ihm zu tun hattest – in den Schlagzeilen wird man sich mit einem schlichten ›Finanzier‹ nicht begnügen. Da wird groß und breit ›Schwager des bekannten Parlamentariers‹ oder Ähnliches stehen.«

»Es bekümmert dich ja ungemein, dass meine Hoffnungen zunichte sind«, sagte Richard vorwurfsvoll.

»Nicht besonders«, gab sie ungerührt zu. »Aber, Richard, ich wünschte, du könntest die Sache mit mehr Abstand betrachten, könntest sehen, wie unwichtig das alles ist. Was so leicht in Stücke gehen kann, wird nie zu etwas Festem, für das es sich lohnt, sein ganzes Leben daran zu verschwenden. Es beruht einzig und allein auf Geld, und Geld ist stärker dem Zufall unterworfen als irgendetwas sonst. Arbeit, Idealismus und hohe Ziele spielen da keine Rolle, es ist die pure Vergeudung von Leben. Ich bin froh, dass ich jetzt Gelegenheit habe, die Wahrheit zu erkennen. Es gibt so viele Dinge, die wir gar nicht in Betracht gezogen haben, Dinge, die schon an sich befriedigend sind, unabhängig von irgendwelchen Belohnungen.«

Mit einer Leidenschaft, die Richard befremdete und die er in diesem Zusammenhang nicht zu billigen vermochte, wandte sie sich ihm zu, und es war, als hätte sie einen Sprung in ein neues Leben getan, in eine Farbigkeit, Vitalität und

Heiterkeit, die er zwölf Jahre lang nicht mit ihr in Verbindung gebracht hatte. Genauso gut hätte ein toter Ast vor seinen Augen grüne Triebe hervorbringen können.

»Was für Dinge meinst du?«, rief er matt, durch ihren Elan aller Energie beraubt.

Sie standen ihr deutlich vor Augen: die Hoffnungen, die sie als junges Mädchen gehegt hatte, die hochgesteckten Ziele der Jugend – schon die Erinnerung daran ließ sie innerlich strahlen und erfrischte sie, obgleich sie sich bereits den mittleren Jahren näherte und die Jugend längst hinter sich gelassen hatte. Sie errötete vor reiner Freude beim Gedanken daran und fühlte sich angeregt und belebt, wie sie es in den vorsichtigen, farblosen Jahren ihres Ehefrauendaseins nie gekannt hatte.

Sie war verblüfft, als Richard plötzlich wieder mit einer seiner überaus gravitätischen und abweisenden Missfallensäußerungen in ihre Gedanken einbrach.

»Für einen Mann, der in der Öffentlichkeit steht, ist es nicht von Vorteil, wenn seine Frau sich so gar nicht für seine Ziele interessiert.«

»Das ist nicht unbedingt das Problem, Richard, sie sind nur all der Mühe und Energie nicht wert. Ist es nicht demütigend für dich, ihnen so viel Aufmerksamkeit zu widmen?«

Richard sah sie unverwandt an. Seine Hand spielte mit einem Buch, das er vom Tisch genommen hatte. Wenn er wütend war, erschienen seine Augen seltsamerweise viel heller als gewöhnlich. Jetzt waren sie fast farblos.

»Ich verstehe. Und trotzdem, so verachtenswert du es auch finden magst: Ich habe nicht vor, meine Position so ohne weiteres aufzugeben. Ich hatte einmal gehofft, deine Brüder würden es für geboten halten, ihren Einfluss geltend zu machen, aber leider haben sie ihre Chance verpasst. Man muss sie als verlorenen Haufen ansehen – oder nicht einmal das.«

»Allerdings«, stimmte Laura zu. »Alastair findet, man sollte nicht durch Begünstigung weiterkommen, der Meinung war er schon, bevor er seine politischen Ansichten geändert hat. Und Philip wäre genauso wenig eine Hilfe.«

Sie trat an den Frisiertisch, nahm eine silbergefasste Bürste und glättete eine Haarsträhne, die sich gelöst hatte. Verwunderung erfüllte sie. War es das, was sich hinter all der Gewichtigkeit und Würde verbarg, dieser kindische Kampf um Rang und Namen? Bestand Richards Rüstung wirklich nur aus Silberpapier und Pappe? Für Laura war das Leben eine weit hingestreckte Landschaft, ohne Mauern, ohne ein behagliches Haus mit Türen, die man abschließen konnte, damit der Pilger darin blieb. Richard aber wollte es zu etwas Sicherem, eng Begrenztem, Ausschließendem machen. Die absurde Leidenschaft seiner letzten Worte hing noch in der Luft, betäubte ihre Ohren und lähmte ihr Herz. Er hatte es ernst gemeint. Man hätte Mitleid empfinden sollen, nicht diesen kalten Ekel. Ihm war das alles so wichtig.

## 4. OLIVIA

### I

Eustace Moore, der Mann, den Olivia Gray geheiratet hatte, wurde von vielen ein Lump genannt, aber er war ein so bewundernswert diskreter Lump, dass man gemeinhin über diese Besonderheit hinwegsah. Er war ein Mensch mit einem ausgedehnten Bekanntenkreis. Betrat er ein öffentliches Gebäude – ein Restaurant, einen Vortragssaal, eine Bar –, wurde ihm sogleich von mehreren Seiten ein Gruß zugerufen. Er war ein vitaler und in gewisser Weise mutwilliger Mensch von großem Eigendünkel, der im Geiste jedes Hindernis übersprang, ehe er sich einem Problem überhaupt näherte; machte er sich dann an die Arbeit, waren kaum noch Hindernisse vorhanden. Sein Schwachpunkt war sein Einfallsreichtum. Als einer, der ausschweifendem Glücksspiel frönte, brachte er weder Verständnis noch Geduld auf für Leute, die dergleichen Risiken scheuten. Er hatte überall seine Finger im Spiel und verfügte über einen beneidenswerten Fundus an geschäftlichen Tipps. Manchmal prahlte er damit, dass er bereits nach halbstündigem Gespräch die finanzielle Situation seines Gegenübers einzuschätzen wisse. Er war klein von Statur, schlank, glattrasiert, dunkelhaarig und gut gekleidet. Er hatte sehr kleine, wohlgeformte Hände und Füße, braune Augen und ein äußerst charmantes, feines Lächeln. Seinen Händen und Fingernägeln widmete er viel Aufmerksamkeit. Olivia hatte er geheiratet, weil sie eine Welt repräsentierte, in der er sich damals noch nicht ganz zu Hause gefühlt hatte. Über ihre Familie machte er sich keine Illusionen; er fand sie unintelligent, borniert und eingebildet. Sie besaßen jedoch eine angeborene Eleganz und Gewandtheit, die er sich selbst erst noch aneignen musste. Für den Typ Frau, den er in der Londoner Gesellschaft bevorzugte, kam er als Ehemann nicht in Betracht, und er hatte schon früh begriffen, dass seine einzige Chance darin bestand, in aller Stille ein Mädchen aus gutem Hause zu heiraten, möglichst mit einem kleinen Vermögen, eine Frau, mit der er Ehre einlegen konnte, die als Gastgeberin sein Haus zu einem Anziehungspunkt machen würde. In seinen Kreisen war man nicht eben begeistert von seiner Wahl, man fand Olivia kühl und reserviert. In jenen anderen Kreisen aber, in die einzutreten er beabsichtigte, wusste man sie besser zu beurteilen. Seine Heirat gereichte ihm zweifellos zum Vorteil. Nach ihrer Eheschließung bekam Olivia ihre Verwandten einige Jahre kaum noch zu Gesicht, denn Eustace befürchtete, dass sie alle versuchen würden, sich Geld von ihm zu leihen. Olivia erwarb sich binnen kürzester Zeit den Ruf einer gescheiten, unterhaltsamen Person. Sie belieferte einige der bedeutenderen, mit Fotos der angesagten Persönlichkeiten gespickten Hochglanzmagazine mit munterem Gesellschaftsklatsch, meist in Form von Briefen, die mit »Allerliebste Rosie« oder »Meine liebe Babs« begannen und als »einfach hinreißend« beurteilt wurden. Eustace war stolz darauf, dass sie imstande war, in der richtigen Weise auf sich aufmerksam zu machen und ihr eigenes Geld zu verdienen. Es erschien ihm ungewöhnlich, dass sich diese Fähigkeiten mit dem Äußeren und dem Auftreten einer Lady und auch mit einer ruhigen Nachsicht gegenüber seiner treuen Ergebenheit verbanden, die er sogar in der Öffentlichkeit bekundete, wenn er sich nicht enthalten konnte, ihre Schulter oder ihren Arm zu berühren oder seinen Körper scheinbar zufällig mit ihrem Fühlung aufnehmen zu lassen.

Olivias Verwandtschaft war in Eustaces Augen ein armseliger Haufen. Richard fand er misstrauisch, hochnäsig und stolz, wofür er keinerlei Berechtigung erkennen konnte. Was Miles anging, so gab er vor, ihn nicht zu mögen – und er mochte ihn auch nicht, empfand ihm gegenüber den kleinlichen, lästigen Neid dessen, der sich unterlegen fühlt. Sie begegneten einander nach außen hin freundlich, sahen sich aber nur selten. Miles, so sagte Eustace sich immer wieder, war jünger als er und ärmer, er stellte nichts vor und hegte keinerlei nennenswerte Ambitionen. Er hatte Ruth Gray geheiratet, eine jüngere Tochter ohne Mitgift; nicht einmal Söhne konnte sie ihm schenken. Die beiden hatten zwei kleine Töchter, die nie nach King's Poplars kamen, und Ruth – klein, mit Grübchen in den Wangen, altmodisch gekleidet – trat gesellschaftlich nicht weiter in Erscheinung. Ihre Kinder hatte sie früher oft selbst spazieren gefahren, denn die Amerys konnten sich das nötige Personal nicht leisten. Es war absurd, dass Eustace sich Miles unterlegen fühlte, und doch hielt sich dieses Gefühl hartnäckig. Das erklärte, warum sich die beiden nur selten sahen.

Brand dagegen war seltsamerweise ein Pluspunkt. »Das ist die Crux in diesen alten Familien«, pflegte Eustace beiläufig zu sagen. »Sie heiraten untereinander, bis ihr Blut so dünn ist wie Wasser. Dieser Schwager von mir zum Beispiel: fast schon ein Kretin, verdient in irgendeinem obskuren kleinen Büro in Kingsway vielleicht vier Pfund die Woche. Aber natürlich sind er und seine Frau die Fruchtbarsten in der ganzen Gray-Sippe.

Olivia hatte glücklicherweise keine besonders hohen Ansprüche. Sie konnte ihr Heim, ihren Schmuck, ihre Kleider, ihre Nachmittage, ihre Zerstreuungen, ihr Auto und ihre Kinder an denen anderer Leute messen und für besser befinden. Ihre Arbeit verglich sie allen Ernstes mit Brands »Studien« (in ihren Augen wurde keines seiner Gemälde je fertig) und brüstete sich mit ihrer höher stehenden Kunst. Literatur nannte sie ihre Kolumne, und ihre Zunge blieb dabei an ihrem gewohnten Platz zwischen den Zähnen. Sie bewunderte die gewandten, cleveren, lässigen Söhne von Eustace Moore, die schon jetzt wussten, was wahre Werte waren, und ernsthaft den wirtschaftlichen Wert eines Universitätsstudiums mit ihrem Vater diskutierten.

»Da treiben sich heutzutage allerhand zweifelhafte Typen herum«, sagte Monty etwa. »Ob das die Kosten lohnt, Dad?«

»Leute mit Geld, aber ohne Manieren«, erklärte Eustace weise. »Beides zusammen findet man selten. Aber beides sollte man sich zunutze machen.«

Östlich des Oxford Circus begegnete man Eustace mit einigem Misstrauen. Er leitete mehrere Unternehmen und hatte seine sondierenden, zupackenden Finger in zahlreichen anderen. Seine Firmen gehörten zu den wenigen, die bereits kurz nach ihrer Gründung hohe Dividenden ausschütteten. Die konnten sich die Aktionäre auszahlen lassen und davon weitere Anteile erwerben oder die Beträge anderweitig verwenden. Achtzig Prozent entschieden sich für Letzteres, die übrigen zwanzig strichen ihre Dividenden ein und empfahlen die Aktien als hervorragende Investition an ihre Freunde weiter. Manch vorteilhafte Beziehung knüpfte Eustace auch mittels seines Lächelns und seiner angenehmen Art, die bei Frauen gut ankam. Er seinerseits fühlte sich jedoch nicht von ihnen angezogen, schon gar nicht von den jungen, denen seiner Meinung nach der Anstand und die guten Manieren fehlten, die er an der vorhergehenden Generation bewunderte. Andererseits war er durchaus praktisch veranlagt und ließ sich plump vertrauliche Reden und Gesten, die ihn persönlich abstießen, gefallen, wenn sein Gegenüber private Mittel besaß und er die berechtigte Hoffnung hegen konnte, einiges davon in seine Firmen und damit in seine Tasche zu lotsen. Doch er hielt eisern am starken Familiensinn seines Volkes fest und scheute - seine Frau ausgenommen - körperliche Kontakte.

Die Krise war kurz vor Weihnachten völlig unerwartet eingetreten und erwies sich als äußerst bedrohlich. Ein ebenso unbekannter wie unbedeutender Reisender namens Plant kehrte von einem fernen Ort zurück, wo sich Eustace und seine Aktionäre finanziell engagiert hatten, und begann in gemischter Gesellschaft ungeniert davon zu sprechen, wie unbrauchbar Eustaces Angebote unter gewissen Bedingungen seien. Zufällig tat er das in Anwesenheit eines der Aktionäre, eines streitsüchtigen Menschen, der ihn umgehend zur Ordnung rief. Mr. Plant, nicht gewohnt, gemaßregelt zu werden oder auf Widerspruch zu stoßen, machte eine Szene, die kleine Meinungsverschiedenheit sprach sich herum, andere Aktionäre erfuhren von seinen Ansichten und ließen sich davon verunsichern. Unbekannte schrieben an Mr. Plant, der daraufhin seinerseits an gewisse Presseorgane schrieb und in eindringlichen Worten Moral und Charakter eines Mannes schilderte, der arglose Menschen hereinzulegen und ihrer Ersparnisse zu berauben trachte. Jedermann erwartete, dass Eustace nun eine Verleumdungsklage anstrengen würde, und als er nichts unternahm, brach eine kleine Panik aus. Jeder wollte den anderen voraus sein und wies seinen Broker an, die Aktien abzustoßen, die daraufhin ins Bodenlose fielen. Um den öffentlichen Argwohn zu zerstreuen, kaufte Eustace sie, als sie einen Tiefststand erreichten, demonstrativ auf und ließ verlauten, dass Plant ihm wohlbekannt sei und für die

Verbreitung seiner Geschichte gut bezahlt werde. Doch der Erfolg blieb aus. Der Erste, der sich erkühnte, zu Plant zu gehen und ihn mit diesen Behauptungen zu konfrontieren, kehrte um einen Schneidezahn ärmer nach Hause zurück, und nur weil Plant keiner Beweise gegen Eustace habhaft werden konnte, sah er davon ab, vor Gericht zu gehen. Noch mehr Gerüchte kamen auf, und der Skandal nahm seinen Lauf. Auch Eustaces Söhne hörten davon und schrieben ihrem Vater Brandbriefe, in denen sie von wehleidigen Mitschülern berichteten, deren Eltern durch ihn ruiniert würden. Er müsse die Sache im Keim ersticken, ehe auch ihr eigener Ruf dahin sei, beschworen sie ihn. Die Lage wurde so ernst, wie Eustace es sich in seinen pessimistischsten Stimmungen nicht hätte vorstellen können. Eilig berief er die Direktoren des todgeweihten Unternehmens zu einer Sitzung ein, auf der sie angstvoll und bleichgesichtig berieten, was zu tun sei. Es waren nicht viele, und die meisten von ihnen waren eher kleine Leute, die Eustace ausgewählt hatte, weil er sie für gewieft genug hielt, um ihm von Nutzen zu sein, aber nicht gerissen genug, um ihr eigenes Süppchen zu kochen. Man einigte sich darauf, dass umgehend zehntausend Pfund aufgebracht werden mussten, wenn man ein Strafverfahren vermeiden wollte. Was andernfalls passieren würde, darüber machte Eustace sich keine Illusionen: Er würde inhaftiert und verurteilt werden, im günstigsten Fall zu fünf Jahren. Er musste auch an seine Söhne denken.

Es war deshalb unumgänglich, seinem Schwiegervater die Lage in schonungsloser Offenheit, um nicht zu sagen Rohheit, darzulegen, wobei Eustace durch geschickte Verdrehung der Tatsachen erreichen musste, dass Gray als Partner bei den betrügerischen Machenschaften dastehen würde. So hatte Adrian die Dinge nie gesehen. Eustace führte das unerquickliche Gespräch mit einem flotten Zynismus, hinter dem er seine Besorgnis verbarg. Er setzte bei seinem Schwiegervater Kenntnisse über Spekulationsgeschäfte voraus, die Gray jedoch nicht besaß. Keiner, der auch nur über die Hälfte des Wissens verfügte, das Eustace ihm zutraute, hätte dem Jüngeren einen so großen Teil seines Privatvermögens anvertraut. Als Gray die Lage schließlich erfasste und in einer Mischung aus Zorn und Entsetzen an die Decke ging, reagierte Eustace ungehalten.

»Na na«, ermahnte er ihn ungeduldig und gespielt ungezwungen, »damit ist niemandem gedient. Jetzt ist es zu spät, um eine Unschuld vorzutäuschen, die dir keine Jury abnehmen würde. Dass du in einer Zeit, in der andere schon froh sind, wenn sie dreieinhalb Prozent bekommen, kalt lächelnd diese hohen Dividenden kassierst, das muss doch Verdacht erregen. Und glaubst du, es nützt Richard und seinen Ambitionen, wenn sein Vater wegen vorsätzlichen Betrugs auf der Anklagebank sitzt?«

Damit traf er Gray an seinem einzigen menschlichen Punkt. Aus seinen anderen Kindern hatte Adrian sich nie viel gemacht, doch sein Erstgeborener nahm in seinem Herzen allen Platz ein, der nicht von seinen Geldangelegenheiten besetzt war. Dennoch trat er Eustace mit aller Entschiedenheit entgegen.

»Ich bin kein Kind, dem man mit dem schwarzen Mann Angst machen kann«, sagte er.

»Aber auch kein Kind, das man mit einer Begründung, die nicht einmal ein Kind akzeptieren würde, freisprechen könnte«, konterte Eustace. »Ich beschwöre dich, sieh den Dingen ins Auge und stell dich deiner Verantwortung, zumindest vor der Öffentlichkeit, wenn schon nicht vor dem Gesetz oder vor dir selbst. Wer wird dir glauben, dass wir beide nicht unter einer Decke stecken? Eine britische Jury nicht, das kann ich dir versichern, und auch wenn du aus Mangel an Beweisen vom Hauptvorwurf der Anklage freigesprochen werden solltest – deinem Namen wird für immer ein Makel anhaften.« Mit dem feinen theatralischen Gespür seines Volkes fand Eustace genau die pathetischen Phrasen, die Gray umso mehr in Rage brachten, als er ihren wahren Kern erkannte.

Nichtsdestotrotz hielt er hartnäckig an seiner Weigerung fest, auch nur einen einzigen Penny herauszurücken, um seinem Schwiegersohn in dieser misslichen Lage beizustehen. Vergeblich bettelte, warnte und drohte Eustace.

»Meinst du, ich weiß nicht, warum du an mein Geld willst?«, rief Gray am Ende dieses leidigen, unwürdigen Gesprächs erregt aus. »Du willst dich damit aus dem Staub machen und deine Netze anderswo spinnen.«

»Geniale Idee«, gab Eustace zornbebend zurück. »Und meinst du, irgendjemand glaubt, dass ein kluger Mann wie du nicht weiß, was er tut, wenn er dreißigtausend Pfund in meine Firmen steckt?«

## II

Auf und ab schritt Eustace in seinen Pantoffeln, machte kehrt, hielt inne, marschierte weiter, blieb stehen, machte erneut kehrt, Stunde um Stunde, den ganzen endlosen Abend lang, bis Olivia, am Ende mit ihrem Taktgefühl, ihrer Geduld, ihrer Liebenswürdigkeit, sein Hinundhertigern nicht mehr ertrug und ausrief: »Eustace, hör um Himmels willen auf damit, ich werde noch hysterisch!«

Eustace beachtete sie nicht; im Moment existierte sie nicht für ihn. Olivia erkannte, wie tief er in Gedanken versunken war, und zwang ihre Nerven, noch eine Weile stillzuhalten, während sie neidvoll die geschmeidige Gestalt ihres Mannes betrachtete, der sich wie eine große Katze vom Halbdunkel ins Licht und wieder ins Halbdunkel bewegte. Sie selbst nahm beunruhigend an Körperfülle zu. Es hieß, Juden seien korpulent, ja geradezu fett, besonders die Finanzleute unter ihnen, aber man konnte sich niemanden vorstellen, der weniger dem literarischen Bild des Juden entsprach als Eustace. Nur der gewiefte Ausdruck des dunklen Gesichts und das glatt aus der bleichen Stirn gekämmte Haar verrieten seine Abstammung.

Und er muss weder Korsetts tragen noch Massagen über sich ergehen lassen, dachte Olivia missgünstig.

Nach einiger Zeit aber erkannte sie, dass sich eine Szene ohnehin nicht würde vermeiden lassen. Sie richtete sich kerzengerade im Bett auf und fragte übertrieben laut: »Hast du ein Aspirin für mich, Eustace? Mein Kopf treibt mich zum Wahnsinn. Wenn ich dich Stunde um Stunde so sehe ...«

Abrupt blieb er am Fußende stehen. »Olivia, du kennst deinen Vater besser als ich. Gibt es irgendeine Möglichkeit, wie wir ihn dazu bringen können, uns zu helfen? Ich dachte, die drohende Schande würde genügen, vor allem wenn ich Richard ins Spiel bringe, aber da habe ich mich offenbar verrechnet. Er ist unsere letzte Chance.«

»Hat er das Geld?«

»Er hat fünfzehntausend Pfund in Rentenpapieren in dem Tresor in der Bibliothek. Ich hab sie selbst gesehen, als ich mit ihm über weitere Investitionen bei XY & Co. gesprochen habe. Zehntausend würden genügen, damit kämen wir wieder auf die Beine. Geldverleiher nützen uns nichts; in der City wimmelt es von Spionen, und es würde sich sofort herumsprechen, dass wir am Ende sind, selbst wenn uns jemand gegen Sicherheiten etwas leihen würde. Also?«

»Es geht nicht nur um uns. Es geht auch um Richard. Ich bin sicher, er sitzt in der Klemme und versucht, Vater deswegen anzusprechen. Vielleicht hat er mehr Glück als wir.«

»Stimmt, Richard sitzt in der Klemme, aber in keiner so schlimmen wie wir. Öffentliche Aufmerksamkeit kann er sich genauso wenig leisten, aber er würde wenigstens nicht ins Gefängnis kommen. Angeblich hat er sich ja im letzten halben Jahr enorme Extravaganzen geleistet. Aber wie auch immer, ich glaube keine Sekunde, dass er bei deinem Vater mehr erreicht als ich. Zum einen war ich zuerst da, und zum anderen hat Richard, als er heute Morgen aus der Bibliothek kam, ein Gesicht gemacht, als könnte er einen Mord begehen. Er spricht kaum noch mit jemandem. Ja, er sitzt in der Patsche. Sonst hätte er vielleicht irgendwas unternommen. Es wird nicht sehr angenehm für ihn werden, wenn seine gesamte Verwandtschaft vor Gericht kommt. Außerdem hab ich da letzthin was von einer Frau munkeln hören.«

Olivia vergaß ihre Kopfschmerzen. »Richard – und eine andere Frau?«

Eustace lachte los. »Warum nicht? Er ist schließlich auch nur ein Mensch. Seine Ehefrau ist ja ein ziemlicher Stockfisch, oder irre ich mich da?«

»Ich dachte nur, es sieht Richard so gar nicht ähnlich, Geld auszugeben, das er auch sparen könnte. Macht sie Schwierigkeiten, diese Frau?«

»Angeblich. Das machen sie ja immer. Der Mann muss verrückt sein, dass er sich das in einer so kritischen Situation antut, aber unter uns: In meinen Augen war Richard nie der brillante Kopf, für den er sich hält.«

Olivia hing ihren eigenen Gedanken nach. »Also, wenn sie Schwierigkeiten macht und er kein Geld mehr hat«, sagte sie, »dann muss er unbedingt was aus Vater rausholen, sonst ist er ruiniert, Eustace!« Sie schoss die Worte förmlich auf ihren Mann ab. »Wenn es stimmt, dass Vater selbst so gut wie pleite ist, wird bei ihm nicht viel zu holen sein, und alles, was er hat, ginge dann an Richard, da bin ich mir sicher.«

Sie verfiel in Schweigen. Eustace, der es für sinnlos hielt, irgendetwas zu verschwenden, und seien es auch nur Worte, nahm seine Wanderung wieder auf.

»Und dann ist da noch Brand«, sagte Olivia düster, entschlossen, eine Art russischer Befriedigung aus der allgemeinen Niedergeschlagenheit zu ziehen.

»Ja. Soviel ich weiß, ist er wieder aufgetaucht. Also, ich möchte ja nicht in der Haut deines Vaters stecken. Alle seine Bluts- oder angeheirateten Verwandten wollen Geld von ihm, alle außer dem ehrgeizlosen Miles. Gibt es bei Brand irgendwas Neues? Hat er auch eine Gerichtsvorladung am Hals, oder ist die Polizei hinter ihm her?«

»Nein, nein, nichts Neues, nehme ich an. Er macht ja Ärger, seit er fünfzehn war. Er wurde auch der Schule verwiesen, wegen unanständiger Karikaturen der Autoritätspersonen, wie der Rektor es nannte.«

»Das kenne ich«, sagte Eustace ungeduldig. »Alles, was die Würde dieser bärtigen alten Männer antastet, ist unanständig. Er hat sich äußerst clever verhalten, würde ich sagen, er ist durch und durch Künstler, und ein anderer als dein Vater wäre stolz darauf, ihm helfen zu können. Unser Glück, dass er's nicht ist, sonst wäre unsere letzte Hoffnung dahin.«

»Ein reizendes Familiendebakel«, sagte Olivia. »Was wir machen, das machen wir gründlich, das musst du uns lassen, Eustace. Die Grays drücken sich nicht in irgendwelchen Ecken herum, wenn sie erst richtig loslegen.«

»Hast du dich mal gefragt, wozu Ecken da sind, wenn nicht dazu, sich drin herumzudrücken? Und ist dir klar, dass es ein Verbrechen ist, eine Chance zu vertun?« Einen Moment lang hatte Eustace sich gehenlassen, doch nun sammelte er sich wieder. »Ich muss sagen, ich verstehe den Standpunkt deines Vaters. Für einen Mann wie ihn, der an keinerlei Besitz außer dem materiellen glaubt, muss es äußerst unerfreulich sein zu erfahren, dass über die Hälfte seiner Aktien nur noch so viel wert ist wie ein Haufen Steine. So einer würde den Posaunen des Jüngsten Gerichts Einhalt gebieten, nur um sein Wechselgeld zu kriegen.«

Olivia musste lachen. »Ein gutes Motiv für Brands boshaften Pinsel. Aber jetzt komm ins Bett, Eustace, sonst werde ich noch wahnsinnig. Ich hab genug für heute. Weißt du überhaupt, dass bereits der erste Weihnachtstag ist?«

Eustace nahm keine Notiz von ihrer Müdigkeit. »Das Problem mit deinem Vater«, sagte er lebhaft, »ist, dass er nichts für Wetten übrighat. Einer, der wie wir spekulieren will, sollte wissen, was es heißt, eine dreistellige Summe auf ein Pferd zu setzen. Das ist der einzig richtige Typ fürs Spekulieren.

Die anderen sind Narren, blinde Narren meinetwegen, aber denen ist nicht zu helfen. Na schön, Olivia, ich gehe. Gute Nacht.«

Er zog den Morgenrock aus dunkelblauem Seidenbrokat enger um sich und öffnete die Tür zu seinem Ankleidezimmer.

»Was hast du vor?«, fragte seine Frau.

»Mir was anderes überlegen, wie wir aus dem Schlamassel rauskommen«, erwiderte er kühl und schloss die Tür.

Nach einer Weile stöhnte Olivia wütend auf und vergrub ihr Gesicht im Kissen. Das Haus war solide gebaut, aber selbst durch die schwere Tür hörte sie noch die gepflegten Füße ihres Mannes auf und ab wandern, auf und ab, im Ankleidezimmer jetzt, so wie die letzten beiden Stunden vor ihrem Bett.

## 5. RUTH

Während Richard seinen Grimm – der, wenn er schon nicht mit der Gnade Gottes wetteifern und ewig währen konnte, doch zumindest eine beträchtliche Weile währte – an einer gleichgültigen Laura ausließ, während Eustace mit seinem Hinundhertigern seine Frau wahnsinnig machte und während Amy bei Kerzenlicht ausrechnete, wie viel das Weihnachtsessen pro Gericht und Person kosten würde, saß Miles Amery bei seiner Frau auf dem Fußende des Bettes und flüsterte zärtlich: »Du wirst allmählich rund wie ein Rebhuhn, Darling. Ich liebe dicke Frauen über alles!«

»Ich bin kein bisschen dick«, erwiderte Ruth sanft, »und wenn, dann nur, um dir zu gefallen. Es bereitet mir ganz bestimmt keine Genugtuung, wie etwas auszusehen, das aus einem Puddingtuch kommt.«

»Du kennst ja meine Meinung über Dinge, die aus Puddingtüchern kommen. Ruth, Darling, nicht einmal dir zuliebe werde ich Weihnachten noch einmal unter diesem ungastlichen Dach verbringen. Da säße ich noch lieber im Gefängnis.«

»Es ist nun mal meine Familie«, sagte Ruth milde.

»Zum hundertersten Mal: Du warst mit Sicherheit kein Wunschkind. Nichts für ungut, aber du kannst unmöglich mit dieser grotesken Familie blutsverwandt sein.«

»Eigentlich hatte ich gar keine Lust, hierherzufahren. Weihnachten ohne die Kinder finde ich schrecklich, wie du weißt. Aber dieses Jahr hatte ich den Eindruck, dass du unbedingt wolltest.«

»Jedenfalls werde ich die Gören nie mit hierher nehmen, nicht mal, wenn deine liebe Schwester Amy einverstanden wäre.«

»Vielleicht hätte sie gar nichts dagegen«, meinte Ruth im selben unbestimmten Ton wie zuvor.

»Ich wage zu behaupten, dass sie sich sogar freuen würde. Spätestens nach einer Stunde hätte sie einen Grund gefunden, sie zu hauen. Sind ja miserabel erzogen, unsere Kinder. Schade, dass Amy nicht zu Salomons Zeiten gelebt hat. Vielleicht wäre sie seine tausenderste Geliebte gewesen. Seine Prinzipien der Kindererziehung hätte sie jedenfalls vorbildlich befolgt. Nein, nicht um alles in der Welt würde ich die Kinder hier haben wollen. Sie sollen sich unbedingt die Illusion bewahren, dass Weihnachten ein Kinderfest ist, bei dem alles dafür getan wird, dass sie ihren Spaß haben, bei dem sie die Hauptpersonen sind, bei dem sie praktisch verlangen können, was sie wollen, und niemand schlägt es ihnen ab. Hier würden sie binnen vierundzwanzig Stunden zu kleinen Zynikern werden.«

Ruth dachte an ihre sieben und fünf Jahre alten Töchter. Sie lagen wahrscheinlich längst im Bett, und Ruth beneidete Miles' Schwester Emily, bei der sie die Feiertage verbrachten. Bestimmt fieberten sie in ihren blau-weiß gestreiften Pyjamas dem Weihnachtsmorgen entgegen, Moira, ein wenig erfahrener und nicht mehr ohne weiteres bereit, an ein plötzliches Erscheinen von Engeln zu glauben, Pat dagegen noch jeden Moment mit deren Auftauchen rechnend, in rosa-blauen klassischen Gewändern, mit Heiligenscheinen wie goldene Suppenteller; vielleicht würde sogar die komplette Heilige Familie aus dem Dunkel hervorspähen. Es hätte sie weder überrascht, noch hätte es ihr Angst gemacht, es wäre nur ein weiteres Beispiel der Freuden und Herrlichkeiten gewesen, aus denen das Leben für sie noch bestand.

Die beiden hatten herzförmige Gesichter und kurze blonde Haare, und sie waren mit einem gewichtigen Eifer, der ihre Eltern bezauberte, von früh bis spät beschäftigt. Ihre wunderbare, feierliche Versunkenheit, wenn sie die Route für ein Picknick ausarbeiteten, eine Teegesellschaft oder eine Taufe für ihre Puppen vorbereiteten, rührte Miles zutiefst, und umso mehr ärgerte es ihn, dass er zu einem so wichtigen Zeitpunkt von ihnen getrennt war.

Schließlich tauchte er aus seinen Gedanken auf und sagte

bekümmert: »Eigentlich bin ich dieses Jahr nur wegen Brand gekommen.«

»Brand?« Ruth versuchte gar nicht erst, ihre Verwunderung zu verbergen. »Ich wusste gar nicht, dass du so gut Freund mit ihm bist.«

»Bin ich auch nicht. Aber neulich war ich zufällig in seinem Teil der Welt, und da bin ich einem Mann namens Day begegnet, der ihn sozusagen sporadisch kennt. Brand hat so wenige Freunde, weil diese Frau, die er geheiratet hat, sein Privatleben unerträglich macht. Day hat mir erzählt, dass es in seiner Umgebung zwar Leute gibt, die gern näher mit ihm in Kontakt kämen, dass aber seine Lebensumstände und der Charakter dieser fürchterlichen Frau jeden engeren Umgang mit ihm unmöglich machen. Ich kann's nicht beschwören, aber ich glaube, jeder nette Durchschnittsmensch hat Angst, uneingeladen bei ihm aufzukreuzen, weil er dann womöglich mit Sophy allein wäre, und bei der muss man auf alles gefasst sein. Aber es wird gemunkelt, Brand hätte gesagt, er geht weg, er räumt das Feld und seine Familie muss sich allein durchschlagen. Ich glaube zwar nicht, dass er's wirklich tut – es wäre nicht ganz einfach, denn von Rechts wegen sind alle Kinder von ihm, auch wenn sehr merkwürdige Gerüchte über sie kursieren –, aber es würde mich nicht wundern, wenn er nur hierhergekommen wäre, weil er hofft, dass dein Vater ihm zur Flucht verhilft.«

»Ich glaube keine Sekunde, dass Vater so etwas tun würde.«

»Dabei wäre es für alle das Beste. Für Brand auf jeden Fall. Was die Frau angeht, die würde schnell einen anderen finden, der sie aushält, und den Kindern würde sie beibringen, sich selbst zu versorgen. Margot, die Älteste, dürfte nicht älter als zehn sein, aber ein Unschuldsengel ist sie nicht. Mit fünfzehn wird sie genauso gewieft sein wie ihre Mutter. Mit Brands Weggang würde auch ein ziemlich dubioses Element aus unserer Mitte verschwinden. Immerhin sind die Kinder Nichten und ein Neffe von dir.«

»Und wenn Richard seinen Titel bekommt, aber keine Familie zustande bringt, dann wird Ferdinand – hat man in Fulham jemals so einen Namen für ein Kind gehört? – irgendwann Lord Hohlkopf. Ob Richard das bedacht hat?«

»Wenn nicht, dann wird ihn ein Mitglied deiner reizenden Familie zweifellos darauf hinweisen, da würde ich mir an deiner Stelle keine Sorgen machen.«

»Aber du, Miles, warum wolltest du noch mal herkommen? Was kannst du tun?«

»Tun kann ich nichts, würde ich sagen, aber ich glaube, Brand hasst mich nicht ganz so wie den Rest der Familie, und ich habe ein wachsames Auge auf ihn, um nach Möglichkeit zu verhindern, dass etwas allzu Schlimmes passiert. Das könnte alles Mögliche sein, hab ich das Gefühl, in Anbetracht der Atmosphäre hier und der Leute, die unter diesem Dach versammelt sind. Unter uns: Es würde mich nicht überraschen, wenn irgendetwas Tragisches passieren würde, bevor wir wieder weg sind. Alle Zutaten für eine erstklassige Explosion sind vorhanden, und wenn das Haus dabei in die Luft fliegt, umso besser.«

Unsicher und mit der Impulsivität, die auch ihrer jüngeren Tochter eigen war, fragte Ruth: »Wir erwischen wohl keinen Zug mehr, wenn wir jetzt aufbrechen? Ich weiß nicht, warum, aber ich hab plötzlich das Gefühl, wir können nicht bleiben. Ich glaube dir ja nicht immer, aber heute Abend haben deine

Worte irgendwie etwas Prophetisches. Ich glaube, es wird etwas Schreckliches passieren ...«

»Davon, dass wir die Flucht ergreifen, wird es nicht weniger schrecklich. Nein, wir müssen bleiben. Schon wegen Brand. Die anderen können mir den Buckel runterrutschen. Ihr Problem ist das Geld, in seiner schäbigsten Form. Brand ist anders. Er bezahlt mit Zins und Zinseszins für einen dummen Fehler, den er vor über zehn Jahren gemacht hat. Außerdem hat er etwas Seltenes in sich, was, glaube ich, noch keiner von euch bemerkt hat. Und das Feuer glimmt noch, trotz aller Ernüchterung und Verzweiflung. Er befindet sich am falschen Ort, und natürlich macht er ein Chaos aus seinem Leben. Wenn man ihn da rausholen könnte, wäre das vielleicht seine Rettung. Da ist etwas in ihm, etwas Wertvolles, das nicht verkümmern darf. Wenn nicht bald etwas geschieht, kommt es zu einer Tragödie, schlimmer als alles, was heute Nacht hier passiert.«

»Ich wusste gar nicht, dass du so zu ihm stehst«, staunte Ruth. Ihre dunklen Augen blickten ernst, und ihr Gesicht zeigte wie das ihrer älteren Tochter einen irritierten, forschenden Ausdruck.

»Es geht nicht um Brand selbst - nicht um die Person Brand, meine ich, sondern um etwas, das er verkörpert, etwas Ungreifbares -, nicht um den Menschen, sondern um die eigentümliche Kraft, die in ihm steckt. Drücke ich mich überhaupt verständlich aus?«

Er spürte, dass dies nicht der Fall war, und so stand er auf und trat ans Fenster. Draußen kamen kleine Gruppen von Kirchgängern, gebeugt gegen den schwarzen Wind ankämpfend, von der Mitternachtsmesse zurück. Wie Pilger der neuen Zeit erschienen sie ihm, von Bethlehem heimwärts wandernd, ernst und stumm. Ihre dunklen Gestalten wirkten wie ein Fries von Lovat Fraser. Wieder klopfte sein Herz vor Sehnsucht nach seinen Töchtern.

Im Haus waren die beunruhigenden nächtlichen Geräusche alter Häuser zu vernehmen. Türen knarrten, die leeren Flure und die dunkle Treppe schienen von namenlosem Leben erfüllt, und einmal glaubte Miles geisterhafte Schritte zu hören, die vor seiner Tür innehielten, doch das tat er schnell als Einbildung ab. Dass es Brand war, der sich mit den Schuhen in der Hand an dem Lichtspalt unter der Tür vorbei zu seinem Zimmer tastete, wusste er nicht.

## 6. BRAND

Brand war von Anfang an ein Stachel im Fleisch seiner Familie gewesen. Für den geistlichen Stand bestimmt – er sollte anstelle des verstorbenen Philip die stattliche Familienpfründe übernehmen, deren Inhaber seit eh und je ein Gray war –, rebellierte er mit sechzehn und verlangte, dass man ihn Künstler werden lasse. Doch da hatte er bei seiner Abkunft denkbar schlechte Chancen. Adrian war seit einem gewissen bedauerlichen Vorfall in seiner eigenen beruflichen Laufbahn einige Jahre zuvor immer intoleranter, bornierter und misstrauischer gegen die Motive anderer geworden. Kunst, so seine Überzeugung, wollten Männer nur deshalb studieren, weil Künstler ein freizügiges, sittenloses Leben führen konnten. Künstler heirateten die Frau nicht, mit der sie zusammenlebten, sie sorgten nicht für ihre Kinder, sie zogen aus ihrer Wohnung aus, ohne die rückständige Miete zu bezahlen, sie borgten sich Geld und dachten gar nicht daran, es zurückzugeben, mit einem Wort: Sie waren ein betrunkenes, zügelloses, lasterhaftes Gesindel, sie forderten Unterkunft und Verpflegung als etwas, das ihnen zustand, gaben der Allgemeinheit aber nichts dafür zurück.

Brands schulische Laufbahn hatte sich wechselvoll gestaltet, und dieser weitere Beweis seiner Unbeständigkeit brachte seinen Vater in Harnisch. Er behandelte den Jungen ohne jedes Feingefühl und ließ es gänzlich an der Nachsicht fehlen, die ältere Menschen der Jugend schulden. Brand rächte sich, indem er durchbrannte, und niemand fand je heraus, woher er das Geld für seine Flucht hatte. Einige Monate später hörte man, er sei in Paris. Richard fuhr hin, um ihn wieder nach Hause zu holen, kam aber ohne ihn zurück. Brand, so berichtete er, habe eine Arbeit gefunden, die ihm Miete, Licht und sein täglich Brot sichere. Seine Behausung, berichtete Richard naserümpfend, sei alles andere als zufriedenstellend, die Art seiner Beschäftigung seiner Herkunft nicht würdig. Seine Freizeit verbringe er auf höchst verschwenderische, ja gefährliche Weise. Sein einziges Zimmer zierten etliche Skizzen von der Art, die junge Möchtegern-Künstler zu bevorzugen schienen; er, Richard, finde sie schockierend. Er führte mit seinem Vater ein ernstes Gespräch über die Gefahr der Infizierung unschuldiger jüngerer Schwestern. Brand habe zudem mehrere wenig wünschenswerte Freundschaften geschlossen, offenbar ohne jedes Gefühl dafür, was er seiner Herkunft schulde. Das Ganze sei beschämend, und allem Anschein nach bestehe auch keine Aussicht auf Besserung.

Drei Jahre später unternahm Richard eine weitere Reise nach Paris, diesmal weil Gray ernsthaft erkrankt war und voraussichtlich nicht wieder genesen würde. Wie sich herausstellte, hatten Richard, sein Vater und Amy mit ihren Prognosen richtiggelegen. Brand hatte seine Arbeitsstelle aufgegeben und bestritt seinen Lebensunterhalt nun mehr schlecht als recht als Künstler. Er war eine Art experimenteller Maler, und wann immer er eine bestimmte Technik zu beherrschen glaubte, gab er sie auf und verlegte sich auf eine andere – der Gipfel der Torheit, wie Richard erklärte, Kunsthändler und Mäzene legten genauso viel Wert auf Beständigkeit wie andere Leute auch und wüssten gern, was sie kauften. Doch Brands sämtliche Bilder waren Katzen im Sack, und er schien den Vorschlag seines Bruders, sich auf eine einzige Richtung zu beschränken, gar nicht erst in Erwägung zu ziehen. Einen Hansdampf in allen Gassen nannte Richard ihn.

Doch es kam noch schlimmer. Wie sich herausstellte, lebte Brand (promiskuitiv, so Richard) seit einem Jahr oder schon länger mit einer in seinem Viertel unter dem Namen Sophy bekannten Frau von zweifelhaftem Ruf zusammen. Niemand, zumindest niemand in der Familie, erfuhr je ihren richtigen Namen. Auf die Sache angesprochen, erklärte Brand obenhin, das stimme, fügte aber hinzu, die Beziehung sei seit einigen Monaten beendet. Daraufhin versuchte Richard nicht mehr, ihn zur Rückkehr zu bewegen, und Brand beabsichtigte auch nichts dergleichen.

Richard ließ es seinem Vater gegenüber weder am angemessenen Ton noch an Andeutungen fehlen, um seinen Bericht effektvoll zu gestalten, erschrak aber dann selbst darüber, in welch wilden Zorn Gray ausbrach. Erst nach mehreren Stunden ließ er sich so weit beruhigen, dass er eine Viertelstunde am Stück auf ein und demselben Stuhl sitzen blieb.

»Diese Lasterhaftigkeit!«, schnaubte er. »Diese Verworfenheit! Wenn er schon als junger Mann so ist, was erwartet uns dann erst später?« - der recht unlogischen Auffassung folgend, dass sich eine solche Lebensführung bei Brand als älterem, erfahrenerem Mann, von dem eigentlich mehr Selbstbeherrschung zu erwarten war, noch verschlimmern würde.

»Er ist nicht mehr mein Sohn!«, rief er erbittert. »Er wird dieses Haus nie wieder betreten!« Und mit geradezu biblischer Inbrunst fuhr er fort, gegen diese »sonderbaren Frauen« und ihre Partner im Bösen zu wettern.

Endlich konnte Richard ihn beruhigen, und fortan wurde Brands Name nicht mehr erwähnt. Brand selbst blieb in Paris, und wenn er seine Bilder nicht verkaufen konnte, hielt er sich auch weiterhin mit Tätigkeiten über Wasser, die unter der Würde eines Mannes von Stand und Bildung waren. Man konnte also zur Verteidigung der Laufbahn, die er eingeschlagen hatte, nicht gerade behaupten, dass Ruhm oder Geld sein eher bizarres Genie belohnten. Während seiner experimentellen Jahre kam er dem Hungertod mehrmals gefährlich nahe, und dann, als er sich aus dem Fahrwasser von Angst und Armut herausgekämpft zu haben schien, teilte er der schockierten und erzürnten Familie mit, dass er diese Sophy geheiratet hatte und dass bereits Monate vor der Hochzeit ein Kind zur Welt gekommen war, ein Junge. Danach hörte man nur noch sehr wenig von ihm. Gray weigerte sich, über ihn zu sprechen oder seine Frau kennenzulernen. Brand schrieb nie, und nur durch Zufall erfuhr die Familie vom Tod seines fünfjährigen Sohnes. Die tage- und nächtelangen Qualen, das seelische und körperliche Leid, das Brand durchmachte, während das schwächliche Kind um sein Leben kämpfte und er ständig die verdrehten Gliedmaßen und das verzerrte, ausgemergelte Gesichtchen vor Augen hatte - von alldem wusste die Familie nichts. Ein halbes Jahr später verließen Brand und seine Frau mit ihren drei kleinen Töchtern Paris und zogen nach London, wo Brand einen Posten als Bauzeichner in einer obskuren Firma annahm, in der er schlecht bezahlt wurde und sich an Betrügereien beteiligen musste. Sophy war wieder schwanger, allerdings, wie boshafte Nachbarn behaupteten, nicht von ihrem Mann. Brand beachtete die Gerüchte nicht, und es schien ihn auch nicht zu kümmern, was seine Frau tat. Er interessierte sich nicht für seine Kinder und redete kaum mit ihnen. Die Familie ließ sich in Fulham nieder, in einem heruntergekommenen Künstlerviertel, wo man die schlampige Sophy, ein Tuch über dem zerzausten Haar, mit ihren Nachbarinnen schwatzen und Konserven für die Familie einkaufen sah, während sich im Haus der Staub ansammelte und die Kinder schmutzig und verwahrlost zur Schule mussten, wo es ihnen durchweg schlecht erging und sie ihrer zerrissenen Kleider und der kaputten Schuhe wegen gehänselt wurden. Doch schon früh hatten sie sich eine stoische Haltung zugelegt. Da die Nachbarskinder nur selten mit den kleinen Grays spielen durften, zog es sie schon bald zu den verwilderten Gassenkindern hin, die auf der Straße spielten, in Abfallhaufen wühlten und Stöcke in hohem Tempo an Geländern entlangrattern ließen, womit sie empfindliche Gemüter zum Wahnsinn trieben. Dass Sophy ihre Töchter in einem mehr als normalen Maß vernachlässigte oder misshandelte, kam den Mädchen nicht in den Sinn. Streitereien zwischen ihren Eltern nahmen sie kommentarlos hin, auch untereinander. Wenn Brand nach Hause kam, machten sie sich meist schnell davon. Sophy besaß die Bösartigkeit und Launenhaftigkeit einer Schlampe, und oft, wenn Anfälle unerklärlicher Grausamkeit sie packten oder wenn sie, wie es häufig vorkam, betrunken war, wurden die Kinder geschlagen oder bekamen nichts zu essen. Manchmal erbarmten sich Nachbarn der halb verhungerten und blau gefrorenen Mädchen, holten sie zu sich ans Feuer und gaben ihnen dicke Scheiben Brot mit Schmalz oder einer seltsamen roten Marmelade. Weder Brand noch Sophy fanden etwas dabei, dass der Onkel ihrer Kinder ein prominenter Parlamentarier mit Wohnsitz am Belgrave Square und ihr Großvater ein finanziell unabhängiger Landedelmann war. Die Kinder selbst wussten nichts von ihren Verwandten.

Am 23. Dezember 1931 erhielt Gray einen Brief von seinem jüngeren Sohn, in dem Brand seine Absicht kundtat, zu Weihnachten nach King's Poplars zu kommen. Das Hausverbot gegen ihn war einige Jahre nach seiner Heirat aufgehoben worden, doch Sophy begleitete ihn nie, worüber Brand nur froh war. Das Leben mit ihr in dem schäbigen Quartier, die Schwierigkeit, ihrem ständigen Genörgel und ihrer Unsauberkeit zu entgehen, verdrossen ihn noch mehr als die Situation im Haus seines Vaters. Zudem machte es ihm Spaß, Richard mit seiner Kinderlosigkeit aufzuziehen und Amy durch Missachtung der Haushaltsgepflogenheiten zu ärgern. Sie zählte Besuchern jede Scheibe Brot und jede Kugel Butter in den Mund, und einen Mann wie Brand, der gutes Essen nicht gewöhnt war, amüsierte und befriedigte es zugleich, sie auf diese primitive Art nach Kräften zu ärgern.

Gray beantwortete den Brief seines Sohnes nicht, und Brand, in noch größerer Geldnot als sonst, fuhr finster und grimmig nach King's Poplars, entschlossen, seinen Plan in die Tat umzusetzen, koste es, was es wolle. Verständnis konnte er von seinen Verwandten nicht erwarten, denn der Plan sah vor, dass er seine Familie verließ und nach Paris zurückkehrte, um seine Arbeit dort wieder aufzunehmen. Er wollte vorschlagen, Sophy und die Kinder – deren jüngstes, Anne, nach seiner Überzeugung nicht von ihm war – zu einem verlängerten Besuch nach King's Poplars zu schicken, und er war so sehr auf den Erfolg seines Plans fixiert, dass es ihm gelang, sich selbst von der Vernünftigkeit seiner Bitte zu überzeugen. Doch in King's Poplars beherrschten Eustace und später Richard das Feld. Beide und auch Amy vereitelten seine Bemühungen, Gray allein zu sprechen, und so fand er erst, als man für die Nacht auseinanderging – schon früh wegen des folgenden Weihnachtsmorgens –, Gelegenheit, sich an Adrian zu wenden.

Das Gespräch verlief von Anfang an stürmisch. Grays Ton blieb zwar verbindlich, wurde aber zusehends höhnischer und bitterer. Brand brauste unklugerweise auf, Gray konterte damit, dass er ihm seine Ansichten über Kunst darlegte, und das Gespräch endete in der oben beschriebenen Weise.

*Zweiter Teil*

# HILDEBRAND GRAYS TAGEBUCH

# 1

... Das Besondere daran ist, dass es ein Unfall war, nichts weiter, so wie wenn ich den Milchkrug zerbrochen oder einen Teller hätte fallen lassen. Das vermochte ich mir sogar in meinen panischen Momenten klarzumachen. Mehr hatte es nicht zu bedeuten. Die Bedeutung lag in den Konsequenzen. Und an die durfte ich unter keinen Umständen denken.

Ich war so perplex, als mein Vater geräuschlos wie ein Geist vor meinen Füßen zu Boden glitt, dass ich zunächst gar nicht begriff, was ich getan hatte. Ich stand einfach nur da und sah auf ihn hinab. Ich konnte nicht glauben, dass er tot war. Als ich es schließlich doch glaubte, setzten mich zwei Dinge in Erstaunen. Das erste war die erschütternde Plötzlichkeit des Todes. Noch vor einer Minute hatte mein Vater in seiner bevorzugten Haltung dagestanden und herablassend auf mich eingeredet, weil ich nach seinen Maßstäben, die mir immer zutiefst verachtenswert und verlogen erschienen waren, ein Versager war – und jetzt lag er da und würde nie wieder aufstehen.

Eine nicht gerade alltägliche Situation. Es dürfte nicht viele Menschen geben, die ihren Vater in einem Zornesausbruch umgebracht haben, daher werden die meisten kaum glauben, dass ich einfach meinen Kopf nicht dazu bringen konnte zu begreifen, was passiert war. Wieder und wieder sagte ich mir: »Er ist tot. Ich habe ihn getötet. Ich bin ein Mörder. Mörder werden gehängt.« Aber es half nichts. Ich konnte es nicht fassen, und durch die ständige Wiederholung verloren die Worte jeden Sinn, wie eine beliebige Ansammlung von Buchstaben, wenn man lange genug darauf schaut. Selbst die Wörter »Mörder« und »gehängt« ergaben keinen Sinn.

Das Zweite, was mich erstaunte, war die Wirkung des Todes auf mich, die unmittelbare, demütigende Wirkung. Ich bin trotz meiner zweiunddreißig Jahre noch nicht mit dem Tod in Berührung gekommen – bis auf ein einziges Mal, als Hartley in Paris starb, aber da war alles ganz anders gewesen. Er war noch keine sechs, er starb qualvoll, und sein Sterben zog sich alptraumhaft hin, nicht so, wie ich mir den Tod immer vorgestellt hatte. Es war ein gepeinigtes Welken der Kindheit hin zu einem vorzeitigen Verfall. Es hatte nichts Friedliches oder Schönes, wie Hartley so in seinem Sarg lag, auf absurdem weißem Satin, das grauenvoll verschrumpelte Gesicht von Maiglöckchen umrahmt. Dieses einzige Mal musste ich erfahren, dass es Qualen gibt, die das Herz nicht nur erschüttern, sondern es förmlich zerreißen können. Noch heute ertrage ich es nicht, wenn man mich auf Hartley anspricht, und ich habe Paris auch deshalb verlassen, weil ich unter Menschen leben wollte, die ihn nicht gekannt hatten. Außer meiner Arbeit war er das Einzige, was mir in meinem Leben je etwas bedeutet hat – und er ist daraus verschwunden. Welche Ironie, wenn man bedenkt, dass ich Sophy nur seinetwegen geheiratet habe. Und jetzt ist er nicht mehr da, nur noch sie und Margot, Eleanor, Dulcie, Anne und das Baby, das höchstwahrscheinlich nicht von mir ist, was ich natürlich nicht nachprüfen kann; es spielt auch keine Rolle mehr.

Jetzt aber hatte der Tod etwas so Schockierendes, so Entsetzliches, dass ich abgestoßen und zugleich fasziniert auf das Gesicht meines Vaters starrte. Wenigstens beim Tod eines Erwachsenen hatte ich eine Art Würde erwartet, eine gewisse Größe. Doch da war nichts dergleichen, nichts auch nur annähernd Heroisches. Da die Mundwinkel nun nicht mehr von dem angespannten Kinn unter Kontrolle gehalten wurden – seltsamerweise hatte ich mir nie klargemacht, welch krampfhafte Anstrengung es Vater gekostet haben muss, diese vornehme Miene aufrechtzuerhalten, deretwegen Männer ihn bewunderten und Frauen sich seltsam von ihm angezogen fühlten –, erschlafften die Muskeln zu einem mürrischen Ausdruck, die in jüngeren Jahren so fein modellierten Nasenflügel gaben seinen Zügen nun etwas Verkniffenes, Gereiztes, die Augen waren leer, das ganze Gesicht verlor das gelehrtenhaft Asketische, das im Leben eine so schöne Maske gewesen war, und verriet nur noch eine unfassbare Gier.

Das überraschte mich so wenig, wie es Richard oder Amy überrascht hätte oder auch – stelle ich mir vor – Miles Amery, dem ich immer ein über das Übliche hinausgehendes Maß an gesundem Menschenverstand zugetraut habe, nicht ohne einen Anflug von Verschmitztheit und Zynismus. Ich glaube auch nicht, dass er sich je vom Auftreten meines Vaters hat täuschen lassen. Er (mein Vater) gab sich gern als Philosoph, als gelassener, nachdenklicher Mensch. Wenn aber ein Unternehmen, von dem er Aktien besaß, keine Dividende zahlte oder die Aktien um ein paar Prozent fielen, schmollte er wie ein Kind, wollte nichts mehr essen, machte wegen irgendwelcher geringfügiger Haushaltskosten peinlichste Szenen, kürzte die eine oder andere notwendige Ausgabe und führte sich überhaupt auf, als hätte er ein Vermögen verloren.

Ich schaute auf und sah den Blick des ersten Hildebrand auf mich gerichtet. Von ihm, dem berühmten Kirchenfürsten des frühen sechzehnten Jahrhunderts, dessen Porträt in einer Nische der Bibliothek hängt, habe ich meinen Namen. Das Bild soll ungeheuer wertvoll sein. Es gab auch noch einen anderen Hildebrand, aber der war ein unbedeutender Predigermönch, dessen Lebenswandel man - selbst ich, der ich in einem feuchten Loch in Fulham hause, mit Rissen in den Zimmerdecken, feuchtigkeitsfleckigen Tapeten und unsäglichen sanitären Einrichtungen - einfach widerwärtig nennen muss. Aber andere Zeiten, andere Sitten. Er fühlte sich anscheinend durchaus wohl, und schon bald nach seinem Tod wurde von so vielen Wundern an seinem namenlosen Grab berichtet, dass man seine Seligsprechung forcierte und er heute vielleicht einen höheren Rang innehat als ein Kardinal - was die kirchliche Lehre von den Letzten und den Ersten veranschaulicht und somit durchaus angemessen ist.

Der Hildebrand, der in der Bibliothek hängt, wirkt wie ein Staatsmann, ein desillusionierter Staatsmann, der seine Macht kennt und sie verachtet. Mir ist immer etwas unbehaglich zumute, wenn ich seinem Blick begegne. Aber ich fühle mich in dem Raum ohnehin nie so recht wohl. Dass mein Vater ohne ein Gefühl der Selbsterniedrigung oder auch nur des Missbehagens hier sitzen und über seine Geldgeschäfte grübeln konnte, mag einen Begriff davon vermitteln, was für ein Mensch er war. Bei näherer Überlegung bin ich mir nicht sicher, ob nicht jeder Künstler in einem solchen Raum arbeiten sollte, gezwungen werden sollte, in einem solchen Raum zu arbeiten, meine ich. Hier könnte er nichts verpfuschen, noch könnte er sich mit etwas Zweitklassigem, ja nicht einmal mit etwas Erstklassigem zufriedengeben, das keine Mühe gekostet hat. Denn möglicherweise kommt einmal eine Zeit, in der die Arbeit eines Menschen keiner Anstrengung mehr bedarf, und dann muss sich der Künstler weiterentwickeln und so lange mit dem Unmöglichen experimentieren, bis auch das erreichbar wird, und immer so weiter. Ich bezweifle, dass mein Vater jemals auch nur entfernt von Selbstzweifeln angekränkelt war. Er konnte großspurig in diesem erstaunlichen Raum auf und ab stolzieren und stundenlang seine Gewinne und Verluste berechnen, ohne zu begreifen, dass er von der größten Weisheit, Schönheit und Handwerkskunst der Jahrhunderte umgeben war. Die Wände sind voll von genialen Werken; da stehen Bücher, die von einer Gelehrsamkeit überquellen, vor der sich selbst die größten Künstler ihrer Unzulänglichkeit schämen müssten. Und eine Vitrine beherbergt eine Sammlung von Kristall-, Bernstein- und Jade-Objekten, die in ihrer Echtheit und Vollkommenheit so schön sind, dass es einem den Atem raubt. Ganz zu schweigen von den Stickereien auf den Sesseln und dem langen Sofa, das die Fensternische halb ausfüllt. Dorthin hat mein Vater mich früher zitiert, wenn sich ein Donnerwetter zusammenbraute; ich brachte dann die ausgefeilte Lüge, die ich mir zurechtgelegt hatte, einfach nicht über die Lippen. Er selbst kannte keine Verlegenheit. Mit etwa siebzehn wurde mir klar, dass nur zwei Männertypen in einem solchen Raum arbeiten können: sehr bescheidene oder hochgradig von sich eingenommene. Doch während ich jetzt über die Bedeutungslosigkeit meines Vaters nachsann und mich ihrer sogar schämte, während ich ihn so zu meinen Füßen liegen sah, kam mir tatsächlich der Gedanke, dass er sich hier denkbar unvorteilhaft präsentierte und in einem anderen Raum vielleicht weniger erbärmlich gewirkt hätte.

Und tatsächlich sagte ich laut: »Für jeden normalen Menschen wäre es einfach Pech, hier zu sterben«, und als ich das sagte, hörte ich die Worte zum ersten Mal und begriff, was ich getan hatte. Ich brauchte meine Formel nicht noch öfter zu wiederholen. Die Situation stand mir mit all ihren Gefahren plötzlich glasklar vor Augen. Dass ich den Messingblock, der als Briefbeschwerer diente, nur zur Hand genommen hatte, um ihn auf den Tisch zu schmettern und meinen Vater auf diese Weise zum Schweigen zu bringen, koste es, was es wolle, ohne jeden Vorsatz, ihn zu verletzen – es würde keine Sekunde zu meinen Gunsten sprechen. Niemals würde ich einem Gericht begreiflich machen können, dass man einem Mann vom Kaliber meines Vaters, wenn er anfängt, von Kunst, von den Pflichten des Einzelnen gegenüber der Gemeinschaft (die ein Künstler seiner Meinung nach natürlich nicht erfüllt) zu reden, Einhalt gebieten muss, weil es sonst unerträglich wird. Ich zitterte vor Wut, jener wahnsinnigen, ohnmächtigen Wut, wie Kinder sie empfinden, wenn sie sich außerstande sehen, ihrer Sicht der Dinge Geltung zu verschaffen. Ein Mensch, der seine Ansichten ernsthaft vertreten kann, hat kein Recht weiterzuleben, er ist nichts als Abfall. Ich habe keine Achtung vor dem Leben an sich, aber ich achte jedes Leben, das die ihm eigene Aufgabe erfüllt. Und meiner Meinung nach hat keine Gruppe von Menschen das Recht, dem Einzelnen oder einer anderen Gruppe vorzuschreiben, was ihre Aufgabe zu sein hat. Alles an meinem Vater war sinnlos, sein Tod ebenso wie sein Leben, und da ich diesen Tod herbeigeführt habe, teile ich seine Sinnlosigkeit. Ich habe mich wahrhaftig noch nie so sehr für etwas geschämt, ohne es auch nur im Mindesten zu bereuen. Es war töricht, Sophy zu heiraten, gewiss, aber ich hatte meine Gründe. Da war Hartley; dass er mit fünf Jahren sterben würde, konnte ich nicht vorhersehen. Meine Tat aber entsprang blinder Wut, einem Gefühl, wie es verlogene, gemeine Menschen in mir auslösen. Es hätte mir viel weniger ausgemacht, wenn mein Vater den Mut gehabt hätte, zu seinen Überzeugungen zu stehen und zu sagen: »Mich interessiert einzig und allein, was ich besitze, was mir gehört. Das ist meine Welt.« Er aber musste sich viel feiner und vornehmer geben, als er es war, und darin hat er aus meiner künstlerischen Sicht völlig versagt. Ich weiß allerdings so gut wie jeder andere, dass man einer Jury nicht mit einem solchen Argument kommen kann.

Beim Gedanken an eine Jury musste ich auch wieder an meine Lage denken, und sofort machte es mich wütend, dass mein Leben, das ja einen gewissen Wert hat, wegen seines völlig wertlosen Lebens verwirkt sein sollte. Aber natürlich wird niemand mit meinen Wertmaßstäben übereinstimmen, kein Mitglied meiner Familie und ebenso wenig Sophy. Ich glaube, nichts, was mir passiert, berührt Sophy. Aber wenigstens tut sie auch nicht so als ob, wofür ich sie allerdings nicht etwa mehr mag oder gar bewundere. Vermutlich bin ich im Grunde genauso widersprüchlich wie sie. Weder ihr Leben noch das meines Vaters hat irgendeinen Sinn, deshalb haben sie kein Recht, überhaupt zu leben. Sophy hat keinen Familienstolz, bei dem man sie packen könnte; es wäre völlig zwecklos, danach zu suchen. Ihre Mutter hatte einen ebenso schlechten Ruf wie sie, und meine Familie weigert sich, ihre Existenz zur Kenntnis zu nehmen. Mit Ausnahme von Isobel, die aber nicht zählt und von meinem Vater und Amy völlig erdrückt wird, will niemand Sophy in der Nähe haben, und sie würde sich hier auch nicht wohlfühlen. Das heißt nicht, dass sie den Dienstboten gegenüber schüchtern und bescheiden auftreten oder vor meinen Verwandten katzbuckeln würde. Vielmehr wäre sie unverschämt und vulgär – so war sie schon, als ich sie geheiratet habe, und das wusste ich auch. Doch jetzt ist es zu spät, sich zu beklagen.

Ich war vor allem wütend auf mich selbst. Endlich war ich zu einer unumstößlichen Entscheidung gelangt, hatte beschlossen, diese trostlose Phase meines Lebens hinter mir zu lassen und an meinen Platz in der einzigen Welt zurückzukehren, in der ich mich auskenne und sinnvolle Arbeit leisten kann, und genau in diesem Augenblick sollte nun eine haarsträubende Dummheit alle meine Pläne über den Haufen werfen. Es war unerträglich, dass mein Vater, der jede Hoffnung, die ich je gehegt hatte, vereitelt und enttäuscht hatte, dies auch noch im Tod vermochte, wozu ich allerdings Vorschub geleistet habe. Denn hätte ich das Messinggewicht wie beabsichtigt auf den Tisch geschmettert, statt mich in dem irrsinnigen Wunsch, dieses herablassende, spöttische Lächeln von seinem Gesicht zu fegen, gegen ihn zu wenden, hätte nicht einmal er mich daran hindern können, meinen Plan auszuführen. Irgendwie hätte ich ihn gezwungen, mir zu helfen. Er hätte zwar geschworen, es nicht zu tun, aber er hätte sich auch nicht nachsagen lassen wollen, dass seine Enkelkinder von der Fürsorge lebten. Ich glaube sogar, man hätte ihn juristisch verpflichten können, für sie aufzukommen. Das sagte ich ihm auch.

»Ich verschwinde«, sagte ich grob. »Ich gehe nach Paris zurück.«

»Und was wird aus Sophy und den Kindern?«, fragte er.

Irgendein Dämon in mir ließ mich antworten: »Du bist doch auch noch da.«

»Von mir bekommen sie keinen Penny«, rief er und fügte noch hinzu, dass die Kinder vermutlich gar nicht alle von mir seien.

Ich konterte, dass ein Mann nach englischem Recht für alle Kinder seiner Frau verantwortlich sei, solange die Ehe bestehe, unabhängig davon, ob er der Vater ist oder nicht, und dass deshalb er, sollte die Frage staatlicher Fürsorge auftauchen, für sie einzustehen habe.

Rasend vor Wut sprang er auf und schrie, er wolle nichts mit den Bastarden zu tun haben, seinetwegen könnten sie im Armenhaus zugrunde gehen. Ich sagte, sie wüssten vermutlich gar nicht, dass sie einen Großvater hätten, man habe sie ja nie auf mehr als eine Meile an das Haus herangelassen, und mein Verschwinden könne insofern von Vorteil für sie sein, als dann alle die Chance hätten, einander kennenzulernen.

Er schrie mich nieder, redete von Faulenzern, Schnüfflern und Blutsaugern, erinnerte mich daran, wie er und Richard mir in der Vergangenheit geholfen hatten, salbaderte über Unredlichkeit und Leichtsinn.

Was konnte ich sagen? Natürlich hat er mir geholfen. Er kannte meine Verhältnisse, und es wäre aufschlussreich gewesen zu sehen, wie er oder Richard mit weniger als fünf Pfund pro Woche eine Familie durchgebracht hätten. Auf meine einzige scharfe Erwiderung, dass er ja herzlich wenig in meine Erziehung investiert habe und dass man ohne Investition keine Dividende erwarten könne, entgegnete er, ich hätte meine Chance gehabt, sie aber nicht genutzt und damit jede weitere Unterstützung verwirkt. In dem Moment kochte meine Wut über, denn er fuhr fort, mir mit viel beschönigendem Hätte und Wäre vor Augen zu führen, was seiner Meinung nach möglich gewesen wäre, wenn ich seine Ansichten akzeptiert hätte. Und natürlich ließ er auch Sophy nicht ungeschoren. Er hat sie nie kennengelernt und hätte wahrscheinlich ohnehin nicht verstanden, welch eigenartige Wirkung sie vor über zehn Jahren auf mich ausgeübt hat. Sie war eine jener erschöpft wirkenden Frauen, die ein Quell unterdrückter Leidenschaft zu sein scheinen, in Wahrheit aber wie diese Butterformen in den Schaufenstern der Milchläden sind. Doch damals war sie eine Heloise für mich oder eine Laura. Wir verloren einander aus den Augen, und erst vergaß ich sie, dann war ich wieder verrückt nach ihr und suchte sie fieberhaft. Da erfuhr ich, dass sie ein Kind von mir zur Welt gebracht hatte. Das ernüchterte mich beträchtlich. Ich war erst zwanzig, hatte aber das Gefühl, auf eine Fülle an Erfahrung zurückzublicken, die selbst bei einem doppelt so alten Mann ungewöhnlich gewesen wäre. Als ich den kleinen Hartley sah (sie hatte sich nicht die Mühe gemacht, ihn taufen zu lassen, deshalb konnte ich seinen Namen nach Belieben wählen), bestand ich darauf, seine Mutter zu heiraten. Sie spielte jedoch von Anfang an nur eine Nebenrolle für mich. Was der Junge mir aber bedeutete, vermag ich nicht in Worte zu fassen, und es tut jetzt auch nichts mehr zur Sache. Meine Gefühle für ihn entsprangen nicht etwa einer angeborenen

Kinderliebe. Die Kinder, die Sophy nach ihm bekam, Schlag auf Schlag, wie die Kaninchen, ignorierte ich, so gut es ging. Auch Sophy schien sich nicht weiter für sie zu interessieren, sie kümmerte sich kaum um sie, ernährte sie unregelmäßig und drohte ihnen damit, sie bei lebendigem Leibe zu häuten, wenn sie nicht still seien.

Mit jedem neuen Baby schwor ich mir, es werde das letzte sein, doch so wie wir lebten, beengt und praktisch mittellos, ich selbst zermürbt von Arbeit und Sorgen, wie sie ein unverheirateter Mann nicht kennt, brach ich begreiflicherweise meine Vorsätze und holte mir bei Sophy alle Befriedigung, die ich bekommen konnte. Jetzt aber musste selbst ich mir eingestehen, dass es so nicht weiterging. Ich verdiente kaum etwas und ständig war eines der Kinder krank, brauchte einen Arzt oder ein Medikament und verlangte nach warmer Kleidung. Sophys Gejammer ging mir zunehmend auf die Nerven. Kaum hatte ich morgens angefangen zu arbeiten, kam sie ins Atelier und klagte, es sei nicht genug Geld fürs Mittagessen da. Ein paarmal schrieb ich um Geld an meinen Vater, der mir dann eine geringe Summe schickte, zusammen mit umso mehr Ratschlägen und Weisheiten. Das Leben wurde unerträglich für mich, und in meiner Verzweiflung nahm ich schließlich eine Stelle bei einem Bauzeichner in England an. Ich verdiente vier Pfund die Woche, und wir mieteten ein heruntergekommenes Reihenhaus in Fulham. Hartley war schon tot, statt seiner waren da drei kleine Mädchen, und ein viertes Kind war unterwegs. An meinem Arbeitsplatz musste ich Häuser im Dreifachen ihres tatsächlichen Maßstabs zeichnen, womit mein Chef die Kunden täuschte und betrog. Ich will nicht behaupten, dass die moralische Seite der Sache mir zu schaffen machte. Unverzeihlich erschien es mir jedoch, dass ich die besten Jahre meines Lebens sinnlos vergeudete. Ich bin siebenundzwanzig, und ich mache das nun seit fünf Jahren. Vor vier Wochen fasste ich dann den Entschluss, wegzugehen und zu meiner eigentlichen Arbeit zurückzukehren, koste es, was es wolle.

So wenig, wie mich die Leute kümmerten, die mit meinen Zeichnungen hinters Licht geführt wurden, so wenig kümmerten mich auch Sophy und ihre Kinder. Ich war mittlerweile so zynisch, dass ich fand, wer sich betrügen ließ, war selbst schuld. Ich zählte mich zu den Betrogenen. Ich verachtete mich zutiefst.

Während dieser fünf Jahre arbeitete ich – nach meinem Verständnis des Wortes –, wann immer ich konnte. Anfangs bestärkte mich Sophy darin, bis sie merkte, dass damit auch nicht mehr Geld ins Haus kam. Sie folgte mir ins Atelier und sagte: »Aber Brand, warum malst du nicht ein schönes Bild von der Brücke? Da sind immer Leute, die sie malen, und dann verkaufen sie die Bilder und malen neue.«

»Und verkaufen die auch wieder und malen wieder neue.«

Sie nickte.

»So stellst du dir das also vor?«

Sie fing wie üblich an zu keifen, bissig und vulgär.

»Ich stelle mir vor, dass die Kinder Schuhe kriegen und dass ich Unterwäsche kriege, für die ich mich im Falle eines Unfalls nicht zu Tode schämen müsste!«, kreischte sie.

Irgendwann gewöhnt man sich daran – fast jeder glaubt ja und tut das auch kund, dass es wichtiger ist, seinen Lebensunterhalt zu verdienen, als sich seiner eigentlichen Arbeit zu widmen. Dass ich geheiratet hatte, konnte man mir zweifellos vorwerfen, aber ich werde nicht meine kostbare Freizeit damit vergeuden, idiotische Bildchen von der Battersea Bridge oder dem Blick von Hammersmith auf Putney zu malen.

Auch meine Schwester Olivia konnte mich nicht in Ruhe lassen. Ich behaupte, Sophy hat sie aufgesucht und um Geld gebeten, wahrscheinlich mit einem der Kinder in einem zerlumpten Kleid. Ich konnte Olivia noch nie leiden, schon gar nicht, seit sie mit Eustace Moore verheiratet ist, diesem aalglatten, betrügerischen jüdischen Finanzier. Er ist ungeheuer stolz auf sie, man sieht die beiden »einfach überall, meine Liebe«, und sie schreibt verdammt gescheite Briefe für die Illustrierten – »Cherry, Liebes, ich muss dir unbedingt von einem Hut erzählen, den ich heute Morgen auf dem Boulevard gesehen habe« oder »Gestern Abend soll bei den Monroe-Phillips etwas ganz Außergewöhnliches passiert sein …« Eustace sieht Wunder was in ihr, weil sie wie eine Lady aussehen kann (zumindest so, wie er sich eine Lady vorstellt) und trotzdem wie eine Geschäftsfrau Geld verdient. Die beiden haben zwei Söhne, Montague und Arnold, und ein Auto, von dem man Fotos in der Zeitung sieht. Hin und wieder schreibt Olivia mir, oder sie kommt sogar nach Fulham. (»Bete für mich, Liebste, ich mische mich unters gemeine Volk. Ja, die arme Verwandtschaft. Grässlich, nicht wahr?«, höre ich sie zu ihren mondänen Freundinnen sagen.)

»Du darfst nicht denken, dass ich kein Mitgefühl hätte, Brand«, sagt sie gönnerhaft. »Es ist nicht so, dass du mir nicht leidtätest. Aber das Leben ist größer als die Kunst, und du musst an deine Kinder denken. Nicht, dass ich deine Haltung nicht verstehen würde. Aber Eustace würde es mir sehr verübeln und die Jungs auch, wenn ich mich nicht von meiner Arbeit losreißen würde, wann immer sie mich brauchen. Dabei kommt es mir, wenn ich richtig vertieft bin, so vor, als gäbe es nichts anderes auf der Welt. Es ist alles eine Frage der Disziplin, und wenn ich manchmal böse auf Eustace bin, weil er mich bei der Arbeit stört, tröste ich mich mit dem Gedanken, dass Disziplin im Arbeitszimmer – oder im Atelier – genauso notwendig ist wie im Kinderzimmer.«

»Der ganze verdammte Mist, den ich bei Higginsons mache, ist also eine gute Übung in Disziplin?«, fragte ich.

Sie bejahte strahlend. Seit Jahren schon, wann immer ich an sie denke oder sie sehe, träume ich davon, es ihr heimzuzahlen. Das Verhältnis zwischen ihr, Sophy und meinem Vater ist geradezu unerträglich. Daran habe ich ihn heute Abend erinnert. Man kennt das ja: Manchmal gibt einem die Würde des Lebens Halt und man reagiert instinktiv, man spürt eine Art Größe in sich, einfach weil man mitten im Leben steht. Dann gibt es wieder Tage – und so einer war heute –, an denen Würde nur ein leeres Wort ist und man sich billig, vulgär und unbeherrscht vorkommt. Man nennt das, glaube ich, einen Nervenzusammenbruch oder auch Hysterie. Im Grunde ist damit ein Stadium gemeint, in dem man alles nur Erdenkliche bereits ertragen hat. Nach den letzten sieben Wochen in Fulham war das Gespräch mit meinem Vater heute Abend der Tropfen, der das Fass zum Überlaufen brachte. Als ich nach King's Poplars kam, wusste ich, dass ich noch nicht bereit dafür war, ich brauchte noch etwas Zeit, um Kraft zu sammeln. Doch als ich Richard und Eustace wie die Geier über einem Leichnam kreisen sah, der ihnen noch nicht tot genug war, bereit, ihre Beute mit Schnabel und Klauen zu verteidigen, da wusste ich, dass ich nicht riskieren konnte, noch länger zu warten. Mein Grübeln über das Leben, das ich von nun an führen wollte, hatte mich ganz grundlos optimistisch gestimmt, und als ich zu meinem Vater in die Bibliothek hinunterging, war ich mir sicher - mein Wort darauf, auch wenn mir niemand glauben wird -, dass er diesmal meinen Standpunkt verstehen und auf meine Vorschläge eingehen würde. Nach fünf Minuten war mir jedoch klar, was für ein Narr ich gewesen war. Mich mochten Vorfreude und Hoffnung verändert haben, er aber war der Alte geblieben. Ich hätte ihm seine Kritikpunkte wortwörtlich vorsagen können. Immer derselbe Sermon von wegen Verantwortung, dem Namen der Familie, dem Wert rechtschaffener Arbeit. Ich versuchte ihm klarzumachen, dass meine Arbeit nicht rechtschaffen sei, weder theoretisch noch praktisch, und dass es für einen Mann von meinen Fähigkeiten einem Diebstahl gleichkäme, wenn ich in Fulham bliebe. Er tat das alles - Fulham-Geschwätz nannte er es - auf höchst beleidigende Weise ab, und uns beiden platzte der Kragen. Er machte sich in aller Seelenruhe, aber aufs Impertinenteste über Menschen lustig, denen er nicht das Wasser reichen konnte. Unser Streit wurde immer heftiger, irgendwann riss mir der Geduldsfaden und ich verlor den Kopf. Ich griff nach dem Briefbeschwerer.

Er lachte. »Du hast ganz recht«, sagte er, »Argumente wie deine müssen handfest untermauert werden.«

Da schlug ich zu, und in dem Augenblick wusste ich so wenig wie das Gewicht selbst, was ich tat. Kaum sank er zu Boden, stumm, ohne ein Stöhnen, erstarb der Aufruhr in mir, und ich wurde klein und leicht und leer. Und ich merkte, dass es sehr kalt im Zimmer war. Ich schaute zum Kamin - das Feuer war längst erloschen.

## 2

Als ich wieder zur Besinnung gekommen war und die Lage überblickte, wanderte ich einige Zeit ziellos und tatenlos im Raum umher. Mir war vage bewusst, dass nun einiges zu tun war, aber ich hätte nicht sagen können, was. Einen Moment lang war mir, als könnte gleich die Tür aufspringen und die ganze Familie würde hereinstürmen, im Morgenmantel, die Haare wild zerzaust, die Gesichter von Argwohn verzerrt. Ich sah sie vor mir wie die Schlussvignette einer Kindergeschichte. Doch nichts geschah, und ich vergaß sie wieder. Ich begann zu zittern, aber das lag wohl an dem Sturm, der draußen tobte. Das Herrenhaus in King's Poplars steht an einer steilen Hügelflanke und ist rauer Witterung fast schutzlos ausgesetzt. Morgens, wenn die Sonne auf die Wiesen scheint, ist das Gras wie Glas und alle Bäche sind zugefroren. An diesem Heiligabend war die Erde so hart und zerklüftet, wie Christina Rossetti sie in ihrem Weihnachtsgedicht beschreibt. »Tief im kalten Winter brach ein Sturm herein, Erde lag wie Eisen, Wasser wie Gestein.« Auf den Wiesen sah man keine Kühe mehr (sie wären erfroren), auf den vereisten Seen und Flüssen keine Vögel. Alles wirkte seltsam verlassen. Es gibt viele Bauern in der Gegend, und bei ihnen herrschte in diesem harten Winter große Not. Das Land ist selbst in den besten Zeiten ein knauseriger Brotherr, und diesmal war der dunklen Jahreszeit eine schlechte Ernte vorausgegangen. Sehr viele Männer waren arbeitslos, und ganz in der Nähe war es angeblich zu Unruhen gekommen. Der Sturm tobte seit vierundzwanzig Stunden. Hielt man einen Moment inne und lauschte, war es, als müsste einem das Haus über dem Kopf einstürzen, einen solchen Lärm und Aufruhr verursachten die knarrenden, ächzenden Bäume. Als ich mich schließlich wieder dem Toten am Fenster zuwandte, hatte ich das deutliche Empfinden, das einzig Lebende im Haus zu sein. Bei diesem Gedanken überkam mich ein Gefühl, das jeder kennt: Mir war, als sei ich nicht allein im Raum, und als ich abrupt den Kopf hob, starrte mich zu meinem Entsetzen ein Gesicht an. Erst erkannte ich es nicht - die dunklen Züge, den zurückgeworfenen Kopf, die zusammengepressten Lippen, das entschlossen aus der Stirn zurückgestrichene dunkle Haar, das markante Kinn, die flammenden dunklen Augen, das ganze Antlitz, von einer Lebendigkeit verklärt, die mich sprachlos machte. Und plötzlich wusste ich, wer es war. Seit meinem letzten Besuch hatte mein Vater einen sehr schön gearbeiteten französischen Spiegel angeschafft, der jetzt an der gegenüberliegenden Wand hing. Das Gesicht, das mich anblitzte, war mein eigenes. So fasziniert war ich davon, wie ich aussah, wenn ich überrumpelt, meiner selbst nicht bewusst und hellwach war, dass ich über den Leichnam hinwegstieg und näher an den Spiegel herantrat, von einer Neugier getrieben, die noch größer war als meine Bewunderung. Dies also war die Persönlichkeit, die sich normalerweise unter dem schäbigen Aufzug und dem Habitus eines Angestellten mit einem Gehalt von vier Pfund zehn pro Woche verbarg. Dies war der eigentliche Mann, der Mann, der zu sein ich beabsichtigt hatte, als der ich beabsichtigt war (hin und her drehte ich die Worte, wieder und wieder, um es meinem überraschten Bewusstsein einzuhämmern) und den die Umstände seines Privatlebens offenbar nicht vollends hatten besiegen können.

Als ich dieses verwegene, entschlossene Gesicht sah, dachte ich sofort: Es ist eine Schande, dass ein solcher Mann seine Tage damit zubringt, getürkte Pläne für Higginsons zu zeichnen. So machtvoll war die Offenbarung, dass ich es kaum erwarten konnte, mich aufzumachen und meine eigentliche Arbeit zu tun. Ich glaubte zu einer neuen Geschmeidigkeit des Handgelenks finden zu können, einer Weitung des Blicks, einer lebendigeren Fantasie, zu rascherem, präziserem Denken. Meine Zukunft lag vor mir, nicht reich an Erfolgen – mit denen rechnete ich nicht, auch nicht mit dem entsprechenden Verdienst –, aber reich an neuen Konzepten, Experimenten, grandiosen Ideen. Als wäre ein Damm gebrochen oder ein Tor niedergerissen worden, so strömten diese neuen Kräfte in mich ein und ertränkten meine Zaghaftigkeit, meine Ängste. Dem Ich, das der Spiegel mir gezeigt hatte, war ich es schuldig, dass dieser Mann seine Chance bekam. Instinktiv beschloss ich, seine zielbewusste Miene festzuhalten, um meine Entschlossenheit in den kommenden Tagen zu stärken. Ich habe immer ein Skizzenbuch und einen Bleistift bei mir. Nicht dass ich in diesem Punkt abergläubisch wäre, aber ich verleihe den Stift nicht für gewöhnliche Notizen. Ich verleihe ihn überhaupt nicht.

Mein Gehirn stand in Flammen. Meine Hand besaß eine neue Sicherheit und Dynamik. Rasch bannte ich dieses denkwürdige Gesicht auf Papier, und als ich fertig war, stand ich auf und bewunderte meine Arbeit, die kühne Sparsamkeit der Linien, ihre Klarheit und Kraft, die Detailgenauigkeit, die starke Individualität der Zeichnung.

Ich signierte sie wie immer – meine melodramatische Signatur nennt Sophy es – und warf einen Blick auf den Wandkalender. Ich signiere und datiere grundsätzlich auch ganz unbedeutende Studien. Als ich die Vierundzwanzig auf dem Kalender sah, fiel mir wieder ein, dass Heiligabend war. Ich schaute auf die Uhr und sah zu meiner Überraschung, dass die Zeiger auf halb zwei standen; der erste Weihnachtstag war bereits angebrochen. Ich setzte zum Schreiben an – 25. 12. … –, da ertönte hinter mir ein ungeheures Getöse. Erschrocken ließ ich den Bleistift fallen und fuhr herum, gefasst auf irgendeine grausame Attacke. Doch es war nur der Wind; er hatte eines der Flügelfenster aufgedrückt, und der sich bauschende Vorhang hatte eine blaue Schale zu Boden gefegt. Es herrschte ein einziger Aufruhr – heulende Sturmböen, pfeifender Wind und das Knattern der schweren Vorhänge. Ich war entsetzt. Gleich kommen alle angelaufen, dachte ich, und ich sitze wie die sprichwörtliche Maus in der Falle. Ich ließ alle Hoffnung fahren, doch seltsamerweise empfand ich keine Angst. Ich erstarrte zwar – so wäre es wohl jedem ergangen –, doch weder zitterte ich noch brach mir der Schweiß aus. Die Zeichnung hielt ich noch in der Hand, und mir war, als verliehe sie mir eine besondere Stärke. Ich hob den Bleistift auf und sah zu meinem Ärger, dass die Spitze abgebrochen war. Ich schaute mich nach einem Messer um, fand aber keines, doch ich brauchte jetzt auch keines mehr, wie mir gleich darauf klar wurde.

Wie durch ein Wunder erschien niemand. Dabei war das Haus voller Menschen. Ich dachte daran, wie ich sie beim Dinner gesehen hatte, so korrekt und distinguiert in ihren teuren Kleidern, mit ihren tadellosen Manieren, ihrem seichten Geplauder, ihrer unglaublichen Weltfremdheit. Ich wage jedoch zu behaupten, dass dies nur die Oberfläche war; darunter waren zumindest Richard und Eustace aufs Äußerste angespannt, auch wenn sie es gut verbargen. Bei aller Höflichkeit gaben sie mir deutlich zu verstehen, dass ich nicht in ihre Welt gehörte, dass ich nicht eingeladen war und nur widerwillig geduldet wurde, weil ich mich ihnen aufgedrängt hatte. Besonders an Olivia musste ich denken, deren weißes Satinkleid nicht zu ihrem Teint passte, und an Richards Frau, die in ihrem meergrünen Brokatkleid hinreißend aussah. Es war viel zu fein für King's Poplars, aber sie wirkte darin wie eine Figur auf einem Gemälde. Ich interessiere mich nicht besonders für Porträtmalerei, würde sie jedoch liebend gern einmal als eine der großen allegorischen Figuren oder Sagengestalten malen. Ich konnte mir nie vorstellen, dass sie Richard liebt, aber sie tut so als ob, sie spielt genauso routiniert Theater wie alle anderen.

Als ich an sie alle dachte – und auch an meine eigenen Bestrebungen, die allenfalls einmal für einen kurzen Moment aus meinen Gedanken verschwinden –, stellte ich sie mir als eine Hundemeute vor, die meine Spur verfolgt, und fasste sogleich den Vorsatz, mich nicht erwischen zu lassen. Irgendetwas musste ich mir ausdenken, um sie abzulenken, eine falsche Fährte zu legen, mein Hiersein zu leugnen. Unverzüglich suchte ich den Raum danach ab, ob ich sichtbare Spuren hinterlassen hatte. Als Erstes fiel mein Blick auf den Briefbeschwerer, den ich im ersten Moment tiefer Bestürzung auf die Schreibtischkante gelegt hatte. Ein dunkler Fleck war daran – Blut natürlich – und ein blutiges Hautfetzchen. Ich drehte mich zu meinem Vater um und sah, dass seine Schläfe angeschwollen und bläulich rot verfärbt war. Unmittelbar über der Augenbraue verlief ein langer, klar abgegrenzter Schnitt. Das machte meine anfängliche Hoffnung, seinen Tod als Unfall darstellen zu können, zunichte. Man würde sofort sehen, dass er nicht gestürzt, sondern niedergeschlagen worden war. Einen Moment lang erwog ich die Möglichkeit des Selbstmordes, aber auch das kam nicht in Frage. Kein Mensch konnte sich auf solch absurde Art das Leben nehmen. Es blieb nur eine Lösung: die Wahrheit. Und die musste ich so verdrehen, dass jemand anderer der Schuldige war. Ich holte ein Taschentuch hervor und rieb den Briefbeschwerer damit sauber. Auf keinen Fall durfte ich auf irgendeinem Gegenstand, den man mit dem Verbrechen in Verbindung bringen konnte, verräterische Fingerabdrücke hinterlassen. Und da das Taschentuch nun blutverschmiert war, beschloss ich, es zu vernichten, ehe ich den Raum verließ. Schade darum, es war ein gutes Taschentuch aus feiner Seide. So eines hatte ich seit meiner Heirat nicht mehr in der Hand gehabt. Sophy gibt mir immer diese billigen Baumwolltücher - manchmal habe ich den Verdacht, sie näht sie aus ausrangierten Bettlaken -, die in der Wäsche nie richtig sauber und meist für eines der Kinder requiriert werden, das gerade den unvermeidlichen Schnupfen hat. Tags zuvor hatte Olivia beim Mittagessen naserümpfend auf mein Taschentuch geblickt, und als ich auf dem Weg zum Dinner sah, wie Eustace beim Verlassen seines Zimmers eines seiner seidenen Taschentücher fallen ließ, hatte ich es ohne den Hauch eines schlechten Gewissens in Besitz genommen. Isobel hatte mich damit aufgezogen. Ich brächte es noch zu etwas, hatte sie gemeint.

Olivia hat eine Angewohnheit, die ich immer gehasst habe, die mir aber jetzt zupasskommen könnte. Als Kind wusste sie stets genau über ihre Besitztümer Bescheid, und es wurden heftige Kämpfe darum ausgefochten, wem irgendein armseliges Spielzeug oder ein Stofffetzen gehörte. Zweifellos könnte sie auch in ihrer Ehe jederzeit eine Liste von Eustaces oder ihrer eigenen Garderobe herunterspulen und wüsste auch noch, wo jedes einzelne Stück gekauft wurde. Dass Eustace ein Taschentuch verloren hatte, würde ihr mit Sicherheit nicht verborgen bleiben. Ich hoffte, sie würde den Verlust bemerken, bevor jemand ein großes Geschrei erhob, denn dann würde man die Reste des Taschentuchs im selben Raum finden wie den Toten und daraus naheliegende Schlüsse ziehen. Weil das Feuer ausgegangen war, musste ich das Tuch mit Hilfe von Zündhölzern verbrennen. Ich verbrauchte ziemlich viele davon, denn Amy spart auch hier und kauft billige ausländische Zündhölzer, die viel zu leicht abbrechen. Nachdem das Taschentuch verbrannt war – ich drückte es im Kamin mit einem Schürhaken in die Asche, damit genug davon als Beweis übrig blieb –, sah ich mich um, was als Nächstes zu tun war. Da geschah etwas Schreckliches. Schon seit frühester Kindheit leide ich unter Panikanfällen, die in der Regel einer überdrehten Fantasie entspringen. Als ich ein Kind war, saß Nacht für Nacht eine Hexe neben meinem Kopfkissen, und noch heute kehren solche Trugbilder in Momenten der Panik wieder. Jetzt zum Beispiel bemerkte ich einen riesigen Mann, der im Halbdunkel am Bücherregal lehnte und mich höhnisch anschaute. Als ich den Blick abwandte, sah ich einen buckligen Zwerg hinter dem Sofa hervorlugen, Gesichter brabbelten zwischen den Falten der Vorhänge, und in den dunklen Ecken klangen Schritte. Mir kam der grauenvolle Gedanke, dass diese Erscheinungen erst aufgetreten waren, nachdem ich das Fenster zugemacht hatte, dass ich mich also mit diesen Fantasie- und Fabelwesen eingeschlossen hatte. Ein absurder Gedanke, und doch dauerte es mehrere Minuten, bis ich mein überreiztes Gehirn dazu bringen konnte, die offenkundige Tatsache zu akzeptieren, dass ich mir von Schatten, Echos und den Effekten irgendwelcher Draperien und Vorhänge hatte Angst einjagen lassen.

Es ist erstaunlich, wie langsam das Gehirn in Krisensituationen arbeitet; man würde doch annehmen, dass es gerade dann aktiver ist als sonst. Ich sah mich im Zimmer um, und es stellte sich kein klarer Gedanke ein, nur der feste Wille, mich den Konsequenzen dessen, was ich getan hatte, zu entziehen. Nicht dass ich einen Mord als Verbrechen unterbewerten würde. Ich bin sogar bereit zuzugeben, dass er das schlimmste Verbrechen überhaupt ist, weil er dem Opfer das Einzige raubt, was zu besitzen sich lohnt: das physische Leben. Welchen Wert das Leben allerdings für einen Mann wie meinen Vater hatte, weiß ich nicht, zumal er, wenn es stimmt, was man sich erzählt, kurz davorstand, auch noch die erbärmlichen Dinge, die ihm wichtig waren, zu verlieren. Da fiel mein Blick auf das Scheckbuch, das zwischen anderen Papieren auf dem Schreibtisch lag.

## 3

Leute, die weder Künstler noch arm sind, reden eine Menge Unsinn über die Segnungen der Armut, über die Freiheit, die ein geringes Einkommen und damit das Fehlen von Verantwortung gewähren. Dichter, die nicht Woche für Woche Geld verdienen müssen, sondern nach Lust und Laune schreiben können, singen unbekümmert das Loblied von Frau Armut und führen Franz von Assisi und andere Heilige ins Feld, die offenbar keine Familien zu ernähren hatten. Sie wären jedenfalls die Ersten, die es uns übelnehmen würden, wenn wir versuchten, unsere Last loszuwerden und auf Kosten der Gemeinschaft zu leben. Dabei war Betteln in früheren Zeiten gar kein Ärgernis. Außerdem stimmt das alles nicht. Ich wünschte nur, diese Verrückten könnten Armut am eigenen Leib erfahren, wirkliche Armut, die sie lehren würde, was Verantwortung heißt, wenn man nicht über die Mittel verfügt, ihr gerecht zu werden. Das Leben überträgt Menschen mit einem komfortablen Einkommen ja nicht zugleich die größte Verantwortung. Arm und Reich haben sie gleichermaßen zu tragen. Und Armut im zwanzigsten Jahrhundert ist, wie ich nur zu gut weiß, gleichbedeutend mit rissigen Zimmerdecken, würdelosen Tricks und Ausflüchten, feuchten Wänden, sich lösenden Tapeten, minderwertiger Nahrung, ständigem Gejammer unzufriedener oder kranker Kinder, beengten Wohnverhältnissen, fehlender Freizeit und Privatsphäre und all den anderen Demütigungen verzagter Armer. Ich behaupte nicht, dass alle den Mangel an Bewegungsfreiheit, an Raum zum Denken und zu schöpferischer Tätigkeit genauso empfinden wie ich. Mein Vater und mein Bruder betrachten so etwas als Luxus, für mich aber ist es so lebenswichtig wie das tägliche Brot. Und als ich nun das Scheckbuch sah, glaubte ich, auch meine Chance zu sehen.

Da ich einen Menschen getötet hatte, konnte ich genauso gut den größtmöglichen Vorteil daraus ziehen. Später mochte mein Verbrechen mich quälen und verfolgen, doch wenigstens sollte es mir nicht jetzt schon Hohn und Spott wegen meines Versagens, meiner Feigheit, meines fehlenden Unternehmungsgeistes - wie immer man es nennen mag - eintragen. Ich kannte meinen Vater gut genug, um zu wissen, dass kein Penny von seinem Nachlass an mich fallen würde, und meine anderen Verwandten konnte ich auch nicht ansprechen. Schon seit meiner Kindheit besitze ich jedoch ein gewisses Geschick im Nachahmen von Unterschriften. Zum ersten Mal habe ich es als dreizehnjähriger Schüler ernsthaft versucht, um eine bestimmte Arbeit zu umgehen, die ich für sinnlos hielt. Ich fälschte einen Brief in der Handschrift meines Vaters, unterzeichnete ihn mit seinem üblichen unleserlichen Gekrakel und gab ihn Mr. Green, dem Lehrer. Durch reines Pech kam mein Vater mir einige Wochen später auf die Schliche, als er Mr. Green zufällig begegnete und von ihm auf das Thema angesprochen wurde. Sein Zorn war fürchterlich. Er habe einen Schurken zum Sohn, erklärte er, einen angehenden, nein, einen vollendeten Verbrecher. Ich sei es nicht wert, mit anständigen Menschen zu verkehren, schon gar nicht mit der eigenen Familie. Ich durfte nicht mehr mit den anderen zusammen essen und wurde verprügelt, bis ich kaum noch stehen konnte. Mein Vater schlug Mr. Green sogar vor, mich seinerseits genauso hart zu bestrafen. Green hatte jedoch Humor und meinte milde, die Sache habe vermutlich als Scherz begonnen und er sei überzeugt, dass ich meine Lektion gelernt hätte. Er hatte insofern recht, als ich das Experiment nicht wiederholte, solange ich zu Hause lebte. Vor einigen Monaten aber wurde ich bei Higginsons erneut zum Fälscher. In unserer Abteilung arbeitete ein älterer Mann namens Wright, ein beleibter, selbstgefällig umherstolzierender Niemand von unerträglichem Auftreten. Mit der Zeit wurde er so unangenehm, dass wir uns zu mehreren zusammentaten und einen Brief verfassten, den ich mit dem Namen des Firmenchefs unterschrieb. Es gebe beunruhigende Gerüchte hinsichtlich seiner Arbeit und auch seines Verhaltens gegenüber jüngeren Kollegen, hieß es darin, und wenn in beiden Belangen keine merkliche Besserung eintrete, könne er sich anderswo eine Anstellung suchen. Der Brief sei als vertrauliche Warnung gedacht und bedürfe keiner weiteren Erwähnung.

Die Wirkung war verblüffend. Wright fiel auf den Schwindel herein, und seine Unverschämtheit, sein Dünkel, sein Selbstbewusstsein waren wie weggeblasen. Er hatte eine Frau und mehrere Kinder, war jedoch unvermögend, und von einem Tag auf den anderen veränderte sich sein Verhalten radikal. Er war nicht mehr wichtigtuerisch und arrogant, sondern fragte andere nach ihrer Meinung, katzbuckelte gar, zeigte sich kleinlaut und unterwürfig. Die Sache war so einfach gewesen, dass wir versucht waren, noch ein weiteres Experiment zu wagen, aber die Vernünftigeren unter uns meinten, wir seien weit genug gegangen, wir sollten das Schicksal nicht herausfordern, und so beließen wir es dabei.

Diese beiden Erfolge hatte ich im Sinn, als ich das Scheckbuch zu mir heranzog. Endlich rückte die Möglichkeit, Muße und Sicherheit zu erlangen, in greifbare Nähe. Der Weg dorthin war unredlich, aber mein ganzes Leben war von Unredlichkeit geprägt. Mein Broterwerb, mein Verhältnis zu Sophy, mein Wegsehen, was ihre mutmaßlichen Beziehungen zu anderen Männern anging – schlimmer war das, was ich vorhatte, auch nicht, und zumindest hatte es einen Sinn. Aber es war gefährlich. Das wurde mir klar, während ich dastand und mich fragte, wie groß die Gefahr war, der ich mich aussetzen würde. Niemand würde mir glauben, dass mein Vater mir auch nur einen Penny gegeben hatte. Ich musste deshalb eine Geschichte erfinden, die Richard, Amy und Eustace überzeugen oder zumindest beschwichtigen würde, denn sie würden mich hetzen wie eine Hundemeute den Fuchs. Doch da mein jetziges Leben unerträglich geworden war und ich in einer Sackgasse steckte, aus der ich keinen anderen Ausweg sah, beschloss ich, das Risiko einzugehen. Ich hatte so sehr unter den Demütigungen der Armut gelitten, dass alles andere besser war.

Nachdem die Entscheidung gefallen war, fand ich noch einen weiteren triftigen Grund für die Fälschung: Wer würde mich, wenn ich den Scheck vorlegte, noch des Mordes an meinem Vater verdächtigen? Das war ein so scharfsinniges Argument, dass ich unverzüglich einen Stift von der Ablage auf dem Tisch nahm und mein Können auf einem Schreibblock erprobte. Wie sich zeigte, beherrschte ich die Kunst so gut wie eh und je. Jeder meiner Versuche wäre wahrscheinlich von der Bank meines Vaters anstandslos akzeptiert worden. Ich nahm also das Scheckbuch, und in einem Moment herrlicher, rauschhafter Verwegenheit setzte ich einen Betrag von zweitausend Pfund ein. Eine horrende Summe, gewiss, aber ich musste Vorsorge für Sophy und die Kinder treffen und ich konnte nicht ohne einen Penny in der Tasche ins Ausland gehen. Die Versuchung war einfach zu groß. Ich konnte ohne weiteres überführt werden, und was für eine Schmach würde es dann sein, für lumpige fünfhundert Pfund die Freiheit verloren zu haben. Doch als ich den Scheck unterschrieben, ihn herausgerissen und den Kontrollabschnitt peinlich genau, wie mein Vater es zu tun pflegte, ausgefüllt hatte, stand ich ziemlich ratlos da, mit dem Gefühl, noch irgendetwas tun zu müssen, um mich zu schützen. Denn so wie die Dinge lagen, würde jeder Einfaltspinsel darauf kommen, dass ich meinen Vater als Letzter lebend gesehen hatte. Heute Nacht würde wohl kaum noch jemand die Bibliothek betreten. Aber um meine Haut zu retten, musste ich es so aussehen lassen, als wäre nach mir noch jemand anderer hier gewesen. Die Lösung war einfach, auch wenn es eine Weile dauerte, bis ich darauf kam. Ich riss ein zweites Scheckformular heraus, vernichtete es, trug auf dem Kontrollabschnitt Eustaces Namen und einen Betrag von zehntausend Pfund ein und datierte ihn auf den fünfundzwanzigsten Dezember. Der Plan war denkbar einfach. Wer in dem Scheckbuch blätterte, musste zu dem Schluss gelangen, dass Eustace in der Bibliothek gewesen war, nachdem ich sie verlassen hatte. Und da der erste Weihnachtstag bereits angebrochen war, würde Eustace nicht behaupten können, er hätte den Scheck schon vor dem Abend erhalten.

Ich hatte die perfekte Falle gestellt, schien mir, und im Kamin lagen zudem die Reste von Eustaces Taschentuch. Es konnte sich natürlich herausstellen, dass noch ein anderes Familienmitglied seidene Taschentücher benutzte, aber die Verknüpfung der Fakten war in meinen Augen zwingend. Was den Betrag anging, so hatte Eustace erwähnt, dass er zehntausend Pfund benötige, um seine Angelegenheiten zu regeln.

Ich hatte ihn instinktiv zum Opfer auserkoren, weil er besser in meinen Plan passte als irgendjemand sonst im Haus. Zum einen brauchte er dringend Geld, zum anderen konnte man sich kaum vorstellen, dass Richard Gewalt gegen seinen Vater anwenden würde, auch nicht, wenn er provoziert wurde. Eustace dagegen, so sagte ich mir, konnte leicht den Kopf verlieren. (Heute glaube ich, dass ich im Irrtum war, aber damals war ich felsenfest von der Richtigkeit meiner Annahme überzeugt.) Als ich später alles noch einmal überdachte, wurde mir bewusst, dass ich, hätte ich Zeit zu reiflicher Überlegung gehabt, zu einem ähnlichen Schluss gekommen wäre. Eustace war Olivias Mann, und mit den beiden und ihren hochnäsigen Söhnen hatte ich seit langem ein paar Rechnungen offen. Von alldem abgesehen gab ich mich außerdem mit Genuss der Vorstellung hin, wie dieser Betrüger sich in dem Versuch, sich aus der Affäre zu ziehen, wand und krümmte, so wie viele seiner Opfer sich gewunden und gekrümmt haben mussten. Ich empfand keinen Funken Mitgefühl für ihn.

Ich hatte jetzt nur noch eines im Sinn: Ich musste die Bibliothek verlassen, ehe mich jemand hier sah. Mit dem Ausfüllen des zweiten Kontrollabschnitts hatte sich mein Risiko vervielfacht, und zudem stieg Panik in mir auf. Mittlerweile wähnten meine gequälten Ohren das ganze Haus in Aufruhr. Ständig sah ich krampfhaft zur Tür hin, denn mir war, als müsste sie jeden Moment aufgehen. Nur mit Mühe konnte ich mich davon abhalten, den Raum zu durchqueren und sie aufzureißen, um mich davon zu überzeugen, dass nichts Bedrohliches im Halbdunkel des Flurs lauerte. Seltsame Gebilde, geheimnisvollen Vögeln ähnlich, huschten über die Decke. Das Toben des Sturms an den Fenstern und im

Kamin war von Stimmen erfüllt. Auf der Treppe klangen Schritte, und an den Fensterscheiben zeigten sich Gesichter. Doch ich kämpfte das aufsteigende Grauen nieder und zwang meine Fantasie, auf meine Befreiung hinzuarbeiten. Ehe ich den Raum verließ, musste ich mir eine Geschichte ausdenken, die den hohen Betrag auf dem Scheck, ja die Existenz des Schecks selbst erklärte. Lange wollte mir einfach keine plausible Begründung einfallen. Das Einzige, was mir in den Sinn kam, war Erpressung. Doch ich wusste zu wenig – und Richard vermutlich zu viel – vom Leben meines Vaters, um diese Karte ausspielen zu können. Ich rief mir die hitzige Debatte, die dem tödlichen Hieb vorausgegangen war, genau in Erinnerung. Da waren seine Äußerungen über Kunst und Künstler gewesen, seine beleidigenden Anspielungen auf meine Frau. Als Nächstes dachte ich an mein Versprechen, dass weder ich noch Sophy oder die Kinder uns jemals wieder an ihn wenden würden, wenn er mir jetzt half; ich hatte sogar angeboten, es ihm schriftlich zu geben, doch er hatte nur abfällig gelacht und gesagt: »Dein Wort in Gottes Ohr, mein lieber Brand!« Aber angenommen, drängte meine Fantasie weiter, er hätte nicht gelacht? Angenommen, er wäre auf mein Angebot eingegangen, dann hätte er mich doch vielleicht mit einer hübschen Summe abgefunden.

Ich überlegte. Ich hatte ihm vorgeschlagen, eine Verpflichtungserklärung zu unterschreiben. Er hatte abgelehnt – aber das konnte niemand wissen. Federhalter, Tinte und Papier hatte ich vor mir. Meine Geschicklichkeit als Fälscher hatte ich bereits unter Beweis gestellt. Und mein Blut war warm, mein Geist furchtlos. Es kam mir gar nicht in den Sinn, Angst davor zu haben, dass dieser weitere Vorstoß mich verraten könnte, und wie in einem schönen Rausch begann ich zu schreiben.

Die Erklärung lautete etwa folgendermaßen:

> Ich, HILDEBRAND GRAY, erkläre hiermit, dass ich, nachdem ich am heutigen Tag einen Betrag von zweitausend Pfund von meinem Vater ADRIAN GRAY aus dem Herrenhaus in King's Poplars, Grebeshire, erhalten habe, besagten ADRIAN GRAY nie wieder um finanzielle oder sonstige Unterstützung angehen und auch meiner Frau SOPHY GRAY sowie meinen Kindern Margot, Eleanor, Dulcie, Anne und Ferdinand untersagen werde, sich jemals - aus welchen Gründen auch immer - an ihn zu wenden. Ich verzichte freiwillig auf jegliche Ansprüche, die ich für mich selbst oder für sie jemals gegen besagten ADRIAN GRAY geltend gemacht habe. Darüber hinaus erkläre ich, dass ich den Namen des besagten ADRIAN GRAY niemals, unter welchen Umständen auch immer, als Referenz angeben oder meine Beziehung zu ihm offenlegen werde, sofern es sich nicht als unvermeidbar erweist.

Nachdem ich diese absurde Erklärung unterschrieben hatte, schien mir, dass ich nun alles getan hatte, um die Polizei irrezuführen. Richard und vermutlich auch Eustace würden im prätentiösen Stil des Schreibens genau jene Aufgeblasenheit und Unbarmherzigkeit wiedererkennen, die das Verhältnis meines Vaters zu mir gekennzeichnet hatten. Ich hatte einen Federhalter benutzt, der auf der intarsienverzierten Lack-Schreibtischgarnitur lag, unterschrieb das Dokument jedoch mit einer billigen Feder, die ich selbst dabeihatte. Ich hielt inne und bewunderte mein Werk. Ich hatte meinem Instinkt die Führung überlassen, was den besonderen Schreibstil meines Vaters anging, denn es war lange her, seit ich zuletzt von ihm gehört hatte, lange genug, um seine Eigenheiten zu vergessen. Doch als ich mein Meisterwerk noch einmal durchlas, war ich überzeugt, dass nicht einmal ich selbst die Echtheit des Schriftstücks angezweifelt hätte.

Nun gab es nichts mehr für mich zu tun, ich musste nur noch zusehen, dass ich unbemerkt in mein Zimmer kam. Ich hatte mir Folgendes zurechtgelegt und hoffte, dass die anderen es genauso sehen würden: Eustace steckte in Schwierigkeiten und war in aller Frühe in die Bibliothek gegangen, um meinen Vater genauer über die Lage ins Bild zu setzen. Mein Schwager bewegte sich am Rande der Legalität und war möglicherweise sogar in kriminelle Machenschaften verwickelt. Ich hatte mein Dokument offen auf dem Tisch liegen lassen, sodass ich annehmen konnte, er habe es ungewollt gelesen und die Vorstellung, dass ein Nichtsnutz wie ich eine so hohe Summe erhielt, während er selbst keinen Penny bekam, habe ihn augenblicklich in Harnisch gebracht. Bei dem anschließenden Gespräch zwischen ihm und meinem Vater konnten sich beide in Hitze geredet haben, Eustace konnte eingestanden haben, wie verzweifelt die Lage war, und meinen Vater praktisch gezwungen haben, die zehntausend Pfund herauszurücken. Das hätte mein Vater allerdings vermutlich an bestimmte Bedingungen geknüpft, und die konnten sich für Eustace nicht nur als demütigend, sondern auch als objektiv gefährlich erweisen. Mein Vater konnte sehr gehässig werden, und Eustace befand sich in einem Zustand beträchtlicher nervöser Anspannung. Zudem war es riskant, ein Dokument, das Eustace in größte Erklärungsnot stürzen konnte, im Besitz eines Mannes wie Adrian Gray zu belassen; mein Vater war nicht der Typ, sich einen solchen Vorteil entgehen zu lassen. Das würde auch Eustace bewusst sein. Möglicherweise würde mein Vater mit seiner Schadenfreude nicht hinterm Berg halten. Der Briefbeschwerer lag in Reichweite, und so würden die Polizei - ich ging davon aus, dass die Angelegenheit ein Fall für die Polizei war - und die Familie zu so naheliegenden Schlüssen gelangen, dass sich hoffentlich jede Diskussion erübrigen würde.

Auf dem Weg zur Tür riss ich das Kalenderblatt für Heiligabend ab. »Reichtum hat man im Kopf, nicht in der Tasche«, lautete das Zitat, das darauf stand. Das für den Fünfundzwanzigsten lautete »Friede auf Erden und den Menschen ein Wohlgefallen«. Ich schaute mich noch einmal um, ob ich auch nichts übersehen hatte. Es war die letzte Gelegenheit. Amateurverbrecher, heißt es, hinterlassen meist irgendein auffälliges Beweisstück; gehen sie dagegen umsichtig zu Werke, wird das selten gewürdigt. Wenn ich jetzt etwas vergaß, würde es mich den Experten verraten. Wahrscheinlich war es besser, ich betrat diesen Raum erst wieder, wenn alle Formalitäten erledigt waren. Ich war todmüde, ich fühlte mich benommen, und um mich wach zu halten, griff ich nach einem runden schwarzen Lineal und drehte es zwischen den Fingern. Dann legte ich es wieder hin, ohne es vorher abzuwischen. Es würde unverdächtiger wirken, wenn man eine Spur meiner Anwesenheit in dem Raum fand, denn ich hatte nicht die Absicht, die Unterredung mit meinem Vater abzustreiten. Die ganze Familie kennt meine Angewohnheit, beim Reden mit irgendeinem Gegenstand zu spielen. Das ist einer der Haken, an denen sie ihre diversen Beanstandungen meines Charakters aufhängen - eine Rastlosigkeit, die nie ans Ziel kommt, nennen sie es untereinander, mangelnde Selbstbeherrschung. Dann kam mir der Gedanke, dass es ein wenig zur allgemeinen Verwirrung beitragen konnte, wenn ich ein Fenster öffnete; das würde darauf schließen lassen, dass der Täter von draußen gekommen war. Außerdem war es genau das, was Eustace in dieser Situation getan hätte.

Zu meiner Überraschung schneite es in dichten Flocken. Der Wind hatte sich gelegt. Es war totenstill draußen. Nirgends ein Licht; selbst der Schnee wirkte trübe. Auch im Haus hörte man keinen Laut.

Ich beschloss, das Licht auszumachen. Wenn ich es anließ, würde es von einem beflissenen Dienstmädchen bemerkt werden, das in aller Frühe die Bibliothek betrat. Die Geschichte, die bereits in meinem Kopf reifte, hing aber davon ab, dass ich jemandem von der Familie begegnete, bevor die Tat entdeckt wurde. Außerdem hätte Eustace das Licht mit Sicherheit ausgeschaltet. Ich fand es immer eigenartig, dass ein Mann, der sich in solch riskante Unternehmungen stürzt, ein so beschränktes Vorstellungsvermögen besitzt. Ich habe das mehr als einmal getestet und war jedes Mal von neuem überrascht, dass jemand so geniale Strategien entwickeln kann, um anderen das Geld aus der Tasche zu ziehen, ansonsten aber die meiste Zeit mehr oder weniger blind ist.

## 4

Ich hatte Glück und begegnete niemandem, als ich mich nach oben schlich. Mein Zimmer lag am Ende des Flurs. Das Haus ist merkwürdig gebaut, niedrig und L-förmig; der kurze Arm des L beherbergt Dienstbotenzimmer, Vorratsräume und Abstellkammern. Als ich die Tür hinter mir zumachte, war es, als sperrte ich all meine Sorgen und Ängste aus. Den Gedanken an das, was ich getan hatte, verdrängte ich. Welche Fehler ich auch gemacht hatte – es war zu spät, um sie noch zu korrigieren. Dasselbe Gefühl habe ich auch, wenn ich ein Gemälde beendet habe. Ich male nie noch lange an einem Bild herum. Wenn es fertig ist, lasse ich es los. Will ich etwas besser machen, fange ich ein neues an.

Als ich in meinem Zimmer die Lampe anknipste, sah ich, dass hinter dem Vorhang einer der Dienstbotenkammern noch Licht brannte. Es schien von einer schwachen Gasleuchte zu kommen, vielleicht auch von einer Kerze. (Es lässt auf den Stellenwert der Dienstboten im Haushalt meines Vaters schließen, dass man in ihren Zimmern die altmodische Gasbeleuchtung beibehalten hat, als das übrige Haus ans Stromnetz angeschlossen wurde.) Ich fragte mich, warum das Mädchen so spät noch auf war, da ihr doch gewiss ein harter Tag bevorstand. Und warum saß sie dort so ruhig am Fenster, während alle anderen im Haus längst im Bett lagen?

Diese im Grunde belanglose Frage machte mich neugierig. Ich trat an mein eigenes Fenster und riss es auf, wobei ein kleiner Schneeschauer auf mich niederging. Die Silhouette hinter dem Vorhang bewegte sich, der Vorhang wurde aufgezogen und gab den Blick auf eine leicht vorgebeugte weiße Gestalt frei. Sie interessierte sich nicht für mich, dessen war ich mir sicher. Einen Liebhaber wird sie in diesem freudlosen Haus kaum haben, dachte ich, dann kamen mir ganz pragmatische Erklärungen in den Sinn: Sie konnte Zahnschmerzen haben oder Kleidung ausbessern; vielleicht war sie auch fromm, obgleich es mir wenig wahrscheinlich schien, dass ihre Frömmigkeit sie bis zwei Uhr nachts wach hielt.

Sie zog den Vorhang noch weiter zur Seite und blickte in den Schnee hinaus, aber es war so dunkel, dass ich ihr Gesicht nicht erkennen konnte. Bei meinen seltenen Besuchen in King's Poplars treffe ich jedes Mal wieder andere Dienstboten an, und ich achte nicht weiter auf sie – mit Ausnahme von Moulton, versteht sich, der schon zwanzig Jahre hier ist. Das Mädchen hielt etwas in der Hand, der Form nach zu schließen ein Buch. Ihr dunkler Schatten, die geraden Linien ihres Kleides und ihre schlichte Haltung gaben ihr etwas Mittelalterliches. Mehrere Minuten stand sie reglos da, dann fuhr sie plötzlich zusammen. Vielleicht hatte sie mich bemerkt. Jedenfalls wurde der Vorhang wieder zugezogen, und sie verschwand. Gleich darauf erlosch das Licht.

Ihr Anblick hatte mich erregt, nicht körperlich, sondern geistig. Sie bildete eine Art Gegenpol zu dem Toten unten, und so wäre es auch gewesen, wenn er noch gelebt hätte. Sie war jung und kräftig, und wenn sie gelesen hatte, so war sie hinreichend von Leben erfüllt, um die ermüdenden Pflichten des Tages hinter sich zu lassen und in die neue Welt einzutauchen, die Bücher dem Leser auftun, selbst die albernsten und gefährlichsten. Ich blieb noch eine Weile am Fenster stehen, vergaß, dass ich müde war und mich sofort aufs Bett hatte werfen wollen, und dachte an sie, nicht als Person, sondern als Symbol neuer Hoffnung. Ich bedauerte, dass sie nicht mehr da war, doch die Erinnerung an sie erfreute und belebte mich.

Dann betrachtete ich eine Zeitlang den Schnee. Er hatte Dinge, die mir von Kindheit an vertraut waren, bereits zugedeckt und häufte sich weich auf dem Fenstersims. Ich ging zum Bett, legte mich nieder und schaute weiter in den fallenden Schnee hinaus. Er faszinierte mich mit seiner Schönheit, seiner Stille, seiner Beharrlichkeit. In meinem Zimmer brannte nun kein Licht mehr - ich hatte es ausgeschaltet -, aber im Widerschein des Schnees konnte ich gerade noch die Umrisse des strengen, altersschwachen Mobiliars erkennen. Die Ereignisse des Tages, vor allem aber wohl der Anblick des Mädchens im Fenster hatten die schöpferische Flamme in mir entzündet, und ich begann mir Gedanken über die Möbel zu machen, den geschnitzten Frisiertisch aus Mahagoni etwa mit seinem stolzen Spiegel und den Klauenfüßen. Was hatte das Glas alles widergespiegelt, was hatten die Schubladen beherbergt? Ich malte mir die Szenen aus, die sich hier abgespielt haben mochten, die ganze Skala der Gefühle, deren Zeuge die Wände geworden waren - Leidenschaft, Verzweiflung, Geduld, Freude. Eine Prozession verstorbener Grays und namenloser Gäste, die in diesem Raum genächtigt hatten und ihn eines Kummers oder eines Freudentaumels wegen nie wieder vergessen würden, zog an mir vorüber. Und am Ende der Prozession vielleicht ich selbst. Der Mörder. Auch unter ihnen mochte ein Mörder gewesen sein. Ob jemand aus einer späteren Generation sich würde vorstellen können, welche Gefühle mich quälten, wenn er wie ich jetzt in einer schicksalhaften Nacht wach lag? Ich drehte mich zur Wand und fuhr mit kritischem Finger die verblassten Blumen der Tapete nach. Die werde ich nie vergessen, dachte ich, diese lila Rosen, die niemals an einem Strauch, an einem Zweig geblüht haben, niemals in einen Korb gesammelt und von wahren Liebenden zum Strauß gebunden wurden, nie werde ich ihre Gestaltung vergessen, ihre Fantasieformen, die dem Botaniker Alpträume bereiten würden. In dieser Nacht führten sie ein gewisses Eigenleben; meine Lebenskraft war in sie übergegangen. Ich wusste, es würde Stunden dauern, bis ich einschlafen konnte. Trotzdem zog ich mich im Dunkeln aus. Für einen Mann, der keine Privatsphäre kennt, waren diese einsamen Minuten ein Genuss. Zu Hause war immer Sophy, und oft wurde das Bettchen eines kranken Kindes ins Schlafzimmer geschleppt und ans Fußende unseres Bettes gestellt, wo es nicht hingehörte. Wäre ich ein reicher Mann, dachte ich, würde ich häufig im Hotel übernachten, wo mich niemand stören könnte. Mit den Menschen, an die man unentrinnbar gebunden ist, unter einem Dach zu schlafen, zerstört den Reiz, selbst wenn man eine ganze Zimmerflucht für sich allein hat. Es besteht immer die Gefahr des Eindringens jener, die das Recht haben, die eigene Privatsphäre zu stören. Jetzt war ich für ein paar Stunden frei. Nachdem ich mich ausgezogen hatte, trat ich wieder ans Fenster. Die Bäume draußen rauschten leise im abgeflauten Wind, und mir kam der Gedanke, dass auch im Zimmer Bäume waren, zerhackt und zurechtgesägt für die Zwecke der Menschen, die alles, was sie berühren, nach ihrem Gutdünken formen, auch ihre eigene Gattung. Dermaßen aufgestachelt war meine Fantasie, dass mir war, als käme das Rauschen von drinnen, nicht von draußen. Es hätte mich nicht gewundert, wenn die hohe Kommode grüne Knospen getrieben und auch die Stühle ausgeschlagen hätten. So geht es mir manchmal. Meine Fantasie versetzt mich in eine Sphäre reiner Wonne, in der Schönheit keine Form mehr hat, sich nicht einmal mehr als Schönheit definiert, sondern natürliche Umgebung ist. Nach außen hin bleibt man selbstverständlich kühl, schroff und mürrisch, denn auch dieser Schatz könnte ja geplündert werden.

Im Dunkel draußen sah ich zwei grüne Funken aufblitzen, die Augen einer umherstreifenden Katze. Es begeisterte mich, wie sie sich lautlos durch die Dunkelheit bewegte, die Geborgenheit verschmähte, die Menschen und Hunden so wichtig ist, und furchtlos wanderte, wohin es ihr beliebte. Eine Textzeile fiel mir ein, die ich einmal irgendwo gelesen hatte: Auf Raubzug durch die geheimen Reichtümer der Nacht; ein Prototyp, dachte ich beim Anblick dieser glühenden Augen, deren Feuer ich spürte, dachte an all die heimatlosen Abenteurer dieser Erde - Cyrano, Traherne, eine namenlose Schar, Männer und Frauen, die nichts von der Sicherheit wissen wollten, die meiner Familie so lieb und teuer war, Menschen, die das Unerreichbare, das Unbekannte vorzogen.

Die Katze verschwand, ging ihren Abenteuern nach, und ich fuhr fort, über ihr seltsames, lautloses Auftauchen nachzusinnen. Meine Gedanken glitten von einem belanglosen Gegenstand zum anderen, berührten verschiedene Stufen, wie Wasser, das sich von Felsvorsprung zu Felsvorsprung ergießt. Ich dachte an Katzen. Schwarze Katzen waren ein beliebtes Motiv auf Weihnachtskarten. In lächerlichen Posen übermittelten sie gute Wünsche, auf jede erdenkliche Weise, absurd, fade oder auch vulgär. Ich musste an eine riesige graue Perserkatze denken, die im Schaufenster eines Pariser Bestattungsinstituts zu sitzen pflegte. Und in Fulham schrie Nacht für Nacht eine magere, schmutzige kleine Tigerkatze vor unseren Fenstern, bis wir sie entnervt ins Haus holten, wo sie prompt ihre Flöhe auf die Kinder losließ. Da war Rudyard Kiplings Erzählung von der Katze, die allein herumspazierte, von ihr gelangte ich zu den Weihnachtsgeschichten von Michael Fairless, und schon fiel mir ein Weihnachten ein, das ich mit fünfzehn in Deutschland verbracht hatte (im Rahmen eines jener Austauschprogramme, bei denen die Jugend beider Länder die Sprache des jeweils anderen lernen soll). Es war wie im Märchen gewesen mit all den bemalten Wachsengeln auf glitzernden Christbäumen, den Jesuskindern in zahllosen Krippen, den schimmernden Kugeln, den Ochsen, Eseln und Hirten, den Schaufenstern voll seltsam geformter, mit goldenen Glöckchen verzierter Kuchen, den Weihnachtsmännern in pelzbesetzten roten, goldenen und grünen Mänteln, einem mit Geschenken, Krachern und Bonbons beladenen Rentierschlitten, lächelnden runden Gesichtern und straff geflochtenen flachsblonden Zöpfen. Das unschuldige Fest dort war himmelweit entfernt von dem zynischen Theater, das wir in King's Poplars daraus machten, wo der Tag angefüllt war mit unterdrücktem Neid, mit Völlerei und Vorwürfen, mit geheimen Berechnungen, ob man mit den erhaltenen und verteilten Geschenken per Saldo einen Gewinn oder einen Verlust gemacht hatte.

Meine Gedanken bewegten sich nun in beide Richtungen gleichzeitig, rückwärts in die stürmische Vergangenheit und vorwärts in die hoffnungsvolle Zukunft. Schnee wehte durchs Fenster auf meine Kleider, die ich auf einen Stuhl gelegt hatte. Ich musste lächeln, als ich es sah. Ich fühlte mich wunderbar, wie ein Sportler nach einem harten Rennen. Ich hatte etwas geleistet. Dies war die Wirkung, die mein erster Mord auf mich ausübte.

## 5

Die Uhr schlug vier. Ich schlief ein. Es war der erste Weihnachtstag, mein Plan stand fest, und ich war voller Hoffnung.

*Dritter Teil*

# DER ERSTE WEIHNACHTSTAG

# 1

Als Brand erwachte, hatte es längst aufgehört zu schneien. Es war noch früh, und in dem dunklen Haus war kein Laut zu hören. Er hatte vergessen, seine Uhr aufzuziehen; um drei war sie stehen geblieben. Der Schnee lag dick auf allem, was man vom Fenster aus sah, seine Oberfläche war durch den Wind verharscht und glitzerte in dem grellweißen Licht, das der Sonne vorausging. Die Straße, die Hecken und die steile Hügelflanke lagen in jungfräulich blendendem Weiß, als er, wie schon einige Stunden zuvor, ans Fenster trat und auf die stille Welt hinausblickte. Zu seiner Rechten bog sich ein Zweig unter der Schneelast. Auf dem Fenstersims lag der Schnee fünfzehn Zentimeter hoch, und selbst die Telegrafendrähte waren an diesem Weihnachtsmorgen weiß.

Der helle, klare Himmel funkelte. Noch hatte niemand die weite weiße Fläche betreten, die sich von der Straße bis zum Horizont erstreckte. Ein Rotkehlchen ließ sich vorsichtig auf dem verschneiten Fenstersims nieder und machte so das Weihnachtskartenbild komplett. Es war ein junger Vogel, das Gefieder gegen die Kälte aufgeplustert. Vor dieser schlichten, romantischen Kulisse gewannen die Ereignisse der Nacht etwas Fantastisches. Brand vermochte sich kaum davon zu überzeugen, dass sie wirklich stattgefunden hatten. Stimmen unter seinem Fenster machten ihn schließlich vollends wach. Barfuß auf dem kalten Linoleum stehend, sah er die Frauen der Familie auf dem Weg zur Frühmesse am Tor versammelt. Am meisten stach seine Großmutter aus der kleinen Gruppe hervor, eine betagte Aristokratin in einem dünnen schwarzen Kleid und einem schwarzen Seidenmantel, wie immer für den Anlass völlig unpassend gekleidet. Brand sah, wie sie das Dienstmädchen, das mit Kopftüchern und Pelzen, Gebetbüchern, Regenschirmen und einem schweren Umhang für Notfälle unterwürfig auf sie zutrat, gebieterisch fortscheuchte. Das Mädchen blieb, die alte Mrs. Gray setzte ein hochmütiges, unnahbares Gesicht auf, und das Mädchen trat gehorsam und ohne eine Miene zu verziehen ein Stück zurück.

Würde meine Großmutter nicht auf diese Weise protestieren, dachte Brand, würde sie das Mädchen wahrscheinlich auf der Stelle entlassen. Es ist ein Ritual, so wie zwei Drittel unseres Lebens.

Olivia hatte zu ihrem Mann gesagt: »Ich gehe besser mit. Wenn ich's nicht tue, wird Vater das als persönlichen Triumph verbuchen. Man kann nie wissen. Zehntausend Pfund sind ja ein Klacks gegen das Wunder, das wir feiern sollen.«

Ruth hatte sich der Gruppe nicht angeschlossen – der stämmigen, scharfäugigen Amy, die stets genau registrierte, wer am meisten Schinken aß und besonders verschwenderisch mit der Butter umging, der noch jungen Isobel mit ihrem blassen, traurigen Gesicht, ihrem Kopfputz aus hellen goldenen Flechten, den schönen Händen und einer Distanziertheit, die ihr seit dem Tod ihres kleinen Sohnes anhaftete, Mrs. Gray und Laura, deren Pelzmantel auch in weit mondänerer Umgebung die Blicke auf sich gezogen hätte. Während sich das Dienstmädchen, von seiner Last behindert, mit dem Riegel am Tor abmühte – mit einem kräftigen Ruck, der einen weichen, trockenen Schneeschauer auf Amy niedergehen ließ und dem Mädchen eine Rüge eintrug, bekam sie es schließlich auf –, öffnete sich die Haustür noch einmal und Ruth und Miles traten heraus. Der Anwalt blickte auf, sah seinen Schwager am Fenster stehen und winkte ihm freundlich zu. Ruths Lippen formten ein »Fröhliche Weihnachten«.

Brand lächelte zurück. Ihm war heiter und unbeschwert zumute. Das alte Wort frohgemut fiel ihm ein. Es war ihm schlicht unmöglich, den Leichnam in der Bibliothek mit der Gegenwart und seiner persönlichen Zukunft in Verbindung zu bringen. Er ließ ihn hinter sich, wie ein unangenehmes Erlebnis, über das er lieber nicht nachdachte und das doch zu einem Teil seiner Vergangenheit geworden war. Ein Gefühl der Befreiung erfüllte ihn, wie in der vergangenen Nacht, sogar eine Art Vorfreude. Er konnte es kaum erwarten, diesen neuen Abschnitt seines Lebens zu beginnen, der so voller Hoffnung, so voller Pläne war.

Um sich in dieser Überzeugung zu bestärken, nahm er die Zeichnung zur Hand, die er wenige Stunden zuvor in der Bibliothek angefertigt hatte, und unterzog sie einer kritischen Prüfung. Er hatte damit gerechnet, ein Sammelsurium an Mängeln und falschen Licht- und Schattenwerten vorzufinden und es dem nächtlichen Enthusiasmus des Künstlers zuzuschreiben, aber zu seiner Freude bestätigte sich sein Vorurteil nicht. Und mehr noch: Seine Befriedigung nahm beim Anblick des Bildes noch zu. Es faszinierte ihn mit seinen klaren, sparsamen Details, seiner Kraft und Sicherheit, seiner grandiosen Einfachheit. Dass ein Mann, dem ein solches Werk gelang, sein Leben im Büro eines Bauzeichners fristete, war lachhaft, es war erbärmlich, es war fürchterlich falsch. Die Lebensfreude, die in der Luft lag, der frische, reine Morgen und der bevorstehende Neuanfang fanden ihre Entsprechung in seiner empfänglichen Brust. Er sah Hoffnung für sich, unbegrenzte Horizonte taten sich auf. Die Armut, die Zwänge seines elenden häuslichen Lebens hatten ihn behindert, aber nicht völlig gelähmt. In Kopf und Hand spürte er bereits eine neue Kraft; die Herausforderung, vor der er so lange die Augen hatte verschließen müssen, lockte ihn wieder. Raum, Muße, Möglichkeiten – all das war endlich in greifbare Nähe gerückt. Er würde sich wieder unter die harten, entschlossenen, zielbewussten Männer einreihen, unter denen er vor seiner unbesonnenen Heirat eine Zeitlang gelebt hatte.

Stimmen von draußen schreckten ihn auf, und er stellte erstaunt fest, dass er eine ganze Stunde verträumt hatte. Rasch überdachte er seine Position gegenüber der Familie. Und plötzlich fiel die Gelassenheit, auf die er so stolz gewesen war, wie ein Kartenhaus in sich zusammen, und zum Vorschein kamen Aufregung, Besorgnis, ein klarer Blick (endlich) auf die drohende Alternative zu dem Leben, das er sich ausgemalt hatte. Jetzt, da der entscheidende Moment bevorstand, war sein Mund trocken, seine Augen glänzten fiebrig, und er ging wieder und wieder die Geschichte durch, die er erzählen musste. Zum Glück war sie kurz und verlangte, soweit er sehen konnte, kein größeres Eingeständnis von ihm. Selbst seine Verwandten würden sie ihm abnehmen, so gern sie ihn auch als Täter gesehen hätten. Seine Detailbesessenheit als Maler kam ihm zu Hilfe, er gewann seine Gelassenheit zurück, während er sich die Geschichte einprägte, und fand sogar Spaß daran, jeder einzelnen Begebenheit die angemessene Bedeutung zuzuweisen. Seine Einbildungskraft gab ihm fantastische Fragen ein, die ihm selbst ein fiktiver Kriminalbeamter kaum gestellt hätte, doch auch auf sie hatte er scharfsinnige Antworten parat.

Als er die Tür öffnete und auf den Flur hinaustrat, kamen gerade die Kirchgänger die Treppe herauf. Man begrüßte sich eilig, und währenddessen kam Eustace aus seinem Zimmer und sagte irgendwie zerstreut: »Kalt draußen, was? Die Post ist wohl noch nicht gekommen? Morgen, Amy. Fröhliche Weihnachten, Ruth.« Er ignorierte Brand, der seiner ältesten Schwester zuflüsterte: »Wahrscheinlich hatte er kein Glück, daher seine miese Laune. Muss bitter sein für einen Berufsgauner, wenn er merkt, dass ein Neuling in seinem Revier wildert.«

Amy starrte ihn an. »Wovon redest du?«

»Frag Eustace. Aber erst nach dem Frühstück. Schließlich ist heute der erste Weihnachtstag.« Und er lief lachend die Treppe hinunter.

Die Grays überreichten einander mit verlegenen Bemerkungen und abgewandtem Blick ein wenig verschämt ihre Geschenke und berechneten insgeheim sowohl den Wert derjenigen, die sie selbst erhielten, als auch derer, die sie für die anderen hatten. Brand bekam eine Kragenschachtel, Manschettenknöpfe, ein Kassenbuch, Taschentücher von Olivia (bestimmt hatte Eustace sie geschenkt bekommen und als unpassend ausrangiert), ein ledernes Markenheftchen, ein Lesezeichen, zwei humoristische Golfkalender (er spielte nicht Golf) und eine illustrierte Weihnachtsgeschichte. Die Manschettenknöpfe behielt er, alles Übrige ließ er bei seiner Abreise zurück. Die Taschentücher schenkte er Moulton.

Alle außer Adrian kamen zum Frühstück herunter, aber niemand außer Ruth und ihrem Mann schien besonders festlich gestimmt. Und selbst diese beiden seufzten von Zeit zu Zeit bei dem Gedanken, wie Weihnachten eigentlich sein sollte, wenn man kleine Töchter hatte, die um fünf Uhr morgens an die Tür hämmerten, in ihre Strümpfe schauen wollten und nach erteilter Erlaubnis ins Elternbett kletterten, um alles, was sie darin vorfanden, egal ob groß oder klein, zu bejubeln.

Die alte Mrs. Gray war mit Briefen und Karten beschäftigt, die sie von noch lebenden Freunden ihrer Jugendzeit bekommen hatte. Eustace war sichtlich nervös. Er hatte einen Brief mit einem City-Stempel erhalten, und nachdem er ihn gelesen hatte, steckte er ihn in die Tasche und machte sich hastig und geistesabwesend über den Schinken her. Olivia ließ sich von seiner Unruhe anstecken und redete wie ein Wasserfall, sehr gescheit und munter, im Stil von Dot und Lalage in ihren Briefen. Laura beobachtete kühl und belustigt Brand und Eustace und machte sich ihre Gedanken über die seltsame Verwandtschaft ihres Mannes. Aber vielleicht waren angeheiratete Verwandte immer so. Sie kam sich vor wie ein Zootier, das man mit Tieren einer anderen Spezies zusammengesperrt hat. Vermutlich konnte man eine Art zynisches Vergnügen daran finden, ihre Eigenschaften zu beobachten. Laura wusste genau, was die anderen in ihr sahen: ein schlechtes Geschäft. Nun ja, was soll's, dachte sie. Vorstellungen aus der Zeit, als sie noch geglaubt hatte, das Leben sei ein Kreuzzug, eine Herausforderung, ein unablässiges Streben nach Höherem, hatten sich nach wenigen Ehejahren mit Richard Gray verflüchtigt. Sie ließ sich Tee nachschenken.

Richard ereiferte sich unterdessen darüber, wie absurd es sei, dass nur wegen Weihnachten keine Tageszeitungen erschienen, und da er schon einmal in Fahrt war, ließ er einen bitterbösen, wenn auch glücklicherweise kurzen Vortrag über die Trägheit der Industrie und deren Auswirkungen auf den Außenhandel unter besonderer Berücksichtigung deutscher Klaviere vom Stapel.

Isobel verzehrte still und stumm ihren Toast. Eine zufällige Bemerkung Ruths über Pat versetzte ihre Nerven in Aufruhr und ließ sie zittern bei dem Gedanken an den verstorbenen kleinen Harry. Anders als Laura war sie nicht fähig, ihr Herz gegen Erinnerung oder Hoffnung zu wappnen, und das Leben erschien ihr unverzeihlich und unerträglich.

»Du bist ja heute Morgen so vergnügt«, sagte Amy bissig zu Brand. Und Eustace meinte säuerlich, vielleicht habe er mit seinen Geschenken Glück gehabt.

Brand lachte. »Und ob. Aber das weißt du ja sicher.« Er zog die Brauen hoch und blickte in die verwirrten Gesichter der anderen.

»Was weiß ich?«, fragte Eustace verdutzt. »Ich habe keine Ahnung, wovon du redest.« Und so boshaft und gereizt, dass er die Aufmerksamkeit der ganzen Tischrunde auf sich zog, fügte er hinzu: »Aber ich verstehe deine Motive ja sowieso nie, außer natürlich bei einem Besuch wie diesem.«

Brand, der sonst auf eine solch unhöfliche Erwiderung hin unfehlbar an die Decke ging, sagte nur freundlich: »Gewiss, gewiss – der Rest ist dir ja bekannt«, was seine Großmutter so überraschte, dass sie aufsah und sagte: »Also wirklich, Brand, du bist ja heute wie ausgewechselt.«

»Stimmt genau«, lautete Brands ehrliche Antwort. »Ich fühle mich wie neugeboren. Hoffnung dahin, alles dahin – so war ich, als ich hier ankam. Und jetzt, zum ersten, nein, zum zweiten Mal in meinem Leben spüre ich das legendäre Weihnachtsgefühl. Ist denn keine Marmelade da, Amy?«

Dass Adrian noch immer nicht erschienen war, gab im Verlauf des Frühstücks Anlass zu allerlei Kommentaren und Mutmaßungen. »Es sieht ihm gar nicht ähnlich, dass er am Weihnachtsmorgen nicht da ist«, klagte Olivia, als sei sein Fernbleiben eine persönliche Beleidigung für sie.

»Vielleicht hat er von gestern noch genug von der Familie«, entgegnete Laura in ihrem heiter-sarkastischen Ton.

Amy lächelte nicht, sie verzog nur verächtlich den Mund und sagte: »Oder er ist noch müde, was mich nicht wundern würde; Grund genug hätte er ja.« Sie läutete, und als der Diener eintrat, sagte sie: »Moulton, sehen Sie doch bitte nach Mr. Gray und sagen Sie ihm, dass wir schon eine ganze Weile beim Frühstück sitzen.«

Brand stand unvermittelt auf, trat an die Anrichte und begann, den Schinken aufzuschneiden, von dem er gar nichts zu essen gedachte. Die Anrichte war ein riesiges, altmodisches Möbel mit Glasscheiben in der Rückwand. Der Augenblick der Entdeckung stand bevor, und er wollte die Gesichter der anderen im Auge behalten, selbst aber nicht beachtet werden. Er schnitt die Scheiben langsam ab, drehte sich halb um und fragte, ob noch jemand davon wolle.

»Ich glaube, wir sind fertig«, sagte Amy mit ihrem falschen Lächeln.

»Du vergisst, meine Liebe«, erwiderte Brand sanft, »dass Schinken zum Frühstück etwas ganz Besonderes für mich ist.« Dann dachte er: Vorsicht, du darfst jetzt nicht mit Amy streiten, sonst verrätst du dich. Es sind sowieso schon alle gegen dich.

Während er noch bei der Anrichte stand, kam Moulton zurück und meldete, dass er Mr. Grays Bett unberührt vorgefunden habe. Brand, der die Szene mit Argusaugen beobachtete, erwartete daraufhin allgemeine Bestürzung, doch zu seiner Überraschung sagte Amy nur verärgert: »Also wirklich! Nie ist er am nächsten Tag auf dem Posten, wenn er in der Bibliothek einschläft. Dabei haben wir gestern Abend extra früh Schluss gemacht mit dem Kartenspielen, damit er heute Morgen frisch ist. Er muss doch aus der Bibel vorlesen, das macht er am ersten Weihnachtstag immer.«

Brand verbiss sich das Lachen bei der Vorstellung, wie die Gemeinde ergeben darauf wartete, dass ein Toter die Kirche betrat und sie in ihren Pflichten unterwies. Gray konnte Bibeltexte lesen wie andere predigten, so als rechnete er sich das Gelesene als sein eigenes Verdienst an, und ermahnte seine Zuhörer eindringlich, ihm zu gehorchen. Es hatte nun keinen Sinn mehr, noch länger bei der Anrichte stehen zu bleiben. Die Panik war vertagt, und er konnte die anderen besser beobachten, wenn er seinen Platz am Tisch wieder einnahm. Außerdem fiel er dort weniger auf. Er ging also mit seinem Teller zurück und sagte ernst: »Ich fürchte, einige von uns haben sich ganz unwissentlich zusammengetan, um deine guten Absichten zu durchkreuzen, Amy. Ich hatte gestern Abend ein ziemlich langes Gespräch mit Vater, und Eustace war ja auch noch bei ihm. Wie lange, weiß ich natürlich nicht.«

Eustaces Kopf fuhr hoch. »Bist du verrückt, Brand?«, rief er scharf. »Was redest du denn da! Ich habe deinen Vater nach dem Kartenspielen gestern nicht mehr gesehen, Amy. Olivia und ich waren müde und hatten noch einiges zu besprechen, deswegen sind wir früh nach oben gegangen. Ich verstehe nicht, was dein Bruder da andeutet.«

Aufgebracht und mit rotem Kopf sah er zu Brand hinüber. Brand schien verlegen. »Oh, dann bitte ich um Entschuldigung«, rief er mit abgewandtem Gesicht. »Ein verzeihlicher Fehler, denke ich. Die Bibliothek ist nun mal der einzige Raum, den wir in dem Flur unten benutzen, da dachte ich natürlich, du wolltest zu Vater. Er hat so etwas erwähnt, als wir uns über meine Angelegenheiten unterhalten haben. Aber das hatte wohl nichts zu bedeuten. Eigentlich hat er mich erst auf den Gedanken gebracht.«

»Auf welchen Gedanken?«

»Dass es ihn nicht wundern würde, dich noch vor dem Morgen wiederzusehen.«

»Ich frage mich, weshalb dein Vater überhaupt mit dir über meine Angelegenheiten reden sollte.«

»Das hat sich im Verlauf des Gesprächs so ergeben.«

»Es ging um Geld, nehme ich an?«

»Ja. Da sind wir uns ausnahmsweise mal bemerkenswert einig.«

Die alte Mrs. Gray klopfte mit einem über und über mit Elefanten verzierten dreieckigen Serviettenhalter aus indischem Silber auf den Tisch. »Könnt ihr nicht in Gottes Namen an diesem einen Tag im Jahr Ruhe geben?«, rief sie. »Ihr seht euch so gut wie nie, und wenn, dann geht ihr euch wie zwei Hunde an die Gurgel. Für Amy und mich ist das sehr unerfreulich, wir bekommen euch sonst ja nie zu Gesicht. Wenn ihr euch unbedingt danebenbenehmen müsst, dann trefft euch bei einem von euch zu Hause.«

Es war typisch für sie, dass sie den Diener, der noch immer bereitstand, nicht weiter beachtete. Schließlich erkundigte er sich ehrerbietig, ob er seinen Herrn holen solle.

Richard erhob sich rasch. »Nein, ich gehe. Vielleicht schläft er ja noch.«

Die allgemeine Unterhaltung wurde halbherzig wieder aufgenommen. Olivia begann mit Miles ein Gespräch über die Vorteile Capris als Urlaubsort gegenüber Mallorca, und Miles, der weder da noch dort gewesen war, äußerte sich so geschickt, dass Olivia sagte: »Du meine Güte! Du scheinst ja ein großer Reisender gewesen zu sein. In deiner Junggesellenzeit, nehme ich an? Wird heute kaum noch möglich sein.« Ruth fragte Eustace nach seinen Söhnen, Isobel murmelte etwas von einem Weihnachtskarten-Weihnachten mit dem vielen Schnee und den Rotkehlchen, und Brand antwortete: »Und den Gespenstern. Die darfst du bei deinem altmodischen Weihnachten nicht vergessen. Ich frage mich, wie viele heute durchs Haus geistern.«

Brand war inzwischen wieder ganz ruhig, und da er wusste, dass Amy ihn beobachtete, bestrich er seinen Toast dick mit Butter und Marmelade. Seine Schwester machte eine unwillkürliche Bewegung, als wollte sie ihn daran hindern, dann ließ sie die Hand sinken, aber ihre Brauen zuckten vor Ärger.

## 2

Richard trat ein, sehr bleich und sehr ernst. Die Hand noch an der Tür, fragte er mit einer Ruhe, die alle Aufmerksamkeit auf sich zog: »Eustace, hast du nicht gesagt, du warst gestern Abend nicht mehr bei Vater?«

»War ich auch nicht«, fuhr Eustace auf, »ich wollte zu ihm, das stimmt, habe dann aber beschlossen, das Gespräch auf morgen zu verschieben.«

»Und du Brand, wann bist du nach oben gegangen?«

»Kurz vor Mitternacht.«

»Ich frage mich, wie du da so sicher sein kannst«, sagte Amy leise und unfreundlich.

»Ganz einfach. Als ich Eustace gesehen habe – nicht auf dem Weg in die Bibliothek, da ist er ja nicht hin, ich hab ihn einfach nur gesehen –, da hatte ich schon den passenden Gruß auf der Zunge – ›Fröhliche Weihnachten‹ oder so –, aber dann hab ich auf meine Armbanduhr geschaut und gesehen, dass es noch gar nicht zwölf war, und da ich mir keinen Rüffel einhandeln wollte, hab ich's gelassen. Außerdem hätte es so aussehen können, als wollte ich ihn auf den Arm nehmen – der erfolgreiche Bettler bemitleidet seinen weniger vom Glück begünstigten Rivalen.«

Einen Moment lang herrschte verblüfftes Schweigen. Nur Miles erfasste sofort, was Brand gemeint hatte, war aber von Berufs wegen bestens darauf trainiert, sich nichts anmerken zu lassen. Isobel schien kaum zugehört zu haben, und Olivia machte sich Sorgen um Eustace. Doch Eustace hatte nur Augen für seinen Galgenvogel von Schwager, der heute eine so unbefangene Selbstgewissheit und Fröhlichkeit an den Tag legte. Auch Amy hatte begriffen, was er meinte, und sie war die Erste, die ihren Verdacht aussprach.

»Willst du damit etwa sagen, dass du Vater dazu gebracht hast, dir Geld zu geben? Dir? Wo er doch keinen Penny übrig hat?«

»Ja, seine Lage ist wohl nicht allzu rosig. Ich hatte den Eindruck, er wird von mehreren Seiten unter Druck gesetzt, und trotzdem ...« Brand sah Richard unsicher an und fuhr zweifelnd fort: »Aber das wird er euch sicher selbst erzählen. Er hat mich nicht gebeten, Stillschweigen zu bewahren, also darf es wohl jeder wissen – jedenfalls hat er mir Geld gegeben. Und ich hätte« – er sprach jetzt hastig – »nie gedacht, dass er sich auch nur halb so großzügig zeigt.«

»Warum dir?«, fragte Eustace mit belegter Stimme. »Warum dir, um Himmels willen?«

Brand hatte sich trotz erheblicher Provokationen die ganze Zeit beherrscht, doch nun brach es aus ihm hervor: »Warum nicht, zum Teufel? Ich bin nicht sein cleverer Finanzier von Schwiegersohn, der ihn in den Schlamassel reinreitet, und ich bin auch nicht der Sohn, der einen Titel von ihm bezahlt haben will. Ich wollte nichts weiter als eine Chance, und dank ihm hab ich sie bekommen. Er wusste, dass meine Lage hoffnungsloser ist als eure. Ich habe weder Geld noch einflussreiche Freunde. Ich habe keinerlei Perspektive, nur die, immer weiter bei Higginsons herumzukrauchen, ohne jede Aufstiegsmöglichkeit. Ich habe keine Frau mit Geld oder nützlichen Beziehungen geheiratet« – sein bitteres Hohngelächter galt allen – »und ich habe fünf Kinder ...«

»Selber schuld«, sagte Amy eisig.

»Und überhaupt – warum sollte Vater nicht bereit sein, dem einen Verwandten genauso zu helfen wie einem anderen? Er unterstützt euch ja beide« – er sah erst Richard und dann Eustace an – »nach Kräften, seitdem ihr verheiratet seid. Ihr kreuzt hier auf, wann immer es euch passt, und fühlt bei ihm vor, wie er euch nützlich sein könnte. Sophy war noch nie hier. Sie hat nie auch nur eine Stunde lang eure Gastfreundschaft genossen. Ich schufte wie ein Galeerensklave acht Stunden am Tag für zwei Schilling die Stunde, und ihr gönnt mir nichts, aber auch gar nichts. Du bist der Letzte, Eustace, der ...«

»Ein Streit bringt uns jetzt nicht weiter, Eustace«, unterbrach ihn Richard. »Brand hat schon recht, wir können ihn nicht unter Druck setzen. Wenn Vater es für richtig hält, ihm zu helfen, dann ist das seine Sache, schließlich ist es sein Geld. Das interessiert mich im Moment auch gar nicht. Brand, ich möchte vielmehr wissen, was für einen Eindruck Vater gestern Abend auf dich gemacht hat.«

»Wir hatten eine ziemlich hitzige Debatte«, gab Brand zu. »Du weißt ja, dass es für Vater und mich kaum eine gemeinsame Basis gibt. Er hat mir gesagt, dass praktisch die ganze Familie die Hand aufhält. Und er hat mich wie Eustace eben gefragt, was ich jemals getan hätte, um mir seine Unterstützung zu verdienen. Jeden Viertelpenny hat er mir vorgerechnet, den er je für mich ausgegeben hat. Er hatte alles in einem kleinen schwarzen Notizbuch festgehalten, sogar das Fahrgeld. Am Ende hat er dann doch kapituliert. Aber er hat sich schrecklich aufgeregt.«

»Richard, jetzt sag endlich, was los ist«, fuhr Amy auf. »Wir haben ein Recht darauf.«

Richard begegnete diesem melodramatischen Einwurf mit Gleichmut. »Ich verheimliche hier nichts. Ich würde sagen, er hat eine Art Schlaganfall erlitten.«

Die Großmutter stemmte sich aus ihrem Sessel hoch, eine beleibte kleine Frau, gebieterisch und entschlossen.

»Wo ist er? Wie geht es ihm?«

»Er ist noch in der Bibliothek. Es wäre sinnlos gewesen, ihn nach oben zu bringen, bevor der Arzt hier war.«

Die alte Mrs. Gray reagierte erschrocken, wie wohl jede Mutter, selbst die gleichgültigste, wenn sie vom Tod eines Kindes hört, das sie geboren hat. »Soll das heißen ...«

»Er ist ganz kalt«, sagte Richard nur.

Mit erhobenem Kopf durchquerte sie entschlossenen Schrittes rasch den Raum. Wie ein kleiner Bulle kam sie Ruth vor.

»Warum hast du mir das nicht gleich gesagt?«, fragte sie Richard leise, als er widerstrebend die Tür öffnete. »Hast du einen Arzt gerufen?«

»Ja, Dr. Romford. Er wird in ein paar Minuten hier sein.«

Sie rauschte hinaus, und Amy, klein, sommersprossig, das glatte, glanzlose rote Haar straff aus der bleichen Stirn zurückgekämmt, folgte ihr mit der Hartnäckigkeit und Sturheit eines Huhns auf Futtersuche.

»Wir können nichts mehr tun«, erklärte Richard unglücklich und schloss die Tür hinter den beiden. »Er hatte das Fenster aufgemacht. Der Wind war eisig heute Nacht, vielleicht war das zu viel für sein schwaches Herz.«

Seine Worte waren eine klägliche Entschuldigung für sein Versäumnis. Nachdem er sie ausgesprochen hatte, stand er stumm und mit einer Miene tiefer Schwermut da und sah die sechs Personen an, die am Tisch zurückgeblieben waren. Sie zeigten ihre Betroffenheit auf unterschiedlichste Weise. Eustace bestrich eine Toastscheibe mit einem Messer ohne Butter und biss sporadisch davon ab, Isobel flüsterte benommen: »Tot – das kann doch nicht sein. Und letzte Nacht erst …«, und Brand legte ihr beruhigend die Hand auf den Arm. »Nimm dich zusammen«, beschwor er sie, »schließlich« – er hielt inne und fuhr dann trotzig fort – »waren er und ich ja nicht wie Saul und Jonathan oder so. Wir waren uns nicht gerade grün.«

Isobels Antwort erschütterte ihn so sehr, dass es ihm für eine Weile die Sprache verschlug. »Eben. Und jetzt ist es zu spät. Es spielt keine Rolle mehr.«

Niemand sonst schien sie gehört zu haben. Am Tischende berieten sich Ruth und ihr Mann, Richards Frau saß stolz und stattlich und ohne jede sichtbare Gefühlsregung ein Stück entfernt. Eustace rief: »Ich hab nie was von einem Herzleiden gehört. War das was Neues? Und wenn es so schlimm war, dass ihn eine Nacht bei offenem Fenster umbringen konnte, warum hat ihn dann überhaupt eine Versicherung genommen?«

»Du hast mich doch gestern selbst gefragt, ob ich etwas von Herzproblemen bei ihm weiß«, sagte Richard kühl.

»Weil er Andeutungen über seinen Gesundheitszustand gemacht hat. Er kam mir immer mehr vor wie einer von denen, die sich dauernd irgendwelche Krankheiten einbilden; das ist ja jetzt in Mode. Du musst zugeben, dass er geradezu lächerlich um seine Gesundheit besorgt war.«

»Mit mir hat er nicht groß darüber gesprochen«, erwiderte Richard so kühl wie zuvor und sah Miles fragend an. Miles meinte, er habe seinen Schwiegervater nicht so gut gekannt, und dass er etwas am Herzen gehabt habe, daran würde er sich wahrscheinlich ohnehin nicht mehr erinnern. Richard ging hinaus, und Laura folgte ihm gleich darauf. Eustace nahm seinen Schwager erneut ins Kreuzverhör. Was Gray in der Nacht genau gesagt habe, wollte er wissen.

»Zu mir hat er gesagt, dass er für Nichtsnutze keinen Penny übrig hat«, fügte er boshaft hinzu.

»Und trotzdem bist du geblieben? Da musst du ja ziemlich in der Bredouille gewesen sein. Aber zugegeben, ich wäre auch geblieben, auf jeden Fall. Wie ein Dachs – denen sagt man ja nach, dass sie durchhalten bis zum Tod.« Brand konnte sich nicht mehr bremsen. Er spürte, wie das Blut in seinen Adern kochte. Wie jemand, der verzweifelt gegen einen Sturm ankämpft, der ihm Sicht, Atem und Sprache raubt, konnte er nicht mehr innehalten, um sich zu sammeln. Mit seiner Selbstbeherrschung war es vorbei, er musste sich kopfüber in ein Wortgefecht stürzen. Miles warf seiner Frau einen resignierten Blick zu und kapitulierte. Der instinktive Hass zwischen den beiden Männern spitzte sich zu, jeden Moment konnte fast jedes denkbare erschreckende Ereignis eintreten. Ein wilder Kampf mit Worten – und womöglich nicht nur mit Worten – konnte losbrechen, von dem man sich genüsslich in jeder Dorfküche erzählen würde, solange das Interesse an Grays Tod Klatsch und Tratsch befeuerte.

Auch Eustace atmete schwer, er zitterte wie Brand und zeigte alle Anzeichen unbändiger Wut. »Ich glaube, der Dachs wühlt sich durch die Erde«, sagte er.

Brand lachte böse. »Würde er die Schnauze rausstrecken, bekäme er gnadenlos eins aufs Dach.«

»Genau. Gegen Dachse hilft nur eins: Man muss sie ausrotten. Die sind zu nichts nütze.«

»Aber sie fressen Wespen«, verteidigte Brand sie erbittert.

»Brand«, mischte Olivia sich kühl ein, »du könntest wenigstens so viel Anstand besitzen, den Mund zu halten, jetzt, wo Vater tot ist und du höchstwahrscheinlich schuld daran bist.«

»Tot?«, rief Brand. »Woher weißt du das?«

»Richard war ja wohl nicht misszuverstehen«, bemerkte Miles sachlich. »Außerdem wäre er andernfalls kaum geblieben und hätte uns Fragen gestellt.«

Isobel meldete sich zu Wort. »Vater hat sich in letzter Zeit schreckliche Sorgen gemacht«, sagte sie tonlos. »Vielleicht hat das ja einen Schlaganfall ausgelöst.«

»Natürlich hat er sich Sorgen gemacht«, ließ sich Olivia wieder vernehmen. »Machen wir uns nicht alle die größten Sorgen um den Zustand des Landes, die Dummheit der Regierung und die Aktien, die keine Dividenden bringen – auch ohne dass wir einen Sohn am Hals haben, der nicht arbeitet?«

Brand sah ehrlich überrascht auf; er verstand nicht gleich, was sie meinte. »Aber Richard«, begann er, dann unterbrach er sich. »Hast du mich gemeint, Olivia? Mich? O Gott, das ist gut. Ich und nicht arbeiten? Und was arbeitet ihr? Was macht Eustace? Anderen Leuten das Geld aus der Tasche zu ziehen ist keine Arbeit. Und Richard – seht euch seine Hände an. Sind das die Hände eines arbeitenden Mannes? Der sitzt im Parlament, schmeißt Partys und verschuldet sich, in der Hoffnung, bedeutendere Widerlinge, als er einer ist, auf sich aufmerksam zu machen. Aber richtige Arbeit, Arbeit, bei der man nicht drauf schaut, wie viel Geld oder Ruhm sie einbringt – davon habt ihr keine Ahnung!«

Miles, der noch nie in seinem Leben um Hilfe gebeten hatte, schloss sich nun großmütig den anderen an. »Wenn Dr. Romford feststellt, dass ein Schlaganfall oder ein Schock zum Tod geführt hat, dann wird sich keiner von uns ganz von jeder Schuld freisprechen können. Wie man's auch dreht und wendet: Wir befinden uns in keiner beneidenswerten Lage. Lasst uns Ruhe bewahren, um unserer selbst willen.«

»Ich denke, wir sind ruhig genug, Brand ausgenommen«, bemerkte Olivia. »Ich behaupte, ihm liegt mehr auf dem Gewissen als uns.«

Doch Eustace brachte nicht genug Selbstbeherrschung auf, um seine Würde zu wahren. »Du hast ihm Geld abgeluchst?«, fragte er Brand erregt. »Wie das? Er hatte doch keins.«

Miles ließ sich seinen Abscheu angesichts dieser erbärmlichen Szene einen Augenblick lang anmerken, und Eustace fügte eilig hinzu: »Ich habe nämlich die Ehre, in finanziellen Dingen sein Vertrauen zu genießen. Und wie Olivia sagt: Die Zeiten waren noch nie so schlecht.«

»Und da du sein Berater bist, nimmst du's ihm wahrscheinlich übel, dass er eine Investition getätigt hat, ohne dich vorher zu konsultieren. Aber ich behaupte, er hat klug gehandelt. Es hätte ihm nicht gefallen, wenn ihn irgendwelche kleinen Justizbeamten um einen Beitrag zum Unterhalt meiner Frau und meiner Kinder gebeten hätten.«

»Man konnte keinen Druck auf ihn ausüben«, erwiderte Eustace knapp und unzutreffend.

»Mag sein. Aber in einem Dorf wie King's Poplars, wo sich die Leute schon den Mund zerreißen, wenn zwei Bienen gleichzeitig auf derselben Blüte landen, wäre ihm das äußerst unangenehm gewesen.«

»Und wie oft sollte diese – äh – Zuwendung wiederholt werden?«

»Es ist eine einmalige Zahlung. Wir haben das ganz formell gemacht. Wirklich, Miles, du hättest dabei sein sollen. Wir haben ein höchst amüsantes Dokument aufgesetzt. Ich bezweifle, dass du es noch hättest verbessern können, es war extrem juristisch für einen Laien. Ich konnte es problemlos unterschreiben. Ohne Zeugen allerdings. Wird es dadurch ungültig?«

»Vater muss heilfroh gewesen sein, dass seine anderen Kinder ihre Familien selbst versorgen können«, höhnte Olivia.

»Ich auch«, erwiderte Brand höflich. »Hätte er für die jungen Moores, die jungen Amerys und die jungen Grays aufkommen müssen, wäre er wirklich zu bedauern gewesen. Obwohl, was die Moores angeht – zu deren Unterhalt hat er mehr beigetragen, als ihm bewusst war.«

## 3

Der Arzt traf ein und bahnte sich seinen Weg durch die Halle, wie er sich seinen Weg durch den Schnee gebahnt hatte. Er besaß kein Auto und wanderte Tag und Nacht bei jedem Wetter über das hügelige Land.

Richard begrüßte ihn, entschuldigte sich förmlich dafür, dass man ihn gerufen hatte, und begann, die Lage zu erklären.

Was für ein schmächtiges Kerlchen!, dachte Romford bei sich. Zu schmale Schultern, zu schmale Stirn. Nicht viel Platz für ein anständiges Gehirn, alles zusammengequetscht wie der Bauch einer viktorianischen Lady. Und warum entschuldigt er sich? Glaubt er, die Leute sind so rücksichtsvoll, an Weihnachten gesund zu bleiben? So ein Weihnachtsbesuch war ihm außerdem lieber als jeder andere; in der Regel bekam er etwas zu trinken und schnappte den einen oder anderen Leckerbissen an lokalem Klatsch und Tratsch auf, denn er war ein unverbesserliches Klatschmaul. Er war Junggeselle, ein hochgewachsener, beleibter Mann mit einem struppigen rötlich grauen Bart und dichtem langem Haar; sein Hobby war die Fischfotografie. Versorgt wurde er von einer Haushälterin, die er nicht erkannte, wenn er ihr auf der Straße begegnete. Er hätte längst geheiratet, pflegte er zu sagen, wenn er sicher sein könnte, das Aussehen seiner Frau im Gedächtnis zu behalten; genauso unangenehm wäre es, wenn er nach Hause käme, dort eine wartende Patientin vorfände, sie herzhaft umarmte und dann zum Scheidungskandidaten würde oder wenn er seine Ehefrau mit einer jener geduldigen, redseligen Frauen verwechselte, die er zwischen neun und zehn Uhr morgens und zwischen sechs und sieben Uhr abends sah.

Er betrat die Bibliothek als Erster und beugte sich über den Toten. Bisher hatte er kein Wort der Anteilnahme oder der Erschütterung von sich gegeben. Richard, verlegen und insgeheim beunruhigt, weil sich die Geschichte von den Unterredungen seines Vaters mit einzelnen Familienmitgliedern am Tag zuvor nun herumsprechen konnte, stand in gespielt lässiger Haltung am Schreibtisch. Das von Brand unterzeichnete absurde Schriftstück lag darauf, und ohne es in die Hand zu nehmen, las er es zum ersten Mal ganz durch.

Brand muss starke Argumente gehabt haben – wie hätte er

Vater sonst dazu bringen können, ihn so großzügig zu unterstützen, überlegte er. Ich muss mit ihm reden, bevor andere es tun.

Romford richtete sich wieder auf und fragte: »Wo haben Sie ihn gefunden?«

»Am Fenster, auf dem Boden. Das Fenster war übrigens offen.«

»Warum sagen Sie das nicht gleich? Das ändert einiges.«

»Sie meinen, wenn es nicht offen gewesen wäre, hätte er überlebt?«

»Nein. Er muss getötet worden sein.«

»Getötet?«, fragte Richard wie betäubt.

»Was dachten Sie denn?«

»Ich dachte an einen Schlaganfall, einen Sturz ...«

»Sie haben Ihren Vater doch gesehen. Wer hat ihn gefunden?«

»Ich. Moulton und ich haben ihn auf den Stuhl gehoben.«

»Wie herum lag er? Mit dem Kopf zum Fenster?«

»Mit dem Gesicht zur Wand.«

»Dann müssen Sie die Wunde an seiner linken Schläfe gesehen haben. Die ist so deutlich, wie es das biblische Malzeichen des Tieres an der Stirn der Verdammten sein wird. Und die soll von einem Schlaganfall kommen?«

»Er – er ist gestürzt.«

»Er ist auf die rechte Seite gefallen. Und selbst wenn nicht – der Teppich hier reicht bis ans Fenster, er hätte sich also bei keiner Art von Sturz den Kopf aufschlagen können. Selbst wenn er gegen den Tisch gefallen wäre – die Kanten sind abgerundet. Wer hat ihn zuletzt gesehen?«

»Mein Bruder, nach allem, was wir wissen.« Brands Erklärung und Eustaces promptes Dementi erschienen Richard nun durchaus verständlich. Brand wollte, dass man annahm, nach ihm sei noch jemand anderer in der Bibliothek gewesen, und Eustace wollte, dass niemand erfuhr, dass er in der Nacht noch auf den Beinen gewesen war.

»Dieser junge Hitzkopf, der es in Paris zu nichts gebracht hat? Ich würde ihn mal fragen, was für eine Erklärung er zu bieten hat. Er könnte eine Menge zur Aufklärung der Sache beitragen, behaupte ich. Es war wohl schon spät, als er hier war?«

»Kurz vor Mitternacht, hat er, glaube ich, gesagt.«

»Oder kurz danach. Wer weiß? Ihr Vater wurde nicht vor eins getötet, würde ich sagen, und die Leichenstarre kann wegen des offenen Fensters schon früh eingesetzt haben. Vielleicht war's auch schon drei oder vier. Also, ich würde ihn fragen, was er dazu zu sagen hat, und dann die Polizei holen. Ich selbst kann hier nichts mehr tun.«

»Die Polizei?« Es klang so ehrlich erschüttert, dass er Romford einen Moment lang leidtat.

»Ja, natürlich. Was dachten Sie denn?«

»Aber – es könnte doch auch ein Zufall gewesen sein.«

»Durchaus. Es werden mehr Morde zufällig begangen, als die Leute ahnen, Ärzte und Anwälte ausgenommen. Das Ergebnis ist allerdings in beiden Fällen dasselbe: ein gewaltsamer Tod.«

»Und sein Herz?«, warf Richard kläglich ein. »Er hatte Herzprobleme, da könnte er doch bei der kleinsten Kleinigkeit zusammengebrochen sein.«

»Also, ich würde einen halben Backstein nicht unbedingt eine kleinste Kleinigkeit nennen. Tatsache ist, dass Ihr Vater ein gesünderes Herz hatte als ich, nur musste er sich seinen Lebensunterhalt nicht selbst verdienen und konnte sich deshalb Schwelgereien leisten, die ich mir nicht leisten kann. Mein Herz wird es nicht wagen, mich im Stich zu lassen, es weiß genau, was es sonst von mir zu hören bekäme. Immer hart rannehmen, das ist das Beste bei diesen impertinenten Krankheiten. Was muss ein Herz auch streiken? Wenn meins meutern will, strapaziere ich es achtundvierzig Stunden lang doppelt. So habe ich das stolze Wesen schnell wieder im Griff. Sie rufen besser die Polizei. Ich werde auch aussagen müssen. Schade, dass Sie die Lage nicht erkannt und nicht gleich die Polizei gerufen haben.«

»Wie sollten wir denn wissen ...?«, rief Richard. »Ich bin immer noch überzeugt, dass es eine Erklärung für das alles gibt.«

»Ja, sicher gibt's die. Aber ob es dieselbe ist, die Sie irgendwann kriegen werden, weiß ich nicht. Wie gesagt: Schade, dass Sie nicht ein bisschen genauer hingeschaut haben. Dann hätte der Polizeiarzt seine Zeit mit der Untersuchung verschwenden müssen und nicht ich.«

## 4

Richard legte den Hörer auf und lehnte sich an den Tisch. Seine Miene war stumpfsinnig vor Ungläubigkeit, Ärger und Erschütterung. Brand war für ihn viele Jahre lang ein Atavismus gewesen, eines jener nutzlosen und kostspieligen Geschöpfe, die man selbst in so alten und distinguierten Familien wie den Grays fand. Man begegnete ihnen immer wieder.

Sie wurden weit fortgeschickt, um Gummibäume, Tee oder Kaffee zu pflanzen, sie lebten von den Geldsendungen aus der Heimat in namenlosen Winkeln der Erde, wo sie sich blindsaufen konnten, ohne von Freunden ihrer anspruchsvolleren Verwandten entdeckt zu werden, und viele von ihnen gaben nicht nur ihre gesellschaftliche Stellung, sondern auch ihre Nationalität auf. Sie pflegten einen entwürdigend vertrauten Umgang mit den Farbigen und vermischten sich mit ihnen, sie waren eine Last und eine Schande. Und das, fand Richard, war auch Brand mit seinem ausschweifenden Leben früher, seiner unmöglichen Heirat mit einer Frau ohne jeden Anstand, seinem schäbigen Zuhause, seiner niederen Tätigkeit, seinen regelmäßigen Besuchen in King's Poplars, bei denen er erregt, verbittert und entschlossen Unterstützung einforderte. Richard war immer überzeugt gewesen, dass sein jüngerer Bruder vor nichts zurückschrecken würde; dass er aber seinen eigenen Vater umbringen könnte, das hatte er nicht für möglich gehalten. Hier zogen selbst Menschen wie Brand eine Grenze. Doch nun war genau so ein Verbrechen geschehen, ein Verbrechen, das zu einem jener abscheulichen Skandale erblühen würde, die bei den Abend- und Sonntagszeitungen so beliebt waren. Fotos von der Familie würden erscheinen, Richards eigene Geschichte und die seines Vaters würden wieder aufgerührt und in verführerischster Form den Massen präsentiert werden. Es würde eine Untersuchung geben, ein Gerichtsverfahren, seine eigene Position würde in Gefahr geraten, er würde der Sohn des Mannes sein, der in King's Poplars ermordet worden war, der Bruder des Mannes, der den Mord begangen hatte. Und schuld an allem war Brand, dieser Niemand, dieser Nichtsnutz.

Er ging ins Speisezimmer, wo der Rest der Familie noch beisammensaß, nur die Großmutter hatte sich nach oben begeben. Amys Mund war ein harter Strich, und noch mit der kleinsten ihrer Gesten beschuldigte sie die anderen des gemeinschaftlich geplanten Mordes an ihrem Vater. Alle Köpfe wandten sich gleichzeitig zur Tür. »Brand, hast du eine Minute?«, fragte Richard, den Türknauf noch in der Hand, und Brand, dem plötzlich eiskalt wurde und dann so heiß, dass er schwitzte, als wäre er seekrank, folgte ihm.

Er muss etwas herausgefunden haben, dachte er. Ich habe wohl doch einen Fehler gemacht.

Richard führte ihn in einen kleinen Raum hinter der Bibliothek, schloss die Tür und sagte: »Ich werde dich nicht fragen, wie dein Gespräch mit unserem Vater gestern ausgegangen ist. Wie ich beim Frühstück schon zu Eustace sagte: Er hatte genauso das Recht, für dich und deine Kinder Vorsorge zu treffen wie für jeden anderen von uns. Aber hat er irgendetwas erwähnt, woraus du schließen konntest, dass er wegen einer bestimmten Entwicklung extrem nervös war?«

»Was für eine Entwicklung?«

»War er wegen irgendetwas oder irgendjemandem besonders beunruhigt? Hat er etwas gesagt?«

»Er hat eine Menge gesagt, das meiste davon nicht sehr schmeichelhaft.«

»Für dich oder hat er jemand anderen gemeint? Oder die ganze Familie?«

»Wir waren alle Blutsauger für ihn. Eustace muss ihn ziemlich übel geschröpft haben.«

Richard runzelte die Stirn. »Er hat sich ja nichts sagen lassen. Spekulieren mag für einen reichen Mann in Ordnung sein, aber ein Mann mit begrenzten Mitteln sollte es meiden wie der Teufel das Weihwasser.«

»Besonders, wenn er eine Familie wie unsere hat«, pflichtete Brand bei. »Aber was sollen die ganzen Fragen?«

Richard wandte den Blick ab. »Er hat keine Andeutungen gemacht, dass er sich das Leben nehmen will?«

In Brands Kopf jagten sich die Gedanken. Konnte das sein? Das offene Fenster, die herabgefallene Schale ... Doch er verwarf die Theorie sogleich wieder.

»Nein. Das hätte er nicht getan. Wer wie unser Vater noch am kleinsten bisschen Besitz hing, hätte nie etwas weggeworfen, was ihm so viel wert war, da bin ich mir ganz sicher.«

»Um Himmels willen, Brand, sei doch nicht so gefühllos. Er war unser Vater, und jetzt ist er tot.«

»Ja. Und um seinetwillen tut mir das leid. Ich bin jedenfalls lieber lebendig als tot. Aber ich kann doch jetzt nicht eine Zuneigung vortäuschen, die ich nie empfunden habe. Diese Sterbebettheuchelei widert mich an.«

»Eins noch«, sagte Richard. »Ich werde dich, wie gesagt, nicht nach den Einzelheiten deines Gesprächs mit ihm fragen. Aber er hat dir Geld gegeben, wie wir wissen, dabei konnte er sich nicht mal von einem einzigen Sovereign trennen – was hast du ihm dafür geboten?«

»Nur was ich dir gesagt habe.«

Richard schlug die Hände zusammen. »Das ergibt doch keinen Sinn, Brand. Ich kannte Vater besser als du. Ich weiß, in was für eine Lage sein Vertrauen in Eustace ihn gebracht hat. Er musste jeden Penny festhalten, um – ja, um der öffentlichen Schande zu entgehen.«

»Du meinst, deswegen hat er sich das Leben genommen?

Aber erst war's doch ein Schlaganfall, dann Gewalteinwirkung ...«

»Sagt Dr. Romford.«

»Was ist denn genau passiert?«

»Ein Schlag, ein brutaler Schlag gegen die Schläfe.«

Brand schaute skeptisch drein. »Klingt nach einer ziemlich verrückten Art, Selbstmord zu begehen. Ein Revolver leuchtet mir ja noch ein oder Gift – obwohl beides nicht ganz einfach zu beschaffen sein dürfte. Wahrscheinlich kann man sich auch selbst die Kehle durchschneiden oder sich aus dem Fenster stürzen. Gibt es sonst noch Möglichkeiten, sich das Leben zu nehmen, wenn es unbedingt zu Hause sein muss? Draußen hat man natürlich wesentlich mehr Gelegenheiten – Autos, Züge, Flüsse ...«

Richard machte eine Geste, die unerträglichen Abscheu ausdrückte. »Brand, solange du dich in diesem Haus befindest, muss ich dich bitten, mit dem gehörigen Anstand von unserem Vater zu sprechen. Außerhalb kannst du das halten, wie du willst. Wir haben ja wohl kaum gemeinsame Bekannte.«

»Dann kann ich auch deine höchst achtbare Karriere nicht beschmutzen. Lass mich erklären: Ich habe überhaupt nicht von unserem Vater gesprochen. Das war eine ganz sachliche Äußerung über die Schwierigkeiten des Selbstmordes in den eigenen vier Wänden.«

»Und du hast meine Frage nicht beantwortet. Ich kann dich nicht zwingen, ich weiß, aber trotzdem: Was hast du ihm gesagt, wie hast du ihn dazu gebracht, so viel Geld herauszurücken?«

»Also, ich glaube, daran hast du genauso viel Anteil wie er

selbst. Ich habe ihm gesagt, dass ich vorhabe, einen Plan zu verwirklichen, den ich mir lange überlegt habe. Dieses verdammte Büro macht mich kaputt. Ich muss da raus. Und ich muss jetzt raus, bevor es zu spät ist. Sophy und die Kinder kann ich natürlich nicht mitnehmen, und auf absehbare Zeit werde ich auch keine zwei Haushalte finanzieren können. Ich habe Vater gebeten, mir eine Chance zu geben, mir Geld für ihren Unterhalt zu geben, während ich arbeite. Das hat er abgelehnt, wie erwartet. Und er wurde auch noch unnötig beleidigend. Aber er hatte nun mal keinen Sinn für Kunst, also kann man ihm keinen Vorwurf machen.«

»Vielleicht hat er keinen Grund gesehen, sich Künstlern gegenüber großzügig zu zeigen.«

»Stell dir einen intellektuell beschränkten Menschen vor, der es fertigbringt, Kunst nach irgendeinem unfähigen Künstler zu beurteilen – unfähig nicht im künstlerischen Sinne, wohlgemerkt, sondern im materiellen. Er kennt einen Mann oder hört von einem, der Bilder malt und außerdem trinkt oder sich eine Geliebte hält, und sofort erklärt er, Kunst sei nutzlos. Was Vater angeht, würdest du wahrscheinlich sagen, er hat sie vor allem als eine Belastung für sein Portemonnaie betrachtet. Aber man kann einen Menschen nicht zu einer vernünftigen Auffassung von Kunst zwingen. Ich muss allerdings sagen, dass das, was dich an meinem Verhalten stört, gar nicht trostloser sein kann sein als die Einstellung unseres Vaters zu allem, was das Leben für mich lebenswert macht. Aber da werden wir nie einen gemeinsamen Nenner finden, also lassen wir's. Auf sein Nein hin habe ich ihm gesagt, dass mein Entschluss feststeht. Dass ich weggehe und Sophy empfehlen werde, sich um Unterstützung an die Pfarrei zu wenden und dabei auch gleich zu sagen, dass ihre Kinder Nichten und Neffe des angehenden Peers von H. und Enkel eines Landedelmannes sind. Damit hatte ich ihn. Er hat gemerkt, dass ich es ernst meine, und wusste, dass die Zeitungen den Fall aufgreifen würden. Das tun sie ja gern. Für dich wäre das verheerend, so kritisch wie es politisch im Moment um dich steht.«

»Er hat dir also zweitausend Pfund gegeben? Nicht zu fassen. Du hättest nicht mal mit fünfhundert rechnen können.«

»Hab ich auch nicht. Aber er hat sich eine Blöße gegeben. Er ist furchtbar erschrocken, und daran habe ich gemerkt, dass ich bessere Karten hatte als gedacht. Da habe ich meinen Preis erhöht. Hätte ich fünftausend verlangt, ich glaube, ich hätte sie auch bekommen. Ich habe ihm natürlich garantiert, dass es sich um eine einmalige Zahlung handelt und auch um unser letztes Gespräch, das hast du ja sicher gelesen. Eigentlich wollte ich heute Nachmittag wieder abreisen, und ich sehe keinen Grund, warum ich's nicht tun sollte.«

»Wenn die Polizei dich lässt, werden wir keine Einwände erheben.«

Brand pfiff durch die Zähne. »Die Polizei? So weit ist es schon?«

»Wenn es kein Selbstmord war – wie du ganz richtig sagst, ist es nicht so leicht, sich mit einem Schlag auf den eigenen Kopf das Leben zu nehmen – und auch kein Schlaganfall, was kommt dann noch in Frage? Ich dachte, du wärst vielleicht zufällig auf eine Information gestoßen, ein Geheimnis, das er unter keinen Umständen preisgeben wollte. In diesem Fall hätte ich dich um die Erlaubnis gebeten, darüber zu sprechen ...«

»Die ich dir prompt verweigert hätte. Auf Erpressung stehen bei uns seit einigen Jahren drakonische Strafen. Da würde ich mich lieber für einen Bankraub oder so verhaften lassen, für alles außer Mord.«

»Mord«, wiederholte Richard. »Wird man dir ja vielleicht vorwerfen.«

Brand erhob sich von der Tischkante, auf die er sich zu Beginn des Gesprächs gesetzt hatte, und sagte: »Mord? Das meinst du also? Man wird denken, ich war's? Was bin ich für ein Esel. Natürlich wird man das denken. Anscheinend war ich ja der Letzte, der Vater lebend gesehen hat. Und ich habe ihm das Geld abgeluchst. Aber wieso sollte ich ihn umbringen, nachdem ich den Scheck schon hatte? Weil ich Angst hatte, er könnte ihn sperren lassen oder ihr würdet ihn dazu überreden? Kein sehr triftiger Grund, muss ich sagen. Und wenn ich ihn tatsächlich getötet hätte, nachdem ich den Scheck schon hatte, warum habe ich dann die Verpflichtungserklärung nicht vernichtet? Zugegeben, die Wahrscheinlichkeit, dass er mir irgendetwas zugedacht hatte, war nicht sehr groß, aber wenn er mich oder eins meiner Kinder in seinem Testament berücksichtigt hätte, dann wäre das durch meine Erklärung hinfällig geworden. Zumindest hätte Eustace die größten Schwierigkeiten gemacht, und Miles hätte ihm möglicherweise dabei geholfen. Im Grunde konnte ich Miles' Einstellung gegenüber Ruths Familie nie richtig einschätzen. Alles in allem findet er uns erbärmlich, denke ich, das Einzige, was für uns spricht, ist unsere Herkunft, und auf die gibt er keinen Pfifferling, so wie er gestrickt ist.«

»Brand, ich muss schon sagen«, gab Richard kühl zurück,

»diese Randbemerkungen sind ausgesprochen geschmacklos.«

»Ich weiß nicht, ob es sehr geschmackvoll ist, jemanden zu fragen, ob er seinen Vater umgebracht hat.«

»Ich wollte dich lediglich darauf vorbereiten, was dir möglicherweise unterstellt werden könnte.«

»Damit ich mir eine Verteidigungsstrategie zurechtlegen kann? Nett von dir. Aber ich bin nun mal kein Schriftsteller. Ich male, und ich arbeite als Bauzeichner, ich kann mich betrinken und zum Tier werden, aber nichts davon würde mich befähigen, eine so gute Geschichte zu erfinden, dass mich die Polizei in Ruhe lässt.« Er begann mit ausgreifenden Schritten im Zimmer auf und ab zu wandern. »Ich weiß, du hast eine miserable Meinung von mir, Richard, und ich finde das bedauerlich. Aber ich kenne keine finsteren Geheimnisse, die ich gegen Vater hätte verwenden können, und ich bin nicht scheinheilig genug, um so zu tun, als ginge mir sein Tod nahe. Ich habe nie besonders freundliche Gefühle für ihn gehabt, und ich behaupte, ihm ging es umgekehrt genauso. Er hätte mir ohne weiteres ein auskömmliches Leben ermöglichen können, aber er hat es nicht getan. Ich hab nichts übrig für diese Dichterlinge mit ihren Beiträgen in all den Zeitschriften, die dem Leser eine Halfcrown abknöpfen und ihren Mitarbeitern keinen Penny zahlen, diese Poeten, die das Loblied der Armut singen, der Armut als Königin aller Heiligen und dergleichen mehr. Armut ist schrecklich, schlimm genug schon für einen allein, aber wenn man noch fünf oder sechs andere Mäuler zu stopfen hat, obwohl es schon für einen selbst nicht reicht, dann ist das erniedrigend. Ich habe das Vater immer wieder erklärt, aber er hat mir nicht geglaubt.

Es hat ihn auch nicht interessiert. Ich bin fast wahnsinnig geworden in dieser Tretmühle. Du weißt nicht, wie das ist – und er wusste es auch nicht –, wenn man die ganze Nacht durch menschenleere Straßen wandert, weil man sich nicht nach Hause traut, aus Angst vor dem, was man dann tun könnte. Ich will damit nicht sagen, dass du nicht auch mal wach liegst, aber dann nur, weil jemand einen besseren Posten kriegen könnte als du, weil er ein größeres Haus hat oder mehr Wirbel macht. Aber zu wissen, dass man seine ureigene Arbeit nicht tun kann ... Da kann man mir zehnmal sagen, dass es massenhaft Menschen auf der Welt gibt, die ihr Leben damit zubringen, Leinwände zu beschmieren, ohne dass was dabei rausspringt – der Punkt ist, dass es meine Arbeit ist und dass ich manchmal schier den Verstand verliere, weil ich nicht dazu komme. Du kennst doch diese Foltermethode der Antike: ein Mann in der prallen Sonne, gefesselt vor einer Schüssel Wasser. In unseren zivilisierten Zeiten foltern wir genauso und werden dafür auch noch wertgeschätzt. Der arme Kerl damals ist wenigstens relativ schnell gestorben. Er hat sich nicht vor Kummer verzehrt, den haben vermutlich die Geier verzehrt, und auch wenn er sie verflucht hat – im Grunde war das eine Gnade, es hat die Sache beschleunigt ...«

Richard ging zur Tür und riss sie auf. »Ich dachte schon immer, dass du nicht ganz zurechnungsfähig bist. Jetzt weiß ich, dass du verrückt bist. Was du da redest – so redet doch kein normaler Mensch –, noch dazu in einem solchen Moment! Es hat geläutet, das muss die Polizei sein. Ich seh mal nach, und du reiß dich um Gottes willen zusammen und mach ein angemessenes Gesicht. In der ganzen Gegend hast du dich schon zum Gespött gemacht ...«

Brand musste lachen. Und nachdem er einmal angefangen hatte, konnte er nicht wieder aufhören. Er schüttelte sich vor Lachen und hielt sich am Tisch fest, Tränen liefen ihm über die Wangen, und er zitterte am ganzen Körper. »Ach, Richard«, schluchzte er und rang nach Atem. »Ach, Richard! Zum Gespött! Weil ich malen will, weil ich kein Geld habe und von einer Hure betrogen werde? Sei doch nicht so verdammt zimperlich! Hast du das Wort noch nie gehört? Oder eine gesehen? Oder eine gekannt? Wenn du so unschuldig bist, lies in der Bibel. Das wäre auch ein guter Vorwand. Zum Gespött! Ja, vielleicht bin ich das in einer Familie wie unserer, in der alle ständig Pläne schmieden, wie sie Flitterkränze und hohle Ehren ergattern können ...« Sein Lachen brach so plötzlich ab, wie es begonnen hatte. »Entschuldige. Ich bin wohl ein bisschen hysterisch. Aber du musst mir das nachsehen. Wenn man jeden Moment wegen Mordes am eigenen Vater verhaftet werden kann, ist man eben ein bisschen durcheinander. Ich jedenfalls. Wenn das wirklich die Polizei ist, solltest du als Erster mit ihnen sprechen. Sie müssen einen guten Eindruck von der Familie gewinnen, sonst benehmen sie sich nicht entsprechend. Scheußlich, dass so etwas so vornehmen Leuten wie uns passieren kann. Mord in der Oberschicht sollte verboten werden. So was Vulgäres.«

Brands heftige Reaktion schockierte Richard, und er sagte eilig: »Das alles ist dir aufs Gemüt geschlagen, Brand. Ich entschuldige mich dafür. Es ist meine Schuld – weil ich dich verdächtigt habe. Ich bin selbst ganz aus der Fassung. Wir hatten zwar gestern eine heftige Meinungsverschiedenheit, aber er war immerhin mein Vater. Ich weiß nicht, ob du das verstehen kannst: Etwas ist aus meinem Leben weggebrochen, für immer. Es wird nie mehr so sein, wie es war, wenn auch vielleicht erfolgreicher, auf andere Weise besser. Ich weiß es nicht. Er gibt Dinge, die will man einfach haben, nur konnte ich sie bisher nicht bekommen. Vielleicht fällt mir das jetzt alles zu. Aber genauso wie es vor vierundzwanzig Stunden war, wird es nie wieder werden. Das berührt mich, Brand. Denn so seltsam es dir auch erscheinen mag – bei meiner Beziehung zu Vater waren Gefühle im Spiel. Du denkst wahrscheinlich, jetzt bin ich dran mit der Hysterie.«

Dieser überraschende Ausbruch, dieser plötzliche Blick in das Herz eines gefühlskalten Menschen erstaunte und bewegte Brand. Alle Spottlust verließ ihn, und er empfand nur noch die tiefe Einsamkeit dessen, der in seiner Familie immer ein Fremder gewesen ist. Er hatte Richard offen verhöhnt und bemitleidet, aber sein Bruder hatte eine Erfahrung machen dürfen, die ihm selbst nie zuteilwerden würde. Und mehr noch: Es war eine Erfahrung, die reicher und weicher machte. Er ahnte, wie sehr der Verlust Richard schmerzte, denn sein Bruder hatte – so seltsam es auch scheinen mochte – den Toten geliebt. Das ernüchterte Brand so sehr, dass er fast Trauer empfand. Doch es war eine distanzierte Trauer. Da ihm Adrian Gray nichts bedeutet hatte, war ihm auch Richard gleichgültig. Die sinnlose Trauer der Menschen um das Vergehende, das Ungreifbare aber schnürte ihm das Herz zusammen. Er zwang seine Gedanken zu seinem Zukunftstraum zurück. Dieser Traum war etwas Bleibendes, etwas Festes, Verlässliches. Man konnte die Arbeit eines Menschen mit keinem bekannten Maßstab messen. Und schon hob sich sein Herz wieder, und die Vorfreude ließ seine Augen aufleuchten. Doch als er sich zum Gehen wandte, sah er wieder die melancholischen Augen, die müde Resignation im schmalen Gesicht seines Bruders, und angesichts dieser Würde und zugleich Hoffnungslosigkeit befiel ihn eine tiefe Niedergeschlagenheit.

## 5

Er ging ins Morgenzimmer, wo die Familie sich mittlerweile versammelt hatte. Alle fuhren auf, als er eintrat, und Amy rief: »Was ist, Brand?«

»Er ist tot«, antwortete Brand matt.

»Ja, das dachten wir uns. Aber was wollte Richard von dir?«

»Wissen, ob ich ihn umgebracht habe. Ich habe ›Nein‹ gesagt, aber ich weiß nicht, ob er mir glaubt. Es ist auch nicht so wichtig. Man neigt ja fatalerweise dazu, das Unbedeutende wichtiger zu nehmen als das Bedeutende.«

»Willst du damit sagen, es war Mord, Brand?«, fragte Miles, um die Panikstimmung zu mildern, die bei Brands Worten entstanden war.

»Davon geht Richard aus. Ein Schlag gegen die Schläfe. Dass Adrian es selbst getan hat, ist unwahrscheinlich. Warum sollte er? Außerdem ist Dr. Romford derselben Meinung.«

Das ließ Amy für einen Moment verstummen. Dann rief sie aus: »Aber wer – wie ...?«

»Das Fenster war offen.«

»Dann ist vielleicht jemand eingebrochen, Vater hat ihn gestört, und der Einbrecher hat ihn getötet. Und wir waren alle im Haus! Das ist – das ist haarsträubend!« Selbst sie merkte, wie unangemessen der Ausdruck war; sie sank in ihren Sessel zurück und vergrub theatralisch ihren Kopf in den Händen.

Brand trat ans Fenster, aus dem der Blick weit über die Tallandschaft schweifte. Der Schnee war inzwischen an vielen Stellen niedergetreten, das glitzernde Weiß von hässlichen dunklen Flecken durchsetzt. Ohne sich umzudrehen, rief er leise: »Isobel.« Sie kam mit raschen, nervösen Schritten heran und sah ihn fragend an. So selten wurde sie angesprochen – allenfalls gebieterisch von Amy –, dass Brands Aufforderung sie förmlich aus der Fassung zu bringen schien.

Er hakte sich bei ihr ein. »Keiner von uns weiß, wie das hier enden wird«, sagte er. »Aber wie auch immer – es wird unser Leben verändern. Es muss. Die Welt, aus der man stammt, kann nicht in Scherben gehen, ohne dass es einen irgendwie berührt. Das ist mir erst klar geworden, als ich Richard gesehen habe. Aber reden wir nicht von der Zukunft. Sie kommt noch früh genug, und keiner weiß, was sie bringt. Erinnerst du dich an diese Gouvernante von dir, die immer gesagt hat: ›Bevor der Schnee niedergetreten wird, gleicht er einer Bilanz unseres Lebens, und wie schnell ist die ruiniert‹? Damit hat sie uns die ganze Freude am Schnee verdorben.«

»Sie hat immer Fischbeinkrägen getragen und eine riesige Brosche aus Haaren von irgendwem.«

»Einmal hat sie uns zu Bekannten mitgenommen, und als wir die gefragt haben, ob die Kirche dort alt ist, weil Vater so was immer wissen wollte, da haben sie kernig geantwortet: ›Die ist schon länger hier als wir, schon über vierzig Jahre.‹«

»Ja, ich erinnere mich. Das war an dem Tag, als vor uns ein Hermelin über die Straße geflitzt ist.«

»Und Miss Gowan – so hieß sie – hat uns erzählt, dass Hermeline Kaninchen töten, und damit hat sie uns die ganze Freude an Hermelinen verdorben.«

»Und auch an Kaninchen, Brand. Ich konnte von da an keine mehr sehen, weil ich immer dran denken musste, dass sie entweder von Hermelinen getötet werden oder aufgeschlitzt in einer Reihe beim Geflügelhändler hängen.«

»Du warst schon immer zu weichherzig. Weißt du noch, wie wir eine Drossel gefunden haben, die gegen die Telegrafendrähte geflogen war, und du dachtest, der Teufel müsste deren Erfinder die Idee dazu eingegeben haben?«

»Und du hast gesagt, die Drossel hätte genauso gegen einen Baum fliegen können, und ob der Teufel auch dem Erfinder der Bäume die Idee dazu eingegeben hat.«

»Die Frage kann ich bis heute nicht beantworten. Über was wir alles geredet haben!«

»Und wie viel Spaß wir hatten! Weißt du noch, wie wir morgens Pilze gesucht haben und der Tau lag so dick auf dem Gras, dass es ganz schwarz aussah?«

»Und wie es so neblig war, dass wir unsere eigenen Füße nicht mehr gesehen haben.«

»Und was wir alles machen wollten! Hast du mal drüber nachgedacht, Brand, wie viele Dinge es im Leben gibt und wie schrecklich wenige wir festhalten können? Sie gleiten uns durch die Finger, und am Ende stehen wir mitten im Überfluss mit leeren Händen da.«

»Wir sind selbst schuld, wenn wir die Dinge nicht festhalten. Oder die Hände nicht weit genug ausstrecken. Zu riskant. Zu teuer. Das sind die wahren Gründe, warum man nicht bekommt, was man sich wünscht. Ich hätte eine große

Sammlung schöner Arbeiten haben müssen und du hättest glücklich sein müssen.«

Isobel seufzte so tief, dass ein Schauder durch ihren ganzen Körper lief. »Wir haben es nicht sehr weit gebracht, oder? Und irgendwann ist es zu spät. Was glaubst du, Brand, warum haben wir so ein Chaos angerichtet?«

»Weil wir uns nicht genug gekümmert haben.«

Sie sah ihn erschrocken an. »Aber das habe ich doch. Du ahnst nicht, wie sehr ...«

»Und selbst das war nicht genug. Wäre es genug gewesen, hättest du festgehalten, was du dir gewünscht hast.«

»Niemand konnte Harry festhalten.«

»Du hältst bis in den Tod fest, was du besitzen willst. Wenn du es loslässt, dann deshalb, weil etwas anderes in deinem Herzen Vorrang hat. Außerdem verwechselst du Harry mit Glück. Eben deshalb hast du das Glück verloren. Hättest du eine Entscheidung getroffen, hättest du dich von keinem Hindernis abhalten lassen. Nach Harrys Tod hättest du das Glück anderswo gefunden. Mir geht es genauso. Ich verurteile dich nicht. Wie käme ich dazu, andere zu verurteilen? Ich war immer überzeugt, dass die Arbeit die unauflösliche Verbindung eines Menschen mit dem Leben ist. Sie überdauert ihn, sie ist wichtiger als alles, was er ist oder besitzt. Wenn ich wirklich Künstler hätte werden wollen, hätte ich mich von nichts und niemandem daran hindern lassen. Weder von Sophy noch von den Kindern noch von meiner Armut oder meinen Bedenken.«

»Aber es gibt doch so etwas wie richtig oder falsch, Brand. Es war richtig, für Sophy und die Kinder zu sorgen.«

»Nach meiner Theorie nicht. Wer das sagt, der hält die

Ethik für wichtiger als die Kunst. Wir tun das, woran unser Herz hängt, ob uns das bewusst ist oder nicht. Wenn man sich von Moral, Religion oder konventionellen Erwägungen leiten lässt, misst man ihnen mehr Bedeutung zu als dem, was man immer für die Triebfeder des eigenen Lebens gehalten hat. Für einen Menschen mit einem klaren Ziel existieren keine Gesetze. Er macht sich seine eigenen Gesetze, er ist der Einzige, der die Kraft dazu hat.«

Isobel zog scharf die Luft ein. Brand hatte ein neues Land voller Verheißung vor ihr aufgetan, hatte die Sinnlosigkeit ihres Daseins ignoriert, hatte ihr Hoffnung gegeben. »Brand«, sagte sie, »warum haben wir nicht schon früher geredet? Warum bin ich schon so lange hier?«

»Das ist eine der kleineren Tragödien des Lebens«, antwortete er. »Man lässt sich treiben, weil es so schwer ist, gegen die Strömung anzukämpfen. Es ist so dunkel vor uns. Im Moment bist du in einem frohen Traum gefangen, aber die Wirklichkeit ist nicht so einfach. Du kannst natürlich sagen: ›Ich lasse mich nicht unterkriegen, ich werde es schaffen, glücklich zu sein‹, aber du weißt nicht, wie, du hast keinen Kompass. Ich bezweifle, dass du überhaupt weißt, was Glück für dich ist.«

»Oh, das weiß ich sehr wohl, Brand«, entgegnete sie schnell. »Früher war es Harry, aber das ist lange her. Jetzt bedeutet es für mich, frei zu sein, zu leben, wo ich will, Bücher zu haben und Muße und Ruhe oder – du wirst lachen, aber das stelle ich mir oft vor – mit einem Buch in ein Restaurant zu gehen und eine Kleinigkeit zu essen, das Gefühl zu haben, dass ich am Leben teilhabe, dazugehöre, Kraft daraus beziehe ...«

Brand sah sie erstaunt an. »Und das hast du all die Jahre in deinem Herzen verschlossen? Und bist hier geblieben!«

»Ich glaube, es liegt an dir. Bevor du angefangen hast zu reden, konnte ich gar nicht die nötige Begeisterung aufbringen, um so zu empfinden.«

»Nein, es liegt an Vater«, sagte Brand nüchtern. »Sein Leben ist vorbei, und nichts ist davon geblieben – was für eine Vergeudung! Bei meiner Konfirmation hat der knochige protestantische Bischof gesagt: ›Es gibt nur eine unverzeihliche Sünde, und das ist die Vergeudung.‹ Das Leben ist voll davon – Vergeudung von Chancen, Talent, Zeit. Der Grund dafür ist meistens Angst.«

»Vielleicht hast du recht, vielleicht habe ich das gemeint.«

In diesem Moment rief Amy gebieterisch: »Isobel!« Isobel wandte sich um, und ihre Gesichtszüge – die erhitzten Wangen, der lächelnde Mund – sammelten sich, um dem Blick ihrer Schwester zu begegnen. Brand sah ihr nach, als sie zu Amy ging, und er bemerkte eine neue Spannkraft in ihrem Gang, etwas Federndes, etwas hoffnungsvoll Vorwärtsstrebendes. Als fände man unter dem Raureif eine blühende Blume, dachte er.

Miles war quer durch den Raum behutsam auf Brand zugesteuert. Jetzt blieb er neben ihm stehen und sagte leise: »Als Anwalt, Brand – und ich sage das ganz unvoreingenommen – möchte ich dir aus meiner Erfahrung heraus einen Rat geben. Wir werden mit Sicherheit alle eingehend befragt werden, und ich glaube, das wird kein Vergnügen.«

Brand hatte keine Lust auf Belehrungen. »Du hast doch nichts zu befürchten«, antwortete er aggressiv.

»Nein? Meine Lage ist nicht so beneidenswert, wie du

denkst. Wir alle vermuten doch, dass bei den Finanzgeschäften, die dein Vater unklugerweise Eustace anvertraut hat, irgendein Schwindel im Spiel war. Mich wird man höchstwahrscheinlich fragen – es ist im Grunde nicht von Belang, aber in solchen Fällen tauchen alle möglichen Nebensächlichkeiten auf –, ob ich von Eustaces Ruf in Geschäftsdingen wusste. Und wenn ja, warum ich meinen Schwiegervater nicht gewarnt und ihm gesagt habe, dass er mit dem Feuer spielt und damit rechnen muss, sich böse die Finger zu verbrennen. Man wird daraus den Schluss ziehen, dass ich entweder nichts von diesen Firmen wusste, also ein Dummkopf bin, dem niemand, der seine fünf Sinne beisammen hat, je wieder ein Mandat erteilen wird, oder aber, dass ich davon wusste und aus nur mir bekannten Gründen den Mund gehalten habe, wobei auch etwas für mich herausgesprungen ist. In diesem Fall bin ich ein Gauner. Nein, glaub nicht, dass du der Einzige bist, dem man das Leben schwermachen wird. Das blüht uns allen.«

»Glaubst du, ich war's?«

»Mein lieber Freund, es ist zwecklos, mir solche Fragen zu stellen. Ich bin Anwalt.«

»Aber du bist nicht als Anwalt hier. Du hast doch sicher eine persönliche Meinung.«

»Trotzdem könnte ich so eine Frage nicht beantworten. Es gibt in allen Gesellschaftsschichten und allen Berufen Verhaltensregeln. Stell dir nur mal die psychologische Wirkung vor, wenn ich einem Menschen in hochgradig nervösem Zustand und gefährdeter Position sagen würde, dass ich ihn für einen Mörder halte. Die Waagschale würde doch sofort nach unten gehen, und seine Position wäre geschwächt, auch wenn er selbst weiß, dass er so unschuldig ist wie der Erzengel Gabriel. Etwas anderes wäre es natürlich, wenn er ein Geständnis ablegen wollte. Aber ich nehme an, das hast du nicht vor.«

»Nein«, sagte Brand. »Aber nicht etwa, weil es an Druck gefehlt hätte. Richard hat alles getan, um mich dazu zu überreden.« Ungeachtet des lockeren Tons war sein Gesichtsausdruck so melancholisch, dass Miles Mitleid mit ihm empfand. Er wusste, dass fast die gesamte Familie seinen Schwager für den Täter hielt, und die Wirkung einer so allgemeinen Überzeugung auf die Atmosphäre, in der sich der Mann bewegte, musste ihn niederdrücken und entmutigen. »Ich sage das nicht«, fuhr er fort, »weil ich mich in deine Angelegenheiten einmischen will, aber als Anwalt erlebt man oft, dass falsche Schritte unternommen werden, die durch ein Wort zur rechten Zeit vermeidbar gewesen wären. Wenn nicht bewiesen werden kann, dass Eustace oder jemand anderer nach dir in der Bibliothek war, dann gerätst du unter den gegebenen Umständen in eine äußerst heikle Lage. Ich weiß natürlich nicht, was während des Gesprächs mit deinem Vater vorgefallen ist, aber mein Rat – und den gebe ich auch meinen Mandanten – lautet: Bleib bei den nackten Tatsachen. Wenn es bei dem Gespräch etwas stürmisch zugegangen ist, dann tu nicht so, als wäre es reibungslos verlaufen. Und wenn du deinem Vater das Geld mühsam aus der Tasche leiern musstest, dann sag das auch. Das macht einen wesentlich besseren Eindruck, und den werden mögliche spätere Bedenken nicht verwischen. Verwickelst du dich auch nur ein einziges Mal in Widersprüche, wird man jede weitere Äußerung von dir mit Vorsicht genießen.«

Hinter ihnen sagte Amy zu Eustace: »Ich wünschte, du wärst ehrlich zu uns. Wir haben doch schon vermutet, dass die Dinge nicht so gut standen, wie Vater gehofft hat. Das hat er uns selbst gesagt, also muss hier auch nichts geheim gehalten werden. Vielleicht hat er dich gebeten, Stillschweigen über dein letztes Gespräch mit ihm zu wahren, aber er konnte diese Entwicklung ja nicht vorhersehen. Wie auch immer: Du musst uns alles sagen, was mit dem Fall zusammenhängen könnte, das bist du uns schuldig, finde ich.« Sie sah ihn ernst und durchdringend an, doch er sagte nur mit Nachdruck: »Ich versichere dir, Amy, ich habe euren Vater nicht mehr gesehen, nachdem er in die Bibliothek gegangen ist. Sicher, es gab da ein paar Punkte, die ich dringend mit ihm besprechen wollte, zum Beispiel, ob es sich empfiehlt, die eine oder andere Änderung an seinen Geldanlagen vorzunehmen, oder auch bestimmte Entwicklungen in jüngster Zeit, aber das wollte ich erst morgen tun. Man möchte schließlich nicht mit Geschäftsangelegenheiten behelligt werden, wenn man seine Familie um sich hat.«

Da musste selbst der ernste Miles grinsen. Auch Brand lachte, und Amy, die stets dafür war, die Dinge beim Namen zu nennen, sagte energisch: »Gerade wenn Vater seine Familie um sich hatte, wurde er ständig mit Geschäftsangelegenheiten behelligt.«

»Deshalb vielleicht seine zahlreichen Briefe an mich, in denen er höhere Dividenden oder mehr Möglichkeiten für sein Kapital verlangt hat«, konterte Eustace wütend. »Wenn du glaubst, meine liebe Amy, dass es ein Spaß oder eine Pfründe war, für den eigenen Schwiegervater tätig zu sein, dann muss ich dich eines Besseren belehren. Bei keinem anderen hätte ich so viel Einmischung und so viel Gejammer geduldet, aber man nimmt ja jede erdenkliche Rücksicht und ich wusste auch, dass ihm die Familie ständig in den Ohren lag.«

Olivia brach in eine Flut von Tränen aus. »Das ist das schlimmste Weihnachten, das ich je erlebt habe!«, klagte sie ohne jedes Gespür für die Tragödie, mit der sie konfrontiert waren. Genauso hätte sie geschluchzt, wenn der Truthahn nicht rechtzeitig geliefert worden oder der Nachtisch misslungen wäre.

Eustace, hin- und hergerissen zwischen seinem Ärger über Olivias Ausbruch und der Erleichterung darüber, dass er ihm Gelegenheit bot, dem hochnotpeinlichen Verhör durch seine Schwägerin zu entrinnen, führte seine Frau hinaus.

»So war sie schon immer«, sagte Amy obenhin. »Als Kind hat sie stundenlang geheult, nur um Aufmerksamkeit zu erregen.«

Viele der Gedanken, die Eustace wieder und wieder durch den Kopf gingen, waren Miles so klar, als wären es Goldfische im Glas, und er hegte denselben Verdacht wie Amy. Wenn Eustace nicht als Letzter in der Bibliothek gewesen war, warum war er dann so nervös, so fahrig, warum scheute er sich, die Bibliothek zu betreten? Warum hatte er nicht gefrühstückt und so schnell die Beherrschung verloren? Vielleicht, dachte der scharfsinnigere Miles, weil ihm eine Mordanklage drohte. Vierundzwanzig Stunden zuvor hatte nur Adrian Gray zwischen ihm und dem Ruin gestanden, jetzt war Gray weg, und er sah der Schande ins Auge. Miles hasste Gauner, doch dieser tat ihm einen Moment lang leid – nicht wegen seines Schicksals, sondern weil ihm der Mut fehlte, es anzunehmen.

Unten wurde eine Tür geöffnet, dann waren gedämpfte Stimmen zu hören. Schritte kamen die Treppe herauf, und Richard trat ins Zimmer. Erschöpfung zeichnete seine Züge. Er sah sich um und fragte augenblicklich: »Wo ist Laura?« Miles antwortete, sie und Ruth seien bei der Großmutter, die Ruhe brauche.

»Was passiert jetzt?«, wollte Amy wissen. »Wollen die einen von uns sprechen?« Sie warf Brand einen Blick zu.

»Sie geben uns Bescheid«, erwiderte Richard geistesabwesend. »Im Moment wollen sie in der Bibliothek allein sein. Sie müssen Untersuchungen durchführen. Natürlich verlässt niemand das Haus.«

Er wandte sich ab und ging wieder hinaus.

*Vierter Teil*

# NACH DEM VERBRECHEN

# 1

Ross Murray, der zuständige Kriminalbeamte in King's Poplars, war ein Mann mit einer bemerkenswerten Vergangenheit, eine beeindruckende Persönlichkeit. In begüterten Verhältnissen aufgewachsen und dazu bestimmt, später einmal in die Fußstapfen seines Vaters, Lord H., zu treten, erfuhr er im Alter von achtzehn Jahren durch Zufall, dass er kein Anrecht auf diesen ehrenwerten Namen hatte. H. erstarrte und wurde totenblass, als er den Beweis dafür in der Handschrift seiner Frau in Händen hielt, machte aber keinen Versuch, die Wahrheit zu leugnen.

»Du hast das die ganze Zeit gewusst?«

»Schon vor deiner Geburt.«

»Und trotzdem hast du mich wie deinen eigenen Sohn behandelt?«

»Ich hatte keine Wahl. Vor dem Gesetz sind alle Kinder, die eine Frau zur Welt bringt, Nachkommen ihres Ehemannes.«

»Das heißt, du warst verantwortlich für mich?«

»Juristisch bist du mein Sohn. Wie gesagt: Es gab keine Alternative. Für uns als Katholiken kam eine Scheidung nicht in Frage.«

»Und du hast mich als Erben anerkannt?«

»Du bist mein Erbe.«

»Nein. Philip ist dein Erbe. Und falls ihm etwas zustoßen sollte, Robin.«

»Was hast du vor?«

»Ich muss fort von hier, mir meine Nische suchen. Wenn es überhaupt einen Sinn im Leben gibt, dann muss jeder seinen besonderen Platz im großen Ganzen einnehmen. Ich dachte, meiner sei hier, aber so ist es nicht. Eins noch: Mein Vater …«

Sorge und Scham zeichneten Lord H.s Züge.

»Ich kann dir nicht viel über ihn sagen. Er war jünger als deine Mutter und nicht ganz standesgemäß. Er muss sehr anziehend gewesen sein, und sie hat mir versichert, dass beide versucht haben, standhaft zu bleiben. Doch dann gerieten sie durch pures Missgeschick in eine kompromittierende Situation, und das war offenbar zu viel für sie. Deine Mutter wollte die Scheidung, aber ich konnte natürlich nicht einwilligen. Ich glaube, sie hat deinen Vater nie wiedergesehen.«

Ross runzelte die Brauen, sagte aber nichts. So viel Leid, dachte er. Was für Qualen müssen meine Eltern ausgestanden haben, aber sie haben sich nie etwas anmerken lassen. Man kann stolz auf sie sein.

H. unterbrach seine Betrachtungen und fragte Ross, wie er einen Skandal zu vermeiden gedenke. Er könne nicht zu Philips Gunsten auf den Titel verzichten, ohne dass die Leute sich den Mund darüber zerreißen würden.

»Ich denke«, sagte Ross, »das Beste ist, du lässt mich ins Ausland gehen. Dort stirbt es sich wesentlich leichter. Keine amtlichen Nachforschungen, keine peinlichen Fragen. Sumpffieber – irgendetwas Passendes in der Art. Das erfordert ein gewisses Maß an Heuchelei, ich weiß, aber wenigstens nicht ein Leben lang, wie es bei jeder anderen Lösung der Fall wäre.«

»Und Philip?«

»Er und Robin müssen die Wahrheit erfahren. Sie wird ohnehin durchsickern, denke ich, aber auf die Diskretion unserer Freunde können wir uns verlassen. Außerdem wissen einige Leute wahrscheinlich schon jetzt Bescheid.«

H. hob die Hand und berührte den jungen Mann an der Schulter. »Glaub mir, Ross, ich würde das alles nur zu gern vergessen. Ich habe es achtzehn Jahre lang vergessen, habe mir nie gestattet, daran zu denken. Bleib hier und tritt dein Erbe an. Du bist zwar nicht von meinem Blut, aber es wäre mir eine große Beruhigung, wenn ich den Landsitz in deinen Händen wüsste.«

Doch Ross lehnte ab. Er hatte seine eigene Lebensphilosophie und beharrte darauf, dass er seine Berufung finden müsse. Er sprach ruhig und mit schlichten Worten. Es werde weit weniger Gerede geben, sagte er, wenn er jetzt verschwinde, solange die Frage der Nachfolge noch nicht akut sei; später, nach H.s Tod, kämen nur unschöne Gerüchte auf.

So erklärte es sich, dass der Mann, der mehrere Jahre später ins Herrenhaus von King's Poplars kam, um Ermittlungen zu Adrian Grays Tod durchzuführen, Lord H.s ältestem Sohn, der in seinem neunzehnten Lebensjahr unter tragischen Umständen in Afrika gestorben war, verblüffend ähnlich sah.

## 2

Auf einer Wiese, die Ross auf seinem Weg zum Herrenhaus durchquerte – es gab eine Abkürzung, einen Fußpfad, der jedoch unter dem hohen Schnee verschwunden war –, sah er von einem Zauntritt aus das Haus düster an der kahlen Hügelflanke aufragen. Einsam und wie mit einem Fluch beladen stand es dort auf halber Höhe. Der Schnee, der noch immer alles verhüllte, milderte den Anblick, aber Ross konnte sich vorstellen, dass es selbst in der Wärme des Sommers abweisend wirkte, als wäre es für immer von freundlicher menschlicher Gemeinschaft abgeschnitten. Es war seltsam gebaut: Von außen erschien es eng und verschlossen, doch die beiden Stockwerke waren ungewöhnlich weiträumig. Das dunkle Dach war sehr steil, die Fenster schlossen bündig mit den Mauern ab und saßen zu dicht unter dem Dachvorsprung, was dem Haus etwas Unheimliches und auch irgendwie Unaufrichtiges verlieh. Es erinnerte Ross an eine seltsam gespenstische Aquatinta-Radierung mit dem Titel »Das Haus des Bösen«, die er einmal gesehen hatte und die seine Fantasie gereizt und ihm das Blut in den Adern hatte gefrieren lassen. Genau das gleiche Unbehagen wie damals empfand er auch jetzt. Das Herrenhaus, dachte er, entsprach genau jenem Typ Haus, den man sich als Schauplatz eines Verbrechens vorstellen konnte; keine noch so bizarre Geschichte, die sich darum rankte, wäre unglaubwürdig gewesen.

Als ein guter und diskreter Beobachter, der einige Jahre in der Umgebung von King's Poplars gelebt hatte, konnte sich Ross ein recht genaues Bild von den Beziehungen zwischen den diversen Mitgliedern der Gray-Sippe machen. Auch wusste er, dass Gray in letzter Zeit – so der Dorfklatsch – Briefe aus London erhalten hatte, woraufhin er sich noch mehr zurückgezogen und seine Tochter Amy der Verantwortungslosigkeit und mutwilligen Verschwendung bezichtigt hatte. Zudem waren Eustace Moores häufige Besuche in King's Poplars nicht unbemerkt geblieben, und man ging allgemein davon aus, dass der Alte sich unter die Fuchtel des Fremden, wie er genannt wurde, begeben hatte. Den jüngeren Sohn kannte man als Hitzkopf, als eine Art Bettler. Von Isobel wusste Ross nur, was der Legendenschatz der Gegend hergab: Sie sei durchs Dorf gegangen, ohne einen Schatten zu werfen, in dunklen Nächten wandere sie mit einer Laterne übers Moor, verschwinde beim Herannahen eines Sterblichen und lasse die Laterne in der Luft schwebend zurück. Ross gab natürlich nichts auf solche Geschichten, schloss aber scharfsinnig, dass in den vergangenen Monaten eine prekäre Situation eingetreten sein musste. Die Zeiten waren schon für begüterte Menschen schwierig; für kleine Spekulanten waren sie verheerend.

Mit den Grays, einst angesehenen Grundbesitzern, ging es deutlich bergab. Ihr Stern war seit zwanzig oder dreißig Jahren im Sinken und sie hatten einen großen Teil ihres Vermögens eingebüßt. Auch die Familie selbst begann auseinanderzufallen, mehrere ihrer Mitglieder zogen nach London oder in andere Großstädte, manche gingen sogar ins Ausland. Der verbliebene Grundbesitz wurde an Bauern verpachtet, die Familie behielt nur das Herrenhaus. Das Dorfleben, einst auf diesen Mittelpunkt ausgerichtet, rauschte nun an seinen Toren vorbei. Niemand wäre mehr auf die Idee gekommen, sich dort Trost, Beistand oder Rat zu holen. Es war die alte Geschichte: Eine neue Ordnung raubte der alten ihre Anziehungskraft. Doch mit dem Verfall der ländlichen Traditionen war auch, soweit man es als Außenstehender beurteilen konnte, die Familie auseinandergebrochen. Bei ihren diversen Mitgliedern trat ein steter charakterlicher Niedergang zutage; ihre Sichtweisen hatten sich verändert. Sie begehrten nun, was auch die einst von ihnen so gering geschätzte breite Masse begehrte. Rang, Besitz und Macht, das waren ihre neuen Götter. Die Generationen von Grays, die auf dem Friedhof ruhten, hätten ihre Nachfahren kaum wiedererkannt und bestimmt nichts von dieser Verwandtschaft wissen wollen.

Und jetzt ist der Alte tot, vermutlich von einem seiner eigenen Kinder ermordet, sinnierte Ross, während er die letzte Wiese hinter sich ließ und auf das Haus zusteuerte. Sie hätten wohl kaum die Polizei gerufen, um ihm den Puls messen zu lassen. Wenn man es irgend vermeiden kann, ruft man uns nicht, schon gar nicht an Weihnachten, und auch nicht, wenn man seit Jahr und Tag durchs Dorf stolziert wie ein Gockel inmitten einer Schar schäbiger Hühner, die ihm jederzeit zu willen wären, worauf er aber keinen Wert legt.

## 3

Richard empfing Ross in der Halle und führte ihn in die unaufgeräumte Bibliothek. Durch das ziellose Hantieren so vieler Menschen und die Hektik beim Hochhieven des Leichnams waren Bücher und Papiere in Unordnung geraten. Auf Tisch und Teppich lagen Briefe und Notizzettel verstreut, die wahrscheinlich der Messingblock zusammengehalten hatte, nach Richards Worten das mutmaßliche Mordwerkzeug. Auch etliche Prospekte und Broschüren lagen umher, meist Werbung für Unternehmen, die an der Londoner Börse keinen guten Ruf genossen, für Kupfer- und Erzprospektoren, für abenteuerliche Pläne zur Beschaffung von Gold und Edelsteinen aus fernen Weltgegenden, für verrückte Erfindungen oder Pioniertaten, die erkleckliche Gewinne versprachen. Wenn Gray sich hatte verleiten lassen, sein Geld in solche Unternehmungen zu stecken, dann konnte er von seriösen Investitionen keine Ahnung gehabt haben.

Ross war beeindruckt von Richards distanzierter Würde, einer gewissen Ruhe und Zurückhaltung, die ihn faszinierte. Hochgewachsen, schlank und grau im Gesicht, bot er das Bild eines melancholischen Menschen, der seine angeborene Verschlossenheit ablegt, um sich der Herausforderung des Augenblicks zu stellen. Ross wusste diese Haltung zu schätzen. Es musste sehr unangenehm sein, wenn ein Vorfall innerhalb der Familie neugierigen Außenstehenden das Recht gab, gegen den Willen der Bewohner ins Haus zu kommen und zudringliche persönliche Fragen zu stellen.

»Dann ist da noch diese merkwürdige Sache mit dem offenen Fenster«, schloss Richard seine knappen Erklärungen. »Dass mein Vater es selbst aufgemacht hat, ist unwahrscheinlich, er hat immer unter der Kälte gelitten, und Moulton hat bestätigt, dass es am frühen Abend noch geschlossen war.«

Ross machte sich eine erste Gedankennotiz. Richard Gray schien darauf bedacht, einen Zusammenhang zwischen dem offenen Fenster und dem Verbrechen und damit die einzige Alternative zu einem Mord innerhalb der Familie auszuschließen. Warum?

Nachdem er gegangen war, begann Ross den Raum zu untersuchen. Eine eigenartige, für ihn ganz untypische Niedergeschlagenheit befiel ihn, fast eine Art Verlegenheit, deren Ursprung schwer auszumachen war. Nicht dass dies der schlimmste Fall gewesen wäre, mit dem er bisher zu tun gehabt hatte; er hatte schon mehrere Mordfälle erlebt. Seine Stimmung rührte vielmehr von einer gewissen Grausamkeit und Gereiztheit her, die das Haus auszustrahlen schien, so als würden nicht Mitgefühl oder Trauer die Menschen darin bewegen, sondern eher Zorn über die Art und Weise von Grays Tod, die damit verbundenen Unannehmlichkeiten und das Aufsehen, das der Fall erregen würde.

Die Toten sind weiß Gott schnell vergessen, dachte er. Ihr Grab wird zugeschaufelt, regelmäßig werden Blumen daraufgelegt und die Grabpflege wird bezahlt. Aber hier hat man irgendwie das Gefühl, als interessierten sich alle nur für sich selbst und ihre Zukunftschancen.

## 4

Während der folgenden Stunde versammelte sich die Familie im Morgenzimmer. Man sprach nur wenig. Brand, innerlich starr, äußerlich aber gelassen, behielt seinen Platz am Fenster bei. Er beobachtete das Leben in der stillen Welt draußen, die wechselnden Wolkenformen, die graubraunen kleinen Vögel, deren dunkle Schatten über die geschlossene Schneefläche huschten. Jeden Moment konnte seine Schicksalsstunde schlagen. Alles, was diesem Moment vorangegangen war, verflüchtigte sich, wurde substanzlos wie ein Schatten, wurde zum Zerrbild, und die Realität folgte auf dem Fuße. Jetzt zu versagen, wäre Verrat gewesen, nicht an seinen Verwandten, an seinem Vater, sondern an seinem eigenen Innern, dem Geist, der das unberechenbare Fleisch beseelt. Nur durch vollständige Erfüllung seines Traums war die Wahnsinnstat der vergangenen Nacht zu rechtfertigen. Als einer, dem Denkweisen und Argumente der Philosophie nicht fremd waren, vermochte er sogar einen gewissen irrationalen Wert, etwas wie Schicklichkeit in seiner Tat zu entdecken, vorausgesetzt, er ließ die Frucht nicht faulen. Wie ein Baum, der auf einem stinkenden Leichnam gedeiht, dachte er bezeichnenderweise.

Olivia und ihr Mann hatten sich wieder zu den anderen gesellt. Olivia zog scharf die Luft ein und fragte: »Wir werden doch nicht etwa in die Sache hineingezogen, Eustace, oder?«

»Wir sind bereits drin. Aber was soll man machen?«

Brand gab sich schnell wieder den Anschein der Gelassenheit und sah zu Richard hinüber, hinter dessen unnahbarer Miene sich jede Emotion verbergen konnte, von nackter Angst bis hin zu tiefer Resignation, in der man nichts mehr hofft und nichts mehr glaubt. Es beeindruckte Brand, dass Gott die Menschen mit sichtbaren Zügen geschaffen und sie zugleich befähigt hatte, sich keinerlei Empfindungen anmerken zu lassen, sodass man sie betrachten, in ihren ruhigen Momenten heimlich beobachten konnte, ohne irgendetwas über sie zu erfahren. Welche Gefühle quälten sie hinter ihren

Masken, diese beiden Männer, für die so viel auf dem Spiel stand? Es musste ihnen klar sein, dass die Leute über ihr Verhältnis zu dem Toten reden würden und dass sich dies auf ihre Karriere, ihre Ambitionen auswirken würde. Hatten sie Angst, obwohl sie wussten, dass sie unschuldig waren? Oder dachten sie an jene Enthüllungen, die zweifellos bevorstanden und ihnen beruflich schaden würden? Empfanden sie auch nur einen Hauch von Mitgefühl für den Toten oder für den, der die Last des Wissens um seinen Tod trug? Denn dessen Lage war am schlimmsten. Ihn würde zwar eine Katastrophe anderer Art treffen, wenn die Wahrheit ans Licht kam, doch von dem ungeheuren Druck, den er jetzt auszuhalten hatte, dem unerträglichen Druck des Wissens, würde er befreit sein. In der Nacht hatte er neben dem Leichnam seines Vaters dem Impuls widerstanden, die anderen zu wecken und ihnen irgendeine Lügengeschichte aufzutischen – er habe merkwürdige Geräusche gehört und sei nach unten gegangen, um nachzusehen; alles war ihm besser erschienen als die Last der Wahrheit, die er mit niemandem teilen konnte. Und heute drückte ihn diese Last noch mehr. Einerseits mühte er sich innerlich, noch den kleinsten Hinweis auf ihn als Opfer der Umstände zu verbergen, andererseits sagte ihm ein unabweisbarer Instinkt, wie unendlich es ihn erleichtern würde, sein Wissen weiterzugeben. Seine Seelenpein, das Gefühl, hilflos im Dunkeln zu tappen, nicht die leiseste Ahnung zu haben, wohin er seine Füße setzte, wäre dann vorbei. Jeden Moment konnte die Katastrophe über ihn hereinbrechen – ein zufälliges Wort, eine unbedachte Antwort konnten ihn verraten. Er sah sich als den Fuchs, blutig zerrissen von der Meute, und er keuchte vor Anstrengung, so wie der Fuchs auf seiner Flucht. Doch er staunte, wie stark dieser Lebensinstinkt war, selbst bei einem, der wusste, dass er dieses Mal noch entkommen mochte, um am Ende dennoch eingeholt und in Stücke gerissen zu werden.

Brand regte sich unbehaglich und hielt sich mit einer Hand am Fensterbrett fest. Reiß dich zusammen. Denk an die Zukunft. Es ist ein Alptraum, aber er wird vergehen. Alles vergeht. Nur der menschliche Geist ist unbezwingbar. So wie er einige Stunden zuvor wie betäubt neben dem Leichnam gestanden und viele Male seine Formel wiederholt hatte – er ist tot. Ich habe ihn getötet. Ich bin ein Mörder. Mörder werden gehängt –, so sagte er sich auch jetzt diese Worte vor, um nicht aus Angst den schlimmsten Judasverrat zu begehen, den Verrat seiner selbst.

Eustaces Anblick gab ihm Sicherheit: lässig, mondän und gleichgültig, gönnerhaft und herablassend gegenüber den Menschen in seiner Umgebung, Männern, die weniger weltgewandt waren als er und daher auch weniger erfolgreich. Doch nun entdeckte Brand Risse in dieser überheblichen Pose, und aus ihnen lugte die Angst hervor. Das bestärkte ihn in seinem Vorsatz, die Rolle, die er für sich geschaffen hatte, beizubehalten, und das Gefühl, verantwortlich zu sein, schwand.

Amy rief gereizt: »Wie lange der Mann nun schon in der Bibliothek ist! Was macht er bloß die ganze Zeit? Es ist einfach unerträglich, dass da ein Wildfremder« (und noch dazu so einer, besagte ihr Ton, ein Mann aus dem Volk, der wahrscheinlich mit der halben Dienerschaft verwandt ist, die dann wieder Klatsch und Tratsch verbreitet und böses Blut schafft) »in unseren persönlichen Sachen herumwühlt.«

»Er dürfte einiges zu überprüfen haben«, sagte Richard ernst. »Und zweifellos ist ihm bereits allerhand Klatsch und Tratsch zu Ohren gekommen. In so einem Nest haben die Leute ja nicht viel mehr zu tun, als zu reden.« Entgegen eigener Erfahrung war er überzeugt – und Amy mit ihm –, dass sich die arbeitende Bevölkerung, wie sie zu einer Zeit genannt wurde, da körperliche Arbeit fast eine Schande war, höchst ärgerlicherweise eingehend mit den Angelegenheiten gesellschaftlich Höherstehender befasste. Hätte jemand versucht, ihn eines Besseren zu belehren und ihm zu erklären, dass den Männern und Frauen, auf die er anspielte, ihr eigenes Leben weitaus wichtiger war als selbst die schlimmste Katastrophe etwa in seinem – Richards – Leben, hätte er das achselzuckend abgetan: Für ihn hatte sich die Welt seit fast einer Generation nicht mehr weitergedreht.

»Ich war immer dagegen, dass Amy Dienstboten aus dem Dorf einstellt«, ließ sich Eustace plötzlich vernehmen. »Das muss ja Ärger geben. Der Bursche da unten macht seine Sache garantiert miserabel.«

»Na, so viel kann er eigentlich nicht falsch machen«, schaltete Miles sich ein. »Was er herausfindet, hängt zur Hälfte davon ab, was ihm die Bibliothek verrät, den Rest erhofft er sich von uns.«

Das brachte Brand schlagartig auf andere Gedanken. Er sah den konzentrierten Mann vor sich, den nur eine Zimmerdecke aus Holz und Gips von der Familie trennte. Anhand lebloser Gegenstände suchte er ein Problem zu lösen, das von Menschen, die ihn als Eindringling in ihre Privatsphäre, also als Feind betrachteten, bewusst verrätselt worden war. Wo fing er an? Worauf stützte er seine Schlussfolgerungen? Wie unterschied er Wichtiges von Unwichtigem? Was hielt er beispielsweise von dem offenen Fenster, dem gefälschten Dokument, der Asche im Kamin? War es denkbar, dass er das alles zu einem Muster zusammenfügte, das weder der Wahrheit entsprach noch der Lüge, die Brand ihm präsentiert hatte, sondern vielmehr einer Version des Verbrechens, die weit entfernt war von allem, was ihm (dem Mörder) durch den Kopf gegangen war? Erstmals sah Brand sich diesem Mann allein gegenüberstehen. Es würde zu einem geistigen Kräftemessen zwischen ihnen kommen, und so wie er, Brand, Beweise fälschen konnte, so konnte der andere mit seiner Meinung hinterm Berg halten. Keiner würde wissen, was der andere im Schilde führte, welche Strategie er verfolgte, beide würden im Dunkeln tappen. Bestürzt erkannte Brand, dass er nicht der Einzige war, der Fallstricke zu spannen und falsche Fährten zu legen vermochte, und plötzlich sah er erstaunlich deutlich die Fußangeln auf seinem Weg.

In diese Grübeleien versunken, achtete er nicht auf die anderen und schreckte erst hoch, als Richard nachdrücklich »Brand, die Polizei will dich sprechen« sagte und es noch einmal ungeduldig wiederholte.

## 5

Als er die Bibliothek betrat, fasste er den Mann, der ihn gleich vernehmen würde, scharf ins Auge. Er konnte keine besonderen Merkmale ausmachen, weder den wachen, stechenden Blick, auf den er gefasst war, noch irgendwelche Anzeichen für den Vorsatz, ihn noch auf die kleinste Einzelheit festzunageln und ihm einen Strick daraus zu drehen. Der Mann vor ihm wirkte ruhig und zurückhaltend und stellte ihm genau die simplen Fragen zu dem Gespräch mit seinem Vater, die er erwartet hatte.

Brand tat es seinem Gegenüber gleich und gab sich unbeteiligt. Seine Antworten gingen ihm so leicht und mühelos über die Lippen wie bei einer ganz normalen Unterhaltung in seinem Club (vorausgesetzt, er wäre Mitglied in einem solchen gewesen). »Was ist mit dem Fenster, Mr. Gray?«, fragte Ross. »Ich nehme an, Ihr Vater hat es nicht geöffnet, während Sie im Raum waren?«

»Nein.« Brand war auch auf diesen Punkt vorbereitet. »Als ich ging, war es geschlossen.«

»Und Sie wissen auch nicht, warum er es geöffnet haben könnte?«

»Nein. Gibt es denn einen Hinweis darauf, dass er es selbst geöffnet hat?«

»Wer sonst?«, fragte Ross mit ausdrucksloser Miene.

»Mein Bruder meinte heute Morgen, jemand könnte sich von draußen Zugang verschafft haben.«

»Wann?«

»Wahrscheinlich nachdem ich gegangen war.«

»Sind Sie nicht auf der Treppe noch Mr. Moore begegnet?«

»Dann eben, nachdem auch er die Bibliothek verlassen hatte.«

Ross schüttelte den Kopf. »Ich denke, diese Möglichkeit können wir ausschließen. Erinnern Sie sich, um wie viel Uhr es angefangen hat zu schneien?«

»Das weiß ich nicht mehr.« Brand witterte eine Falle; eine

ehrliche Antwort hätte ihn in Erklärungen verwickeln, erste Fäden eines Netzes von Verdachtsmomenten spinnen und letztlich zu einer Anklage gegen ihn führen können. Das musste er um jeden Preis vermeiden.

»Zufällig weiß ich es«, sagte Ross. »Um elf Uhr fünfzehn. Wenn Sie die Bibliothek erst gegen Viertel vor zwölf verlassen haben, wie Sie sagen, und nach Ihnen noch Mr. Moore hier war, dann müsste ein Eindringling nach Mitternacht erschienen sein. Da waren die Straßen bereits zugeschneit. Das weiß ich, weil ich die katholische Mitternachtsmesse in Nunhead besucht habe. Ich bin um elf los, ich musste ja zu Fuß gehen, und um Viertel nach fing es ganz überraschend an zu schneien. Als ich um eins aus der Kirche kam, lag der Schnee schon so hoch, dass man nur noch schwer vorwärtskam. Wenn jemand durchs Fenster in die Bibliothek eingestiegen wäre – ein Fenster lässt sich allerdings kaum von außen öffnen, ohne dass auf dem Rahmen Spuren zurückbleiben –, müsste er auf dem Teppich Schneespuren hinterlassen haben, aber da waren keine. Nein, ich bezweifle, dass das Fenster eine nennenswerte Rolle gespielt hat. Noch etwas anderes: Als Mr. Gray den Scheck für Sie ausgestellt hat, hat er ihn da – das Scheckbuch meine ich – aus dem Tresor genommen?«

Brand merkte, dass er sich hier auf dünnerem Eis bewegte. Hinter Murrays beiläufiger Frage verbarg sich höchste Wachsamkeit. »Ich wusste gar nicht, dass er einen Tresor hatte. Gefragt habe ich mich das schon manchmal, aber ich habe nie einen gesehen.«

»Er ist hinter den Büchern«, sagte Murray. »Sehr gut versteckt.«

»Das ist wieder mal typisch. Wieso musste er ihn verstecken? Dachte er, die ganze Familie macht sich sonst darüber her?«

»Offenbar war er ein vorsichtiger Mensch«, lautete Ross' ebenso vorsichtige Antwort.

Brand nickte. »Und wo genau?«

»Hinter *Hakluyts Reisen*. Wissen Sie, wo die standen?«

»Ich habe mich ehrlich gesagt nie besonders für Vaters Bücher interessiert. Wo?«

»Die Ausgabe war doppelt vorhanden, dadurch bin ich überhaupt erst darauf aufmerksam geworden. Einmal in der Nische neben dem Kamin und einmal in dem Regal an der Tür. Dort natürlich als Attrappe.«

Brand runzelte die Stirn. »In der Nische wäre die Attrappe sinnvoller gewesen. Dann hätte er nach Herzenslust seiner Geheimniskrämerei frönen können.«

»Stimmt.« Ross schien etwas überrascht.

»Jemand aus der Familie hat Ihnen davon erzählt?«

»Ich weiß nicht, wer alles davon wusste.«

»Mein Bruder wahrscheinlich und Mr. Moore. Vielleicht auch Mr. Amery, aber da bin ich mir nicht sicher. Er und mein Vater hatten wohl nicht das beste Verhältnis.«

»Nein?« Es klang unverbindlich. Brand korrigierte sich schnell.

»Entschuldigen Sie. Ich habe nur laut gedacht. Ich wollte damit nicht sagen, dass es ernsthafte Unstimmigkeiten zwischen den beiden gab. Sie haben sich, glaube ich, nicht oft gesehen. Ich weiß aber, dass sie unterschiedliche Wertmaßstäbe hatten und dass mein Vater sich über Mr. Amerys Ehrgeizlosigkeit, wie er's nannte, geärgert hat. Ich glaube nicht, dass Mr. Amery Vaters Vertrauen genossen hat – mehr wollte ich gar nicht sagen.«

»Aha«, sagte Murray im selben Ton wie zuvor. »Aber zurück zu dem Scheck. Waren Sie dabei, als Ihr Vater ihn ausgestellt hat?«

»Ja. Er hatte nicht vor, mir Geld zu geben. Und wenn doch, hätte er den Scheck wohl kaum schon vorher ausgestellt.«

»Ganz recht. Von einem Scheck für Mr. Moore hat er nichts gesagt?«

»Nein. Aber ich hatte den Eindruck, dass er keineswegs überrascht gewesen wäre, Mr. Moore noch vor dem nächsten Morgen wiederzusehen. Wir haben alle gemerkt, dass irgendetwas meinen Schwager bedrückt.«

»Und das haben Sie automatisch mit Mr. Gray in Verbindung gebracht?«

»Das Einzige, was meinen Vater und Mr. Moore jemals verbunden hat, war das Finanzielle. Im Übrigen habe sogar ich gehört, dass einige der Unternehmen, in die mein Vater und Mr. Moore investiert haben, auf sehr wackligen Beinen stehen. Es wäre auch nicht das erste Mal, dass er hierherkommt und um eine Finanzspritze bittet.«

»Zu Ihnen hat er nichts davon gesagt – Mr. Moore, meine ich?«

»Für Mr. Moore bin ich ein ausgemachter Idiot, an den Worte und gesunder Menschenverstand verschwendet sind.«

»Verstehe. Danke. Nur noch eins: Dieses Dokument, das Sie unterschrieben haben – hat das nur noch auf Ihre Unterschrift gewartet, oder hat Ihr Vater es erst in Ihrer Gegenwart aufgesetzt?«

Brand vermutete eine weitere Falle und schwieg einen Moment. »Ich war dabei, als er es aufgesetzt hat«, sagte er dann. »Da er vorher nicht wusste, dass er mir Geld geben würde, hatte er die Erklärung natürlich nicht parat.«

»Stimmt. Dürfte ich Ihre Fingerabdrücke nehmen?«

Brand erschrak, war sich jedoch nach kurzer Überlegung sicher, dass er nichts zu befürchten hatte. Er hatte ja bestätigt, dass er in der Bibliothek gewesen war, also musste er dort auch Spuren hinterlassen haben.

Während er der Bitte des Beamten nachkam – verdrießlich dachte er daran, dass er sich die Hände waschen musste, bevor er ins Morgenzimmer zurückging –, fragte er dennoch: »Und was ist der Zweck der Übung? Oder handelt es sich um eine reine Formalität?«

»Durchaus nicht«, antwortete Ross ruhig. »An dem Tresor sind Fingerabdrücke, die wir noch nicht zuordnen können. Ihre können es nicht sein, Sie wussten ja nicht, dass ein Tresor vorhanden war, aber wir müssen routinemäßig jedes Mitglied des Haushalts überprüfen.«

»Die Abdrücke könnten von meinem Vater stammen.«

»Höchstwahrscheinlich, aber davon können wir nicht einfach ausgehen. Vielen Dank, Mr. Gray. Würden Sie bitte Mr. Moore sagen, dass ich ihn sprechen möchte?« Brand eilte die Treppe hinauf, immer zwei Stufen auf einmal, lautlos und geschmeidig wie eine Katze. Seine Gedanken rasten. Ich muss auf der Hut sein. Ich darf nicht ängstlich wirken, aber auch nicht ins andere Extrem verfallen und mich zu lässig geben. Ich stecke schließlich in der Sache drin, tief drin, würden manche sagen. Dieser Murray wird sich wundern, wenn er in der Bibliothek keine Fingerabdrücke von Eustace findet, und er wird das garantiert ansprechen. Wie benimmt sich jemand, der weiß, dass er wegen Mordes verhaftet werden kann, dass jeder ihn für den Mörder hält, obwohl er unschuldig ist? Genau so muss ich es machen.

Er steckte den Kopf ins Morgenzimmer und richtete Moore die Bitte des Beamten aus.

»Wo willst du hin, Brand?«, fragte Amy scharf.

»Mir die Hände waschen. Das Zeug, mit dem sie die Fingerabdrücke nehmen ... Doch, doch, alles hochoffiziell, wie im Kino. Viel Glück, Eustace.«

Er hielt sich eine Weile im Bad auf und versuchte sich eine Strategie zurechtzulegen. Wirkte er allzu beunruhigt, würde er Verdacht erregen, gab er sich dagegen unbekümmert und herausfordernd, würde er damit wahrscheinlich einen bereits vorhandenen Verdacht bestätigen, wenn nicht bei seinen Verwandten, auf die es auch nicht ankam, so doch bei dem wortkargen, klugen und wachsamen Mann in der Bibliothek, der ebenso entschlossen war, dem Rätsel auf den Grund zu kommen, wie er, der Mörder, bestrebt war, sich den Konsequenzen seiner Tat zu entziehen.

Er trocknete sich mit dem blau-weiß karierten Handtuch die Hände ab – Sophy kauft immer so billige Handtücher, dachte er. Wie schön sich dieser dicke, weiche Stoff anfühlt – und überlegte weiter: Wie viel weiß der Mann? Was hat er herausgefunden? Er hat nichts preisgegeben. Wen verdächtigt er? Hat er den Kamin überprüft? Und wenn er gar nicht auf die Idee kommt? Was – und dies war die entscheidende Frage –, was weiß er, wovon ich nicht weiß, dass er es weiß? Hier lag die eigentliche Gefahr, und wieder beeindruckte und erschreckte ihn der Gedanke, dass er dem Mann Auge in

Auge gegenübergestanden hatte, dass er sein Mienenspiel, seine Gesten und Bewegungen hatte beobachten können, und dennoch nicht ahnte, was in diesem ruhig kombinierenden Gehirn vor sich ging. Er legte das Handtuch achtlos weg und ging zu den anderen ins Morgenzimmer zurück. Eustace schien noch beim Verhör zu sein. Vielleicht machte auch er aufreibende Momente durch.

Unvermittelt ergriff Brand das Wort: »Wie weit gehen eigentlich die Befugnisse der Polizei? Wie viele Fragen dürfen sie stellen, und ist ihnen irgendetwas heilig? Kann man die Aussage verweigern?«

»Ehrliche Menschen haben nichts zu befürchten, denen macht es nichts aus, Fragen zu beantworten«, zischte Amy.

»Stimmt. Aber sind wir das?«

Die Gesichter wandten sich ihm zu. »Was in aller Welt willst du damit sagen?«

»Haben wir in dieser Situation nicht alle etwas zu verbergen? Du zum Beispiel, Amy, wenn sie dich fragen würden, wie dein Verhältnis zu Vater war, ob ihr immer gut miteinander ausgekommen seid – würdest du da nicht gern die Aussage verweigern? Murray könnte ja das gesamte Personal verhören, und dann würde deine Aussage bestätigt oder nicht bestätigt werden. Und Richard, willst du wirklich einem Außenstehenden erzählen, was nach deiner Ankunft gestern zwischen dir und Vater vorgefallen ist? Das gilt vermutlich auch für Eustace.«

»Was wollte Murray von dir wissen?«, fragte Amy.

»Er hätte deine Zweitbesetzung sein können, und ich habe ihm auch genau dieselben Antworten gegeben wie dir. Ach ja, und ich habe ihm gesagt, dass ich mich nicht am Tresor zu schaffen gemacht habe. Ich wusste dummerweise gar nicht, wo der ist.«

»Wer redet denn von dem Tresor?«, fragte Richard beklommen.

»Der Experte eine Treppe tiefer. Es sind Fingerabdrücke dran. Das könnte brenzlig werden. Ich weiß es nicht. Ich habe gesagt, sie stammen wahrscheinlich vom Besitzer des Tresors.«

Das klang jetzt ganz normal, dachte Brand. Er verbarg seine rasch anwachsende Angst hinter einer Maske spöttischer Gelassenheit.

Die Tür ging auf, doch nicht Eustace trat ein, sondern ein Dienstmädchen. Ob Mrs. Moore in den kleinen Raum hinter der Bibliothek kommen könne. Olivia fragte schnell nach ihrem Mann. »Ich kann Ihnen nichts sagen«, lautete die diskrete, förmliche Antwort. Das Mädchen hielt ihr die Tür auf.

Gleich darauf trat bleich und vorsichtig Eustace ein. Er beantwortete kurz angebunden ein paar Fragen und warf Brand, der an seinen Platz am Fenster zurückgekehrt war, einen bösen Blick zu. Auf eine leise geäußerte Bemerkung von Richard erwiderte er: »Weiß der Himmel, wo das noch endet. Für die Hälfte von uns wahrscheinlich im Gefängnis. Der Kerl ist ein Skorpion. Unser Schmerz ist für den nichts weiter als eine Aufstiegschance.«

Richard trat zurück und begann sich leise mit Amery zu unterhalten. Eustace bewegte sich vorsichtig auf Brand zu, darauf bedacht, keine Aufmerksamkeit zu erregen. Brand hatte ihn insgeheim beobachtet und fragte sich, was er sich jedes Mal fragte, wenn jemand von der ruhig geführten, aber brandgefährlichen Befragung zurückkam: »Was hat er aus ihm herausbekommen? Wie viel weiß Eustace? Was ist gestern zwischen ihm und Vater vorgefallen?«

Er stand nun wieder mit dem Rücken zu den anderen und erschrak ein wenig, als sich eine Hand um sein Handgelenk schloss. »Was hast du der Polizei gesagt, Brand?« Es war Eustace.

»Nur was ich euch auch gesagt habe.«

»Ich will nur eins von dir wissen. Wo ist der Scheck?«

»In meiner Tasche.«

»Mein Scheck?«

»Dein Scheck?«

»Ja. Sie haben das Scheckbuch überprüft und festgestellt, dass Adrian unmittelbar nach deinem Scheck auch einen für mich ausgestellt hat, über zehntausend Pfund.«

»So wie er geredet hat, hätte ich nie gedacht, dass er so viel hat.«

»Darum geht's nicht. Ich muss den Scheck haben, Brand.«

»Wieso kommst du damit zu mir? Ich hab ihn nicht. Ich war nicht mal dabei, als Vater ihn ausgestellt hat. Als ich meinen Scheck hatte, bin ich nicht mehr lange geblieben. Deswegen bin ich schließlich überhaupt hierhergekommen.«

»Dieses Argument wird nicht ziehen. Nach dir hat niemand mehr Gray gesehen …«

»Das ist eine ziemlich gewagte Behauptung, findest du nicht? Damit sagst du praktisch, dass ich ihn getötet habe. Aber das glaubst du wahrscheinlich sowieso.«

Eustace machte eine ungeduldige Geste. »Das steht hier nicht zur Debatte. Wir haben die Sache nicht mehr in der Hand. Aber ich will wissen, was mit diesem Scheck ist …«

»Sei vernünftig, mein Bester, du weißt mehr darüber als ich. Ich weiß nur, was du mir gesagt hast, nämlich dass er existiert. Ich habe keinerlei Beweis dafür. Apropos: Wenn du ihn nicht gesehen hast, welchen Beweis hast eigentlich du selbst?«

»Die Beamten haben den Eintrag auf dem Kontrollabschnitt gesehen.«

»Ah, stimmt, den hatte ich vergessen. Na, Vater hätte den Scheck ja wohl kaum eingetragen, ohne ihn vorher ausgestellt zu haben.«

»Er ist aber verschwunden.«

»Was ist mit dem Tresor?«

»Den haben sie natürlich überprüft.« Es klang bitter. »Er hat ein Zahlenschloss, und dein Vater hat mir die Kombination nie verraten. Aber sie haben ihn aufbekommen. Ich wusste gar nicht, was für Möglichkeiten die Polizei hat.«

»Hast du ihnen das gesagt?«, fragte Brand interessiert.

»Ich hab ihnen gratuliert. Dieser Murray – ein impertinenter Mensch – meinte ganz kühl, wenn jeder Tresor unknackbar wäre, hätte die Polizei viel weniger zu tun.«

»Wenn der Scheck nicht im Tresor war, wo dann? Gibt es noch andere Verstecke in der Bibliothek?«

»Nicht dass ich wüsste.«

»Dann können wir wohl davon ausgehen, dass es keine gibt. Übrigens: Hast du von dem Tresor gewusst?«

»Ja. Und?«

»Warum hat Vater ihn so raffiniert versteckt?«

»Dein Vater war ein sehr merkwürdiger Mensch, Brand. Wenn du glaubst, es war ein Zuckerschlecken, für ihn zu arbeiten, dann irrst du dich gewaltig. Sobald seine Aktien mal um ein paar Prozent fielen, hat er mich mit Briefen und Telegrammen und Vorwürfen bombardiert, sodass ich schließlich dazu übergegangen bin, ihm gar nichts mehr zu sagen; die Kurse sind ja nach ein paar Tagen wieder gestiegen.«

»Sind sie denn oft gefallen?«

»Natürlich, konstant sind die nicht geblieben. In einer Situation wie der jetzigen – täglich wechselnde Regeln weltweit, Unsicherheit allenthalben, ausbleibende Dividendenzahlungen, auch bei soliden Unternehmen, Arbeitslosigkeit, Schiffswerften ohne Aufträge, Krisenherde im gesamten Osten, Menschen, die kein Geld mehr in der Tasche haben, Streiks und Chaos in der Industrie, Putsche und was weiß ich noch alles –, glaubst du, dagegen waren seine armseligen kleinen Geldanlagen immun? Nur ein Egoist konnte das annehmen.«

Brand lächelte kühl. »Bewundert hast du meinen Vater ja nicht gerade, scheint mir.«

»Aber auch nicht so sehr verachtet, dass ich ihn hätte umbringen wollen, auch wenn dir das ganz gut in den Kram passen würde. Du hast mich in eine unmögliche Lage gebracht mit deiner Lügengeschichte, du hättest mich um Mitternacht auf der Treppe gesehen.«

»Falls du vorhast, das abzustreiten, mein Lieber, dürfte dir das nicht weiter schwerfallen. Olivia wird sich für den fraglichen Zeitraum sicher für dich verbürgen.«

»Leider nein. Deine Frau würde das zweifellos tun, wenn es um dich ginge. Aber Amy stellt uns netterweise bei Bedarf ein Ankleidezimmer zur Verfügung, und wenn mich wie gestern Abend die Sorgen plagen, bin ich lieber allein.«

»Was beweist, dass die notdürftigen Behausungen der Armen, mit Kinder- statt Ankleidezimmern, auch ihre Vorteile haben. Du hast recht, Sophy würde mit Sicherheit für mich bürgen. Aber würde Olivia bei einer solchen Bagatelle denn zögern?«

»Ich kann dir beim besten Willen nicht sagen, was Olivia tun würde, aber wenn sie wieder da ist, kann sie deine Neugier sicher befriedigen. Ich wüsste allerdings nicht« – es klang plötzlich wütend –, »was es dich angeht, wie meine Frau und ich unsere Abende verbringen.«

»Normalerweise wäre es tatsächlich unverschämt von mir, so eine Frage zu stellen, aber in diesem Fall hängt viel davon ab, wo die einzelnen Familienmitglieder zur Tatzeit waren, und da ist die Frage wichtig, zumal ich der Hauptverdächtige zu sein scheine.«

»Und das hast du ganz allein dir selbst zuzuschreiben. Aber noch mal zu dem Scheck. Ich könnte schwören, du weißt mehr, als du sagst.«

»Soweit ich sehe, wurde so ein Scheck nie ausgestellt«, antwortete Brand ernst und zufälligerweise auch zutreffend. »Aber vielleicht hat Vater es sich anders überlegt und ihn später vernichtet.«

»Wenn er das vorhatte, wozu hat er ihn dann überhaupt ausgestellt? Außerdem hätte er dann doch sicher auch den Kontrollabschnitt vernichtet.«

»Du denkst auch an alles. Aber du hast recht. Er war ein methodischer Mensch. Trotzdem: Haben die Beamten den Papierkorb überprüft?«

»Scheint so. Ein paar zerrissene Briefumschläge waren drin, soviel ich weiß, und dein letzter Bettelbrief.«

»Den können sie bestimmt gut gebrauchen, also werden sie ihn fein säuberlich wieder zusammenkleben. Ich weiß gar nicht mehr, was ich da geschrieben habe.«

»Inzwischen müssten dir deine Forderungen doch ganz geläufig sein.«

»Aber diese war gewagter – unverschämter, würdet ihr's nennen, du und Amy – als die früheren.«

Brand fühlte sich innerlich ruhig und gab sich sogar den Anschein, als genieße er das Rededuell mit seinem Schwager. Dennoch wurde ihm immer unbehaglicher zumute und sein Herz schlug schneller, als ihm nach und nach die ganze Tragweite des Gesetzes, dem er Paroli bieten musste, bewusst wurde. Sein Blick wanderte durch den Raum, einen Raum voller Feinde, die es kaum erwarten konnten, dass er verurteilt wurde und aus dem Weg war, damit sie ihr Leben weiterführen und ihn möglichst schnell vergessen konnten. Nur Miles Amery beobachtete ihn genau, ohne jedoch erkennen zu lassen, was in seinem Kopf vorging. Ruth war inzwischen ebenfalls aus dem Zimmer der Großmutter zurückgekehrt und lehnte nun blass, gleichmütig und unberührt wie die junge Christina an der Wand. Irgendwie schien sie losgelöst von all der lärmenden, gierigen, skandalschwangeren Betriebsamkeit. Wahrscheinlich, so überlegte Brand, weil sie keine Ambitionen hegte, die von den anderen hätten zunichtegemacht werden können. In Eustace stieg eine grundlose Wut auf, als er den gespannten Ausdruck auf dem schmalen Gesicht des Anwalts sah, und wieder überfiel ihn dieses Gefühl der Unterlegenheit, obwohl er wusste, wie unbegründet und absurd es war. Dieser schäbige Bursche, dem er in seinen exklusiven Kreisen nie begegnete, schaffte es immer wieder, dass er, Eustace, sich klein und unbedeutend fühlte, als wären all seine schönen Pläne und Hoffnungen so wertlos wie der Reif, durch den zum Gaudium des Publikums der Zirkusclown springt.

## 6

Einer nach dem anderen wurden die Grays von dem gründlichen jungen Mann in der Bibliothek in die Mangel genommen. Am Ende der Tortur hatten sich einige bedeutsame Fakten herauskristallisiert, vor allem der Umstand, dass Eustace außerstande war, Brands Aussage, er habe ihn auf der Treppe gesehen, zu widerlegen. Olivia hatte in Unkenntnis der Folgen erklärt, ihr Mann habe sie vor Mitternacht verlassen. Später hatte sie sich korrigiert und den Zeitpunkt deutlich später angesetzt, doch Murray hatte nicht lockergelassen, und sie war voll Sorge vom Verhör zurückgekehrt, weil sie ihrem Mann einen Bärendienst erwiesen hatte. Und da sie in seine Angelegenheiten eingeweiht war, konnte sie sich vorstellen, wie schlecht seine Chancen in einem Prozess stehen würden.

Eine Frage hatte sie erst verstanden, nachdem Ross sie ihr näher erläutert hatte. »War es nicht eine große Erleichterung für Sie«, fragte er mit unbeteiligter Miene, »als Ihr Mann Ihnen sagte, er habe allen Grund zu der Hoffnung, dass Ihr Vater ihm helfen würde?«

»Ich wusste gar nicht, wie ernst die Lage ist«, sagte sie verständnislos. »Mein Vater hatte den ganzen Tag zu tun gehabt, und mir war nicht klar, ob ihm überhaupt bewusst war, wie es um uns stand.«

»Aber wenn Ihr Mann Ihnen gegenüber den Scheck erwähnt hat ...?«

»Welchen Scheck?«

»Den Ihr Vater ihm versprochen hatte.«

Olivia starrte ihn an. Man hätte in der verstörten Frau kaum die gepflegte, wohlfrisierte, kultivierte Schöpferin von Dot und Lalage wiedererkannt.

»Davon weiß ich nichts.«

»Dann bitte ich um Verzeihung.« Ross sparte sich eine Erklärung. Erst später, allein mit ihrem Mann, konnte Olivia fragen: »Aber Eustace, warum hast du mir nichts davon gesagt? Wie konntest du mich so unvorbereitet in das Verhör gehen lassen?«

»Wovon nichts gesagt?«

»Von dem Scheck.«

»Wie denn? Ich hatte ja gar keine Gelegenheit dazu.«

»Doch, heute Morgen, bevor die Polizei kam. Da war reichlich Gelegenheit.«

»Versteh doch: Ich wusste gar nichts von dem Scheck, bis mich der Kerl mit seinen Fragen bombardiert hat.«

»Also gab es einen Scheck?«

»Anscheinend.«

»Und wo ist der jetzt?«

»Murray sagt, sie hätten die Bibliothek mit der Lupe danach abgesucht, aber nichts gefunden. Vielleicht hat ihn jemand verbrannt.«

»Vater? Wieso sollte er, wo er ihn doch gerade erst ausgestellt hatte?«

»Nicht dein Vater. Dein feiner Galgenvogel von Bruder.«

»Aber wie sollte Brand denn an den Scheck kommen?«

»Ich könnte mir vorstellen, dass er deinen Vater irgendwie, wahrscheinlich mit unlauteren Mitteln, dazu gebracht hat, die zweitausend Pfund lockerzumachen. Gray hat vielleicht gemerkt, wie ungerecht das war und dass es keinen Zweck hatte, bei seiner sturen Weigerung zu bleiben, und er kam zu dem Schluss, dass er nur eins tun konnte: sich der Situation stellen und das Geld herausrücken. Brand hat möglicherweise bereut, dass er diese Erklärung unterschrieben hatte, und ist noch mal zurück, um sie an sich zu nehmen. Vater war aber noch in der Bibliothek, ein Wort gab das andere, es kam zum Streit, und Brand, der ja immer schnell in Rage gerät, hat deinem Vater mit dem Briefbeschwerer einen Hieb versetzt. Er wollte ihn vielleicht gar nicht ernsthaft verletzen, aber er hat ihn getötet. Dann hat er meinen Scheck entdeckt und ihn vernichtet.«

»Und die Erklärung nicht?«

»Das ist nicht schwer zu verstehen. Wer einen Menschen getötet hat und weiß, dass er wahrscheinlich dafür hängen wird, übersieht leicht etwas.«

»Dabei würde man doch meinen, dass er besonders vorsichtig ist, weil so viel auf dem Spiel steht.«

»Die Geschichte des Strafrechts stützt eher mein Argument«, versetzte Eustace ungnädig.

»Hast du Murray gesagt, wie du die Sache siehst?«

»Ich habe nicht gesagt, dass ich Brand für den Täter halte. Ich habe nur gesagt, dass dein Vater mir den Scheck wahrscheinlich am nächsten Tag geben wollte.«

»Und wie hat er darauf reagiert?«

»Er hat mich ziemlich sarkastisch gefragt, ob der Scheck meiner Ansicht nach als Weihnachtsgeschenk gedacht war. Dabei ist es reiner Zufall, dass heute der erste Weihnachtstag ist. Diese Leute haben viel zu viel Freiheit, die sie auch gern mal missbrauchen. Ein Skandal ist das, was Coroner und Polizisten heutzutage alles dürfen.«

## 7

Allein mit seiner Frau im gemeinsamen Zimmer, sagte Richard beklommen: »Frobisher kommt gleich morgen früh. Zu dumm, dass die Sache ausgerechnet an Weihnachten passiert ist. Es wäre viel besser gewesen, er wäre heute schon da gewesen, bevor wir verhört wurden.«

Laura sah ihn erstaunt an. »Aber du hast doch nichts zu befürchten, Richard. Auch ein halbes Dutzend Anwälte hätte nichts an deinen Antworten ändern können, genauso wenig wie an meinen.«

Er riss sich den Kragen weg, zerrte seine Manschettenknöpfe heraus und sagte gereizt: »Meine liebe Laura, du scheinst unfähig, zwischen Wahrheit und Diskretion zu unterscheiden. Man möchte wichtige Fakten natürlich nicht verschweigen, wahr ist aber, dass wir uns in der Hand des Gesetzes befinden, vertreten durch diesen Kriminalbeamten und seine Mitarbeiter, den Coroner zum Beispiel – zufällig ausgewählte Männer, die bestimmte Aussagen leicht überbewerten oder dem, was andere Familienmitglieder ihnen mitzuteilen geruhen, zu viel Gewicht beimessen. Frobisher hätte uns in Kenntnis aller Fakten von beträchtlichem Nutzen sein können. Wir müssen schließlich an unsere gesellschaftliche Stellung denken.«

»Ich dachte, wir wären uns darin einig, dass wir keine mehr haben. Für mich ist es eine große Erleichterung, mich wieder als freier Mensch zu fühlen, das kann ich dir versichern.«

Tatsächlich befand sie sich in einer Art Hochstimmung. Sie hatte einmal eine Zofe eingestellt, ein Mädchen, das flink, diskret und charmant war und geschickt mit Nadel und Faden umzugehen wusste. Nach einem Jahr hatte sie gekündigt.

»Aber warum, Lessing?«, hatte Laura sie gefragt. »Fühlen Sie sich bei uns nicht wohl? Hat es etwas mit den anderen Dienstboten zu tun? Hat Ihnen jemand mehr Geld oder angenehmere Arbeitsbedingungen geboten?«

Nein, antwortete Lessing, das sei es nicht. Der Grund (auch wenn sie sich nicht so ausdrückte) sei vielmehr ihre Befürchtung, Wurzeln zu schlagen, so sehr mit ihrer Umgebung zu verschmelzen, dass ihre Persönlichkeit verschwimme, unempfänglich werde für das Erregende der Veränderung, bis sie sich am Ende nicht mehr danach sehne, es sogar fürchte. Ihr Herz schlage schneller, erklärte sie, beim Gedanken an neue Menschen, neue Erfahrungen. Schwere Arbeit schrecke sie nicht ab, auch keine Arbeit, die ihre Altersgenossinnen als erniedrigend empfänden. Sie warte jedes Mal voller Begeisterung und Vorfreude auf Nachricht von einer neuen Arbeitsstelle, es mache ihr Spaß, auf Inserate zu antworten, sich die Menschen vorzustellen, unter denen ihr neues Leben sich abspielen würde, die ländliche Umgebung, die Arbeitsbedingungen, die neuen, unbekannten Verhältnisse, in die das Leben sie versetzen würde. An diesem Tag hatte Laura erkannt, was die Quelle dieses eigenartigen Zaubers war, dessen Leuchten sie in den ersten Wochen so stark berührt hatte. Es war das Überraschende, das Hoffnungsvolle in der Atmosphäre, in der das Mädchen lebte. Nicht die Umstände formten sie wie die meisten Menschen, vielmehr passte sie die Umstände ihren Bedürfnissen an, ließ sich von ihnen bereichern und erfüllen. Nichts, dachte Laura, konnte sie ganz entmutigen oder besiegen. Als Laura nun in das verhärmte, sorgenvolle Gesicht ihres Mannes blickte, musste sie wieder an das Mädchen denken. Wie schnell hatte ihn dieser Schlag umgeworfen. Vor allem anderen war seine Selbstachtung verletzt. Hätte man in sein Herz sehen können, hätte man in der zweiten Kammer seinen toten Vater vorgefunden, zu dem er eine gewisse Zuneigung gehegt hatte, in der ersten jedoch das Bild eines ruinierten Mannes, der hastig die Zeitungen durchblätterte, um zu sehen, was noch zu retten war – und dieser ruinierte Mann widerte Laura an.

»Als freier Mensch?«, gab er bitter zurück. »Manchmal denke ich, du hast den Verstand verloren, Laura, du weißt nicht, was du sagst. Für mich ist meine Arbeit mein Leben. Du magst ja imstande sein, dir aus den Dingen, die dir wichtig sind, ein neues Leben aufzubauen. Welche Dinge das im Einzelnen sind, hat sich mir nie erschlossen, aber wenn es welche sind, die nicht von diesem Debakel berührt werden, kann ich dir nur gratulieren.«

Laura zeigte das seltsam distanzierte Lächeln, das ihn immer geärgert hatte, und sagte: »Nein, ich glaube, sie werden nicht davon berührt.« Sie fühlte sich weit weg von diesem Mann, mit dem sie dreizehn Jahre lang ihr Leben geteilt hatte.

Sie gab sich Mühe, Mitgefühl für ihn aufzubringen, aber es stellte sich nur Abneigung ein, und in ihrem Innern sah sie Bilder eines Lebens, in dem er keine Rolle mehr spielte, eines Lebens, in dem andere Werte galten, die ihre ausgehungerte Persönlichkeit bereichern und befriedigen würden. Und so, meilenweit voneinander entfernt in ihrer Einstellung zum Leben und zur aktuellen Lage, gingen sie zu Bett.

## 8

Frobisher traf am nächsten Morgen ein. Ross war tags zuvor gegangen, ohne einen Verdacht zu äußern, doch allen war klar, dass er die Auswertung der Fingerabdrücke abwarten wollte. Nicht dass sie viel beweisen würden, meinte Richard ungeduldig, sie könnten ja schon länger an dem Tresor sein. Er hatte den Beamten gefragt, ob etwas herausgenommen worden sei. »Ich weiß nicht, was darin war, Sir Richard«, hatte Ross höflich geantwortet. »Ich hatte gehofft, Sie könnten mir da weiterhelfen.«

»Ich weiß es auch nicht. Aber vielleicht Mr. Moore ...«

Eustace sagte, als er erneut befragt wurde: »Anscheinend waren Papiere von einigem Wert darin. Ich habe sie oft gesehen, wenn der Tresor offen stand, hatte sie allerdings nie in der Hand und durfte den Tresor auch nie selbst öffnen.«

Er wollte wissen, was genau darin gewesen sei, aber Ross befriedigte seine Neugier nicht. Voll unterdrückter Wut und Angst ging Eustace wieder nach oben und gesellte sich zu Miles.

»Infam ist das!«, schimpfte er. »Woher sollen wir wissen, ob man diesen Leuten trauen kann? Ja ja, unsere großartige Polizei, die hohe Moral der Gesetzeshüter – zu neunzig Prozent ist Verlass auf sie, würde ich sagen, aber sie sind genauso Versuchungen ausgesetzt wie andere auch, und Tatsache ist, dass man immer wieder von Polizisten hört, die ihre Stellung ausnützen und vor Gericht landen. Wir wissen nichts von dem Kerl, aber wir wissen, ich zumindest, dass mein Schwiegervater einiges an Wertpapieren in dem Tresor hatte.«

Sein Schwager entgegnete milde, die Papiere nützten dem Beamten wenig, wenn sie auf Grays Namen lauteten, und er glaube auch nicht, dass Murray darauf aus sei, in sein Verderben zu rennen. »Außerdem«, fügte er hinzu, »hat er uns im Moment in der Hand. Es ist ziemlich unlogisch, zugegeben, aber das ist nun mal das Gesetz des Lebens, soweit wir es beurteilen können. Die Unschuldigen leiden für die Schuldigen.«

»Wir wissen doch, wer der Schuldige ist!«, rief Eustace erbittert.

»Halt!«, rief Miles scharf. »Pass auf, was du sagst. Wir wollen doch keine Verleumdungsklage riskieren und den Skandal damit noch schlimmer machen, als er es schon ist.«

Richard sprach unter vier Augen mit Frobisher. Er zitterte inzwischen vor Erregung und machte keinen guten Eindruck auf seinen Anwalt. »Eine schöne Bescherung ist das«, sagte Frobisher. »Bestimmt redet morgen die ganze Stadt darüber.«

Zweifellos, pflichtete Richard bei, außerdem würden sie von Reportern belagert werden.

»Mit denen müssen Sie aber nicht reden. Stellen Sie klar, dass Sie nichts zu sagen haben und keine Interviews geben.

Bei einem solchen Fall ist es sehr wichtig, dass nichts durchsickert. Ihren Dienstboten können Sie vertrauen?«

Da sei er sich nicht sicher, antwortete Richard matt. Dann erwähnte er Amy.

»Hat sie ein gutes Verhältnis zu den Angestellten? Mögen sie sie?«

»Das kann ich nicht sagen.«

»Also wahrscheinlich nicht. Wenn ich Ihnen einen Rat geben darf: Sie sollten ihnen untersagen, mit irgendjemandem zu sprechen. Die Sache wird auch so schon unangenehm genug werden. Wie ist der Stand der Dinge im Moment?«

Richard hob zu einer ausführlichen Erklärung an, doch als geübter Redner neigte er zu einem so hochtrabenden Stil, dass der Anwalt ihn gereizt unterbrach: »Ja, ja, aber haben Sie eine Ahnung, wen die Polizei verdächtigt? Wen verdächtigen Sie selbst?«

»Am ehesten kommt mein Bruder als Täter in Frage – vom Temperament her, meine ich. Er behauptet steif und fest, er habe im Hinausgehen Eustace Moore auf der Treppe gesehen, ich weiß aber nicht, ob sich das erhärtet hat. Unter den gegebenen Umständen halte ich es für unwahrscheinlich.«

»Ihr Bruder gibt also zu, dass er mit Ihrem Vater gesprochen hat?«

»Ja.« Richard fasste sich nun kürzer. »Ich fürchte«, schloss er, »der Fall wird viel Staub aufwirbeln.«

»Und ich sehe nicht, wie Sie das verhindern könnten. Dabei denke ich weniger an Ihren Vater oder an Sie selbst als vielmehr an Moore. Sein Name wird in wenigen Tagen in aller Munde sein.«

Richard erblasste. »Dann stimmt es also? Er steht kurz vor dem Bankrott?«

»Einem betrügerischen Bankrott, wenn ich mich nicht gewaltig irre«, erwiderte Frobisher grimmig.

»Wäre mein Vater davon betroffen gewesen?«

»Ich denke, das wären alle, die Moore betrogen hat. Langer Rede kurzer Sinn: Er hat die Leute übers Ohr gehauen, und das kommt jetzt raus. Fünf Jahre blühen ihm mit Sicherheit, wenn Sie mich fragen.«

»Also wissen schon alle davon?«

»Wer's noch nicht weiß, wird es demnächst erfahren. Und der Name Ihres Vaters wird sich nicht aus der Sache raushalten lassen. Es werden allerhand unschöne Verdächtigungen laut werden. Brand wird nicht der Einzige sein, der da durchmuss, schon gar nicht bei seiner Vergangenheit.«

»Ich könnte mir denken, dass Moores Frau sich für ihren Mann verbürgt.«

»Und ich könnte mir denken, dass dann so mancher hinter vorgehaltener Hand von einer geheimen Absprache reden wird. Die unbestätigte Aussage seiner Ehefrau wird unserem Finanzier nichts nützen, schon gar nicht, wenn herauskommt, dass er über jeden Penny vom Vermögen Ihres Vaters verfügt hat.«

Richard erschrak. »Jeden Penny? Aber Vater hat doch erst vor ein paar Monaten seine Situation mit mir durchgesprochen, Frobisher. Da war von fünfzehntausend Pfund die Rede und davon, dass er keinerlei Intention hatte, sie Eustace anzuvertrauen.«

»Der Mensch intendiert, der Finanzier disponiert«, sagte Frobisher düster. »Und darin war Moore ganz groß. Die Lage wurde so kritisch, dass Ihr Vater Hypotheken aufnahm, allerdings ohne regelmäßig die Zinsen zu zahlen. Ich musste deswegen letzten Sommer mehrmals ein ernstes Wort mit ihm reden. Wie ich aus zuverlässiger Quelle weiß, hat er seine sämtlichen Sicherheiten beliehen. Wir können von Glück sagen, wenn wir aus dem ganzen Schlamassel noch etwas für seine Mutter rausholen können. Sie ist praktisch mittellos. Ich bezweifle auch, dass wir alle Gläubiger befriedigen können. Wie steht es denn mit Ihrer eigenen finanziellen Situation?«

Statt einer Antwort fragte Richard heiser: »Ist das wahr? Ist es wirklich so schlimm?«

»Es könnte kaum schlimmer sein. Und da Ihr Vater in geschäftlicher Verbindung mit Moore stand, wird sich ein Skandal nicht vermeiden lassen. Wäre er auf andere Art zu Tode gekommen, hätte ich dazu geraten, von Selbstmord zu sprechen. Aber das scheidet ja wohl aus.«

Richard war so erschüttert, dass er seine Zurückhaltung vergaß. »Nie im Leben hätte ich mir so etwas vorstellen können!«, rief er. »Dieser Halunke! Wenn er nicht wegen Mordes verhaftet wird, dann hoffe ich bei Gott, dass man ihn wegen seiner Finanzgeschäfte festsetzt!«

Frobisher sah ihn durchdringend an. »Noch mal zu Ihrer eigenen finanziellen Situation …«

»Ich bin in der Hoffnung hierhergekommen, dass mein Vater mir Beistand gewährt. Ich befinde mich derzeit in einiger Verlegenheit.« Selbst in Krisenzeiten vermochte er nicht ganz von seiner prätentiösen Redeweise abzulassen.

»Das ist schlecht. Haben Sie Ihren Vater darum gebeten?«

»Um Hilfe? Ich habe ihn über meine Situation …« Er hielt inne.

»Und er hat abgelehnt?«

»Er sagte, er wisse von Moore – der dieses Gespräch mit ihm zum größten Teil entschieden abstreitet –, dass er de facto ruiniert sei. Das hat mich allerdings nicht sonderlich beeindruckt, muss ich sagen. Mein Vater hat sich so oft derartiger Ausdrücke bedient, wenn er sich zeitweilig mit einem geringfügigen Verlust konfrontiert sah, dass ich dachte, diesmal sei es auch nicht schlimmer. Sie meinen also, ein Skandal wird sich nicht vermeiden lassen?«

»Ganz recht. Nicht dass ich denke, Sie könnten irgendetwas mit dem Mord zu tun haben …«, sagte Frobisher, doch insgeheim verstand er diese Bemerkung als Frage.

Richard sah ihn erschrocken an. »Aber nein. Die Sache ist auch so schon unangenehm genug. Ich persönlich kann mir vorstellen, dass man Brand verdächtigen wird. Er und Vater standen bekanntlich auf Kriegsfuß, und Vater hat ihm nie verziehen, dass er diese fürchterliche Frau geheiratet hat.«

Frobisher überlegte noch, ob er Richard über einen Umstand aufklären sollte, von dem sein Mandant nichts ahnte, da lieferte ihm Richard selbst das Stichwort: »Alles wäre natürlich noch schlimmer, wenn mein Vater ein öffentliches Amt bekleidet hätte. Aber das war nicht der Fall, er war lediglich ein Landedelmann im Ruhestand. Ein schwacher Trost allerdings …«

»Schwächer, als Sie denken«, sagte Frobisher ungerührt. »Apropos Schwäche – es gibt da etwas, Richard, das Sie vielleicht wissen sollten. Ich will damit nicht sagen, dass man es zum Schaden Ihres Vaters wieder ausgraben wird, aber Sie kennen ja die Presse. Einige Zeitungen sind durchaus seriös, aber diese Sensationsblätter wühlen gern im Müll und wärmen jeden Mist auf.«

»Gibt es denn irgendwelchen ... Mist, der meinen Vater betrifft?«

»Ja. Ich frage mich, ob Sie sich je darüber gewundert haben, Richard, wie unverhältnismäßig grausam Ihr Vater mit Ihrem Bruder als jungem Mann umgesprungen ist. Ich will ja nicht einem ausschweifenden Lebenswandel das Wort reden, aber Ihr Bruder hatte keinen Kontakt mehr zur Familie, er war noch keine zwanzig, er war praktisch mittellos und er lebte in einem fremden Land - mit einem Wort: Er hatte keinen Rückhalt in seinem Leben. Und der ist in dem Alter wichtig. Wenn er einem entzogen wird ...«

»Wenn man ihn mutwillig zerstört«, unterbrach ihn Richard kühl.

»Die genaue Bezeichnung tut nichts zur Sache«, erwiderte der Anwalt ungeduldig. »Der Punkt ist, dass er nichts anderes getan hat als tausend andere junge Männer auch, dass Ihr Vater aber abnorm streng darauf reagiert hat. Ich weiß nicht, ob Ihnen bekannt ist, dass er eine übersteigerte Vorliebe dafür hatte, häusliche Skandale im Leben bekannter Persönlichkeiten aufzuspüren und nach Möglichkeit auch aufzudecken. Er ist mehrmals nur knapp einer Verleumdungsklage entgangen. Heute interessiert sich natürlich niemand mehr für seine Briefe, aber das war eine regelrechte Manie von ihm. Sie hat Ihrer Mutter das Leben zur Hölle gemacht und meiner Meinung nach auch dazu beigetragen, Brands Leben zu zerstören.«

»Sie meinen, er hatte eine starke Aversion gegen jede Form von Sittenlosigkeit?«

»Nicht gegen jede Form, aber gegen Sittenlosigkeit in der engen spätviktorianischen Bedeutung des Wortes. Mit zunehmendem Alter wurde das zum Wahn, auch weil er kein anderes Ventil für seine Gefühle hatte. Überall hielt er Ausschau nach dem Bösen.«

»Aber warum?«, fragte Richard verwirrt. »Dass er sehr hart zu Brand war, wusste ich, da hatte er sich kaum unter Kontrolle.«

»Genau. Das war seine einzige Zuflucht.«

»Zuflucht wovor?«

»Vor dem Nachdenken über sich selbst. Sie werden sich nicht an ihn als jüngeren Mann erinnern. Damals war er gepeinigt von dem, was man heute den Geschlechtstrieb nennt. Er hat sich abgrundtief verachtet, er hat sich für die Schwäche verachtet, Ihre Mutter geheiratet zu haben – so empfand er es –, und er hat sie teuer für seine Erbärmlichkeit bezahlen lassen. Ist Ihnen nie aufgefallen, dass er eine ausgeprägte Abneigung gegen alle seine Kinder hatte? Er war zu keiner normalen Sicht der Dinge fähig, für ihn waren die Kinder Zugeständnisse – oder deren Folgen – an etwas Abstoßendes. Ihre Schwester Amy band er an sich, weil sie diese Qualen nicht durchgemacht hatte und somit nach seinen Wertmaßstäben ein besserer Mensch war, oder aber, weil sie ihr Verlangen unterdrückt hatte. Nach dem Tod Ihrer Mutter wurde alles noch schlimmer. Er hätte wieder heiraten sollen, eine vernünftige, warmherzige Frau, mit der er wahrscheinlich gut ausgekommen wäre. Aber das tat er nicht. Stattdessen verwendete er seine ganze Zeit darauf, im Leben anderer Leuten herumzuschnüffeln. Der Krieg bot ihm dazu die schönsten Möglichkeiten. Sie erinnern sich an die allgemeine Empörung über Kriegskinder, ledige Mütter und dergleichen in den Jahren 1914 und 1915? Ihr Vater und andere, ähnlich gesinnte Männer und Frauen taten sich zusammen und gründeten einen Verein zur Meldung von Sittenlosigkeit und zur Reinhaltung der Gesellschaft. Sie lauerten unentwegt auf Verfehlungen und machten das zur Triebfeder ihres Lebens. Wenn sie einen jungen Mann mit einer jungen Frau sahen, schöpften sie sofort Verdacht. Das ist eine schreckliche Krankheit, und sie ist weiter verbreitet, als man denkt – fragen Sie einen Neurologen. Sie spürten alles Mögliche auf, in allen möglichen Familien; überall schienen sie ihre Spione zu haben. Zwei Menschen, die über eine Wiese gingen oder an einem Fluss entlangspazierten, besaßen in ihren Augen keinen Anstand. Sie erfuhren von Liebesnestern bekannter Persönlichkeiten und erpressten sie, bis sie in der Versenkung verschwanden. Die Sache gedieh natürlich mit dem Stoff, der sie nährte. Sie attackierten staatliche Schulen, Privathäuser, Hotels; die Gesellschaft, erklärten sie, sei mit dieser Krankheit förmlich verseucht. Sie gaben sogar eine Zeitschrift heraus, die nur so strotzte von Warnungen und anonymen Beiträgen. Sie gaben darin Geschichten wieder, die sie gelesen hatten, und berichteten aus eigener Erfahrung. Natürlich bekamen sie eine Menge Zuschriften, und die Zeitschrift fand großen Anklang bei perversen Typen – die beste Werbung. Als pornographisches Experiment – im Namen Gottes, ob Sie's glauben oder nicht, mit Stellen aus dem Neuen Testament vorn und Zitaten aus dem Alten hinten auf dem Umschlag – war sie einzigartig. Der Inhalt war ein seltsamer, überheblicher Mischmasch. Sie selbst waren so verdammt tugendhaft, dass sie meinten, jeder andere müsse ebenfalls verdammt tugendhaft sein. Sie wollten verhindern, dass andere verbotene Wege zum Glück einschlugen. Hätte man ihnen aber beweisen können, dass die Sünde in der Nacht erschlagen worden war und wir alle rein wie die Gänseblümchen waren, wären sie empört gewesen. Sie waren die besseren Menschen und wollten ihre Tugend nicht mit dem gemeinen Volk teilen.«

»Ja, jetzt erinnere ich mich. Als ich in Frankreich war – Anfang 1915 muss das gewesen sein –, fing mein Vater an, mir höchst eigenartige Briefe zu schreiben, alle zu diesem Thema. Ich dachte, er hätte irgendwelche Geschichten gehört, wie damals viele Leute in der Heimat, und habe nichts weiter darauf gegeben. Ich hatte ja keine Ahnung, dass etwas Derartiges im Gange war. Wann hat das aufgehört? Als ich 1917 endgültig nach London zurückkam, lebte mein Vater schon nicht mehr dort.«

»Ja, in London wurde ihm der Boden zu heiß unter den Füßen. Es kam, wie es kommen musste. Die Sache war zu seinem Lebensinhalt geworden. Er arbeitete, schlief, aß und bewegte sich in einer Atmosphäre ungesunder Spekulation, und eines Tages erfuhr die Gesellschaft zu ihrem Entsetzen, dass eine ihrer führenden Persönlichkeiten regelmäßig eine anrüchige Wohnung in der Tottenham Court Road aufsuchte. Es war die Belastung, verstehen Sie, und dazu sein Temperament. Details tun hier nichts zur Sache, jedenfalls gab es Beweise. Er brach zusammen und wurde zu dem neurotischen, zeitweise kaum zurechnungsfähigen Mann, der er dann jahrelang war. Er hängte seine Londoner Aktivitäten samt und sonders an den Nagel und kam hierher. Seine ganze

Wut und Bitterkeit gegen die Gesellschaft beruhte auf dem Wissen um sein eigenes Versagen; alles konnte er der Welt verzeihen, nur das nicht. Er hatte gefehlt, war schwach geworden, war am Ende nur noch ein Wrack. Und natürlich verstärkte das alles seine Einstellung zu solchem Verhalten generell. Deshalb schwor er sogar, Brand niemals zu verzeihen. Deshalb hatte er ihn nicht gern hier.«

»Es gab keinen Skandal?«

»Die Gesellschaft konnte sich keinen leisten. Es hatte schon wegen der Zeitschrift Ärger gegeben, und nach einer besonders schlüpfrigen Ausgabe musste sie eingestellt werden. Ein letztes Mal äußerten sich ihre Herausgeber hochmoralisch: Sie werde von den falschen Leuten gekauft, dem Reinen sei alles rein und so weiter. Niemand außer ihren lüsternen Mitarbeitern weinte ihr eine Träne nach. Mit Ihrem Vater wurde es immer schlimmer. Er schrieb zahllose Leserbriefe – einige habe ich gelesen: Es sei die Pflicht eines jeden rechtschaffenen Menschen, alles bekanntzumachen, was ihm an Sündhaftem zu Ohren komme. Er ging sogar so weit zu schwören, er werde nötigenfalls auch seinen eigenen Sohn nicht verschonen. Wer eine Vertrauensstellung bekleide, dürfe nichts anderes als ein Galahad sein. Das war sein voller Ernst, Richard. Er hätte Sie genauso den Löwen zum Fraß vorgeworfen wie den Sohn jedes anderen Mannes. Tja, jetzt kennen Sie die Geschichte. Ich will nicht sagen, dass das nun alles wieder ausgegraben wird, ich hoffe es nicht. Es ist ja ewig her. Aber ich fand, Sie sollten gewarnt sein. Gewisse Leute hegen mit gutem Grund einen Groll gegen Ihren Vater.«

Frobisher übersah Richards entsetzte Miene und begann das Testament des Toten zu erörtern. Gray hatte sein Vermögen zu zwei Dritteln seinem älteren Sohn und zu einem Drittel seiner Mutter zugedacht, Amy sollte ein Legat von fünfzig Pfund pro Jahr erhalten, die übrige Familie sollte leer ausgehen. Er hatte erklärt, Olivia habe über ihren Mann mehr als genug profitiert, Brand habe von ihm jegliche Unterstützung erhalten, die ihm zustand. Isobel scheine sich nicht für Geld zu interessieren, und Ruth nehme er bei ihrem Wort. Letzteres bezog sich auf einen Vorfall etwa ein Jahr zuvor, als die Amerys in King's Poplars zu Besuch waren. Gray hatte eine fürchterliche Szene gemacht und seinen Verwandten vorgeworfen, sie hätten es nur darauf abgesehen, noch vor seinem Ableben an sein Geld zu kommen. Miles hatte dazu geschwiegen; mit seinem bemerkenswert kühlen Kopf und seiner von Logik geprägten Lebensauffassung hatte er solche Ausbrüche mehr oder weniger ignoriert. Ruth aber hatte zu seiner Überraschung erregt ausgerufen, sie seien niemals nach King's Poplars gefahren, um ihren Vater um irgendetwas zu bitten, sie wollten keinen Penny von ihm, weder jetzt noch später.

»Und so war es mit Sicherheit auch«, sagte Frobisher. »Die beiden sind nicht darauf aus, sich zu bereichern, wenn ich die menschliche Natur richtig einschätze.« Und mehr zu sich selbst fügte er hinzu: »Was ich von den anderen nicht behaupten könnte, mit Ausnahme dieser unglücklichen verheirateten Tochter, die von allen wie eine Schwachsinnige behandelt wird.«

»Ich kenne das Testament nicht, aber aus dem, was Sie mir soeben eröffnet haben, schließe ich, dass es kaum das Papier wert ist, auf dem es steht.«

»Wie schon gesagt: Wir können froh sein, wenn wir fünfzig Pfund pro Jahr für Ihre Großmutter aus dem Schlamassel retten können.« Er schwieg einen Moment und trommelte mit den Fingern auf den Tisch, was Richard, der ohnehin schon außer sich war, in Rage brachte. »Ein rachsüchtiges Testament«, fuhr Frobisher nachdenklich fort. »Haben Sie eine Vorstellung, was Ihre Schwester tun wird? Amy meine ich. Für Isobel wird weiterhin Devereux aufkommen, nehme ich an.«

»Ich habe keine Ahnung«, antwortete Richard knapp. Die Situation seiner Schwester interessierte ihn nicht. Schließlich hatte sie viele Jahre lang das Haus gehabt und dort das Zepter geführt, ganz im Gegensatz zu anderen unverheirateten Frauen, die sich ihren Lebensunterhalt selbst verdienen mussten. Wie er sie kannte, hatte sie sich bestimmt einen hübschen Notgroschen zurückgelegt. Sein Vater war leicht zu durchschauen gewesen. Er war so lange von ihr tyrannisiert worden, dass er sich mit Vergnügen ihre spätere Demütigung ausgemalt haben musste. In dieser Familie kämpfte jeder gegen jeden.

## 9

Richard zog sich auf sein Zimmer zurück; das Alleinsein tat ihm gut. Schon jetzt in heller Verzweiflung, schritt er auf und ab. Was Frobisher ihm so aufgeräumt eröffnet hatte, änderte seine Lage von Grund auf. Laura und er waren sich darin einig gewesen, dass niemand versuchen würde, ihm das Verbrechen anzulasten. Wo war das Motiv?, würde man fragen.

Jetzt aber stellte sich alles ganz anders dar. Was, wenn seine Affäre mit Greta Hazell publik wurde? Was, wenn jemand behauptete, Gray hätte davon erfahren und seinem Sohn damit gedroht, ihn öffentlich bloßzustellen? Nach dem, was er von Frobisher erfahren hatte, zweifelte Richard nicht daran, dass er zu diesem drastischen Mittel gegriffen hätte. Und Richards sämtliche Freunde wussten, dass er den Sinn seines Lebens aus seiner Karriere bezog. Hätte sein Vater die Hazell-Affäre an die große Glocke gehängt, hätte das unweigerlich das Ende dieser Karriere bedeutet. Er hätte aus dem Parlament ausscheiden müssen, und Laura hätte höchstwahrscheinlich die Gelegenheit, ihre Freiheit zu erlangen, beim Schopf gepackt. Panik erfasste ihn. Die Sache musste um jeden Preis unter Verschluss gehalten werden. Seine Feinde – und deren hatte er viele – würden sie nur zu gern zum Vorwand nehmen, um ihn in der Versenkung verschwinden zu lassen. Das würde ein abruptes Ende seiner Ambitionen bedeuten, seinen Ruin. Seine finanzielle Misere, die ihm bis zu diesem Morgen solche Sorgen bereitet hatte, rückte in den Hintergrund. Ein anderer Gedanke begann ihn zu quälen. Was, wenn Greta von seiner Zwangslage erfuhr? Er kannte sie gut genug, um zu wissen, dass sie zu keinerlei Mitgefühl fähig war. Sie würde nur eine weitere Chance wittern, Summen von ihm zu erpressen, die er nicht aufbringen konnte. Die Bedrohung ragte vor ihm auf, so wie nachts plötzlich aus dichtem Nebel eine Mauer oder hohes Buschwerk vor dem Reisenden auftaucht. Er wusste nicht, an wen er sich wenden konnte. Weder Laura noch Frobisher oder einem Freund wagte er sich zu offenbaren. Wie Brand drückte ihn nun die viel zu schwere Last des Wissens nieder, doch anders als für Brand würde es keine Erleichterung für ihn bedeuten, wenn die Wahrheit ans Licht kam. Seine sonst so träge Fantasie ging mit ihm durch, er sah sich verschiedenster Verbrechen angeklagt - Mord, Volksverhetzung, Ehebruch, Unterschlagung, Meineid -, und das Blut gefror ihm in den Adern, obwohl er wusste, dass er nur in einem dieser Punkte schuldig war. Er machte kehrt, hielt inne und marschierte weiter. In seinem dicht gedrängten Tagesablauf - er gönnte sich kaum jemals ausreichend Schlaf und Muße - fand er weder Trost noch Kraft. Tiefe Verzweiflung legte sich auf sein Gemüt. »Wenn es so weit kommt«, dachte er, »möchte ich nicht mehr da sein. Das halte ich nicht aus.« Doch vor dem Gedanken an einen selbst herbeigeführten Tod schreckte er in seinem geschwächten Zustand zurück. Nein, das nicht. Das nicht. Und auch keine Verhaftung. Kein Verdacht, kein öffentliches Aufsehen. Es musste doch eine Möglichkeit geben, das zu verhindern. Die Gedanken wirbelten wie ein Feuerrad durch sein überreiztes Gehirn: Greta - Vater - Eustace - Aufsehen - Bankrott - Schande - Versagen - Bedeutungslosigkeit - Greta ... immer weiter im Kreis herum.

... Auf und ab, auf und ab, wie die Treibstangen einer Lokomotive, in gleichförmigem Rhythmus, rau und unmusikalisch, ergriffen seine Gedanken Besitz von ihm. Auf und ab - ab und aus - kein Ausweg - aus und ab - und so fort, bis jemand an die Tür klopfte und er seine panische Angst verbergen und sich wieder zu den anderen gesellen musste.

*Fünfter Teil*

# DAS URTEIL ÜBER EUCH ALLE

## 1

Am Tag der Gerichtsverhandlung glitzerte die gefrorene Erde. Aus beiden Poplars, aus Mumford, aus Greater und Lesser Uppington, aus Rest Wythies, aus Stoneford, Bringham und Leaford kamen die Autos, zermalmten den gleißenden Eisbelag der Straßen, und ihre Insassen, in Pelzjacken und warmen Mänteln, plaudernd, posierend, spekulierend, gespannt auf das bevorstehende Ereignis, ahnten nicht, wie ähnlich sie ihren mittelalterlichen Vorläufern waren, die voll makabrer Erwartungsfreude zusammenströmten, um zu sehen, wie ein junges Mädchen auf der Streckbank gefoltert oder zwischen Zangen zerrissen wurde. Das sei zu erwarten gewesen, sagten sie (die Gespräche in den einzelnen Wagen glichen einander aufs Haar), die Familie sei ungefähr so freundlich wie eine Hahnenkampfarena, es gebe Gerüchte über eine Strafanzeige aus ganz anderem Grund, diesen schmeichlerischen Juden sei nicht zu trauen, der jüngere Sohn habe unsägliche Drohungen ausgestoßen, der Vater und der ältere Bruder hätten unter seiner Fuchtel gestanden, Richard und Amy hätten erbittert um die Vorherrschaft in der Familie gekämpft und dergleichen mehr. Entspannt und hocherfreut über die Sensation fuhren sie am Versammlungssaal von King's Poplars, dem Schauplatz der Verhandlung, vor und stiegen unter

Deckenausschütteln, Schwatzen, Scherzen, Grüßetauschen und hektischen Aufforderungen zur Eile, damit nicht andere die begehrtesten Plätze besetzten, aus ihren Wagen aus.

Frobisher wohnte der Verhandlung im Namen der gesamten Familie bei, nur Eustace hatte seinen eigenen Anwalt aus London kommen lassen, weil er wusste, dass sich die öffentliche Meinung am Ende unweigerlich gegen ihn richten würde.

Hinde war ein hochgewachsener, schlanker Mann mit einem markanten Profil. Er hatte sich Eustaces Geschichte mit abweisender, skeptischer Miene angehört, wirkte aber, als er den Saal betrat, durchaus neutral. Nachdem er Platz genommen hatte, verschränkte er die Arme, sodass seine überraschend knochigen Handgelenke aus den Ärmeln seines Flanellhemdes hervorsahen. Sein Anblick faszinierte Brand vom ersten Moment an. Das asketische, zynische Gesicht verriet so viel Charakter, Kraft und Mut, dass Brand es heimlich zeichnete; selbst er konnte bei einem solchen Anlass nicht gegen die Konventionen verstoßen und seine Arbeit offen tun.

Die Ermittlungsergebnisse waren unspektakulär, bis Ross zum Ende seines Ermittlungsberichts kam. Er sprach von dem Taschentuch, von dem Löschblatt – das eindeutig zu dem Zweck verbrannt worden sei, die Abdrücke darauf zu vernichten, denn der Papierkorb neben dem Toten sei fast leer gewesen –, von anderen, nicht mehr identifizierbaren Ascheresten, von Brands Dokument und den Fingerabdrücken auf dem Tresor. Niemand in der Familie, sagte er, habe eine Erklärung für den fehlenden Scheck geliefert, aus dessen Kontrollabschnitt hervorgehe, dass Eustace Moore in den frühen Morgenstunden des ersten Weihnachtstages zehntausend Pfund erhalten habe. Der Scheck sei unauffindbar geblieben, und obwohl der Zustand der Tinte auf dem Kontrollabschnitt verrate, dass Löschpapier verwendet worden sei, habe sich auf keinem Löschblatt in der Bibliothek der entsprechende Abdruck gefunden. Im Folgenden beschrieb Ross ausführlich seine Überprüfung der Bibliothek sowie die Entdeckung des Tresors und der Fingerabdrücke darauf, die sich, so teilte er dem Gericht mit, als die von Eustace Moore herausgestellt hätten.

Diese sensationelle Enthüllung brachte den Saal zum Brodeln. Die Aussagen anderer Familienmitglieder wurden kaum noch zur Kenntnis genommen, man hatte nur noch Augen für Eustace Moore, der nun zu einer Erklärung aufgefordert wurde, die dann jedoch von fast allen Anwesenden als befremdlich und unbefriedigend empfunden wurde.

Die Umstände zwängen ihn zuzugeben, sagte Moore, dass er entgegen früheren Aussagen am frühen Morgen des ersten Weihnachtstages in der Bibliothek gewesen sei. Er sei in der Absicht nach King's Poplars gekommen, seinem Schwiegervater klarzumachen, in welch schwieriger Lage sie sich befanden. Er sei dabei wohl etwas ungeschickt vorgegangen, und Gray habe keine Spur von Vernunft erkennen lassen, er habe ihn einen gemeinen Dieb und Defraudanten genannt, der ihn um sein Geld betrüge, und schließlich erklärt, er werde ihn verklagen. Moore fügte hinzu, er habe diese Tiraden nicht ernst genommen, Gray habe wie immer nur Dampf ablassen wollen, doch sei er, Moore, zu der Überzeugung gelangt, dass er von Gray keine finanzielle Unterstützung erhalten werde.

Auf Fragen des Coroners schilderte er noch einmal im Einzelnen das Gespräch zwischen ihm und seinem Schwiegervater. Es sei eine heftige Auseinandersetzung gewesen, das

Ergebnis unwiderruflich. Voller Angst vor der Zukunft und ratlos, wen er sonst um Hilfe bitten könnte, habe er beschlossen, am nächsten Tag noch einmal an Gray zu appellieren. Während einer zufälligen Unterhaltung mit Richard habe er jedoch einsehen müssen, dass sein Schwiegervater sich nicht würde umstimmen lassen. Am Tag – also an Heiligabend – habe er seine beiden Schwager die Bibliothek betreten sehen, mit der Absicht, ihren Vater um finanziellen Beistand anzugehen.

Der Coroner unterbrach ihn: Soviel er sehe, habe Mr. Moore keinen Beweis für letztere Behauptung. Eustace starrte ihn ungläubig an – weshalb sonst sollten Grays Söhne nach King's Poplars kommen? Seine Schwägerin, fuhr er dann fort, habe ihm von Brands Vorschlag erzählt, Sophy und die Kinder bis auf weiteres im Herrenhaus unterzubringen. Dieser Plan sei offenbar gar nicht erst in Erwägung gezogen worden, woraufhin Brand einen pauschalen Geldbetrag gefordert habe, um aus Fulham wegzukommen, vorzugsweise ins Ausland, und die Verantwortung für seine Familie anderen aufzubürden. Amy habe außerdem voller Ingrimm davon gesprochen, wie ungeheuerlich es sei, Titel zu erwerben und sie sich von anderen bezahlen zu lassen (hier zuckte Richard zusammen und lief rot an). Diesen Äußerungen habe sie einen langen, deprimierenden Erguss über die Unmöglichkeit folgen lassen, mit den spärlichen Mitteln, die ihr Vater ihr zuteilte, einen Haushalt zu führen (mit Sahne und anderen Extras für die alte Dame), wobei sie insbesondere auf persönliche Ausgaben, ihre eigenen anspruchsvollen Gewohnheiten und die steigenden Butter-, Kohle- und Fleischpreise eingegangen sei.

Er habe vergeblich versucht, fuhr Eustace fort, seinen Verwandten den Ernst der Lage begreiflich zu machen. Sie schienen zu glauben, die einzige Unannehmlichkeit, die dem Direktor eines strauchelnden Unternehmens entstehen könne, entspreche etwa einer leichten Wertminderung seiner Aktien. In seiner Verzweiflung, so räumte er plötzlich ein (hier ließ Eustace Anzeichen höchster Besorgnis und Nervosität erkennen), habe er deshalb in voller Absicht einen kriminellen Plan gefasst. Ganz offenkundig war dieses Geständnis ein letzter Ausweg, die einzige Alternative zu einer Anklage wegen Mordes.

Als die Familie sich für die Nacht zurückzog, habe er, noch immer unschlüssig, die Sache mit seiner Frau besprochen. Sie habe jedoch bald erklärt, sie sei müde, und er habe sich ins Ankleidezimmer zurückgezogen, sei jedoch nicht zu Bett gegangen, sondern habe über die Lage nachgedacht. Dass Brand ihn um Mitternacht auf der Treppe gesehen habe, bestritt er natürlich, gab aber zu, dass ihm gegen halb zwei eingefallen sei, wie sein Schwiegervater einmal von Wertpapieren in dem Tresor gesprochen habe. Sie seien Grays eiserne Reserve gewesen, die er ihm unter keinen Umständen habe anvertrauen wollen. Er, Eustace, habe gewusst, wo der Tresor war, und den Entschluss gefasst, die Zahlenkombination herauszufinden, um die Papiere an sich zu nehmen. Das sei, sagte er erregt, ein letzter Versuch gewesen, eine unhaltbare Situation zu retten. Er habe nicht mehr daran gedacht – sofern er es überhaupt je gewusst habe –, dass Gray die Bibliothek abzuschließen pflegte, bevor er zu Bett ging, und so habe er sich nicht weiter gewundert, als er die Tür offen vorfand. Beim Eintreten sei er niemandem begegnet, und im Raum sei es stockdunkel gewesen. Der Vorhang sei vom Fenster in den Raum geweht; dass das Fenster offen stand, habe er in seiner Angst und Eile nicht bemerkt. Der Tresor, der sich in einer tiefen Nische befinde, sei von einer verdeckten Glühbirne am Boden beleuchtet worden, die den übrigen Raum im Dunkeln ließ. Gray habe sie so anbringen lassen, dass er sie, sollte er plötzlich bei einer Durchsicht seiner Papiere gestört werden, ausschalten und damit neugierige Absichten durchkreuzen konnte, ohne sich von der Stelle rühren zu müssen. Er habe immer ein übertriebenes Geheimnis um seine Angelegenheiten gemacht. Er, Eustace, habe den Raum auf Pantoffeln durchquert, den Lichtschalter ertastet und versucht, den Tresor zu öffnen, was ihm jedoch nicht gelungen sei. Eine gute Stunde habe er sich in der Bibliothek aufgehalten. Der Gedanke, dass es noch einen anderen Zugang geben könnte als die Tür, sei ihm nicht gekommen. Er habe wie ein Luchs aufgepasst, ob in der Halle Licht gemacht wurde. Die Nische sei so tief, dass man sich gut darin verstecken könne, es sei denn, jemand steuere direkt auf sie zu. Schließlich habe er aufgegeben. Panik habe ihn erfasst, denn er habe nicht riskieren können, dass jemand von der Familie ihn hier sah. Als er später erfuhr, dass die Polizei den Tresor geöffnet und praktisch leer vorgefunden hatte, sei er fast wahnsinnig geworden.

So lautete in etwa seine Geschichte, und die meisten der Zuhörer fanden sie wenig überzeugend. In einer so kalten, stürmischen Nacht, meinten sie, müsse man das offene Fenster doch bemerkt haben, man könne sich unmöglich so lange in einem Raum mit einem Toten aufhalten, ohne ihn zu sehen, es sei absurd anzunehmen, die Polizei könne ohne große Mühe einen Tresor öffnen, der Eustaces Bemühungen widerstanden habe, kurzum, seine Aussage sei insgesamt dürftig und unplausibel.

Die Jury und sogar Moores Anwalt sahen es genauso. Als sie den Saal für etwa eine Dreiviertelstunde verließen, vertraten sich etliche Anwesende im bleichen Sonnenlicht draußen die Beine und diskutierten diverse Aspekte dieses hochspannenden Rätsels.

## 2

In der Jury entspann sich eine lebhafte Diskussion.

»Können wir davon ausgehen, dass der Arzt das Messinggewicht zu Recht für das Tatwerkzeug hält?«

»Vermutlich schon, sonst war ja nichts im Raum so blank poliert. Außerdem erinnern sich zwei Personen – Miss Amy und ein Dienstmädchen –, dass es auf einem Stapel loser Blätter lag, was nicht mehr der Fall war, als man es fand.«

In diesem Punkt waren sich alle einig. »Ich sag Ihnen, wie ich die Sache sehe«, fuhr der Geschworenensprecher fort. »Meiner Meinung nach kam er in die Bibliothek runter und fing an, an dem Tresor herumzuprobieren. Dass das Fenster offen war, hat er nicht bemerkt, wenn Sie mich fragen. Wenn man ganz auf eine Sache konzentriert ist, achtet man nicht auf so was, Hitze und Kälte spürt man dann nicht so. Er hat also versucht, an Mr. Grays Papiere ranzukommen, und plötzlich kommt durch das offene Fenster Mr. Gray selbst rein. Vor dem Fenster ist eine große Veranda, wie Sie wissen, und weil Mr. Gray in der Nacht nicht noch mal gestört werden wollte, ist er vielleicht schnell da rausgewitscht, als er Schritte gehört hat. Von draußen hat er beobachtet, wie Moore an dem Tresor herumgefingert hat. Dass der eine ganze Stunde da gestanden hat, glaube ich keine Sekunde, aber er wollte natürlich eine möglichst gute Geschichte erzählen. Der Alte hat ihm eine Weile zugeschaut, behaupte ich, dann ist er rein und hat seinen Schwiegersohn auf frischer Tat ertappt. Und der hat zugeschlagen, erschrocken und überrumpelt, wie er war …«

»Und was ist mit dem Scheck?«, unterbrach ihn ein weiterblickender Geschworener. »Der wurde ja erst am Morgen ausgestellt.«

»Stimmt. Hm, dann müssen wir die Geschichte ändern. Also: Vielleicht hat Mr. Moore Mr. Gray klargemacht, wie schlimm die Lage ist, und ihm den Scheck aus dem Kreuz geleiert? Oder er hat ihm gedroht und die ganze Zeit danebengestanden, als Mr. Gray den Scheck ausgefüllt hat. Und dann hat ihm Mr. Gray, sarkastisch wie er war, gesagt, dass der Scheck nicht mal das Formular wert ist und dass er's ihm schon noch zeigen wird. Und Mr. Moore wurde wütend, weil er reingelegt worden war, er hat kein Land mehr gesehen und schließlich zugeschlagen, vielleicht nur, damit sein Schwiegervater endlich den Mund hält; umbringen wollte er ihn gar nicht. Als er gesehen hat, was passiert war, hat er den Scheck ins Feuer geworfen und den Briefbeschwerer abgewischt, dann ist er wieder nach oben. An die Fingerabdrücke auf dem Tresor hat er nicht gedacht. Wie wär's damit?«

Nach einer knappen Dreiviertelstunde kam die Jury zurück und befand Eustace Moore des Mordes für schuldig.

## 3

Die Urteilsverkündung rief wenig Überraschung, aber viel Trubel im Saal hervor. Die Zeugenvernehmungen hatten bereits deutlich gemacht, auf wen sich der Verdacht konzentrierte. Dennoch schien es einen Moment so, als hätte von allen Anwesenden ausgerechnet Eustace dieses Ende nicht kommen sehen. Für kurze Zeit verlor er jede Selbstbeherrschung. Er sah sich mit wildem Blick im Saal um und stand auf, um zu sprechen, doch die Stimme versagte ihm, und er hielt sich, von Kopf bis Fuß heftig zitternd, mit beiden Händen an einem Stuhl fest. Der Anblick, den dieser bleiche, untadelig gekleidete Mann in mittleren Jahren bot, hatte etwas so Abstoßendes, von menschlicher Würde so weit Entferntes, dass selbst sein Anwalt seinen Abscheu kaum verhehlen konnte. Doch als Eustace kurz darauf abgeführt wurde, hatte sich seine Miene schon wieder verändert. Es war jetzt die eines Mannes, der daran gewöhnt ist, sich in einem Haifischbecken zu bewegen, und statt Zeit und Energie damit zu vergeuden, sich über seine Erniedrigung zu grämen, schmiedete er bereits Pläne zur Wiedererlangung seiner Freiheit. Das lange, fahle Gesicht mit den flachen Wangen, der markanten Nase und den scharfen, durchdringenden Augen – alles drückte seine unerschütterliche Entschlossenheit aus, sich aus dieser äußersten Misere zu befreien, wie er es schon in anderen Situationen getan hatte.

## 4

Die ganze Familie bekam nun den Staub, den der Fall aufwirbelte, höchst unangenehm zu spüren. Die Zeitungen stürzten sich darauf, und kurz nach Eustaces Inhaftierung erschienen vor allem in Lokal- und Abendzeitungen melodramatische Schlagzeilen wie SOHN FINDET VATER ERHÄNGT, LEICHE ANGESCHWEMMT, EHEFRAU MACHT GRAUSIGE ENTDECKUNG IN SCHEUNE und dergleichen mehr. Eustaces Opfer waren größtenteils kleine Leute in Highgate, Peckham und Barnet, die ihre gesamten Ersparnisse in eine vermeintlich sichere und lukrative Sache gesteckt hatten, und als sie einsehen mussten, dass ihr Geld unwiderruflich verloren war, hörte man von einer ganzen Reihe anonymer kleiner Tragödien in Kleinstädten und der näheren und weiteren Umgebung Londons. Was Eustace getan habe, sei schlimmer als jeder Mord, sagten Isobel und Laura unverblümt, doch Richard gebot ihnen scharf, keinen Unsinn zu reden. Das helfe niemandem und ziehe den Prozess gegen ihren Schwager in den Schmutz.

Auch Richard zahlte seinen Teil der Zeche, und es war kein geringer Teil. Zu dem so minutiös geplanten Treffen mit F., für das er solch hohe Risiken eingegangen war, kam es nicht. (Richard erfuhr es nie, aber tatsächlich hätte er in jedem Fall den Kürzeren gezogen, auch ohne Eustaces Vergehen. Ironischerweise war es gerade sein neuerdings so teurer, luxuriöser Lebensstil, der seine Chancen bei F. zunichtemachte. F. bemerkte scharfsinnig, dass ein Mann, der sein Geld so zum Fenster hinauswerfe, mit öffentlichen Geldern noch großzügiger umgehen würde.) Laura nahm die Sache viel gleichmütiger hin als er, aber sie hatte auch nichts zu verlieren - abgesehen von ihrem Liebhaber, der sich nach dem Debakel vollständig zurückzog, während sie die Bruchstücke ihres Lebens wieder zu einem recht befriedigenden Muster zusammenfügte, wie sich herausstellte. Am Ende war sie glücklicher, als sie es seit ihrer Heirat je gewesen war. Einigen Personen, darunter auch Miles Amery, wurde die Schilderung einer höchst unkonventionellen und den Interessen ihres Mannes zuwiderlaufenden Sichtweise zuteil; die meisten wären schockiert gewesen über Lauras Herzlosigkeit und fehlende Loyalität gegenüber Richards Ambitionen.

»All die Jahre, Miles«, sagte sie, »hatte ich nie ein eigenes Leben. Ständig war das Haus voll mit Richards Freunden, die Anspruch auf meine Aufmerksamkeit, Gastfreundschaft und Intelligenz erhoben. Nie blieb etwas übrig, was mir Freude gemacht, wovon ich profitiert hätte. Jetzt wird sich niemand mehr blicken lassen, in den schicken, einflussreichen Kreisen, die Richard so liebt, sind wir mit Sicherheit unten durch. Ich bezweifle, dass er es jemals wieder nach oben schaffen wird. Es ist ein so schwerer Schlag für ihn, er wird lange brauchen, bis er sich davon erholt. Und jetzt bin ich dran. Endlich werde ich mein Haus für mich haben, meine eigenen Freunde können kommen, und wenn ich will, kann ich auch allein sein.« (Sie meinte natürlich kein von Menschen erbautes Haus.) »Davon habe ich jahrelang geträumt, darauf habe ich gehofft, darum habe ich gebetet.«

Olivia machte alle verrückt mit ihrer Hysterie, ihren zahllosen Szenen, in die sie beharrlich jedes Familienmitglied hineinzog. Sie fiel in Ohnmacht, sie weinte, sie schäumte gegen Verräter, Komplotte, Fallstricke. Sie rief fortwährend nach ihren Söhnen, die jedoch in der Schweiz Ferien machten und nicht so schnell erreichbar waren. Wenn sie nicht schrie oder in Ohnmacht fiel, lief sie herum wie eine Irre, blieb lange stumm und brach dann unvermittelt in Anklagen gegen jeden einzelnen der Anwesenden aus, ja, sie beschimpfte sogar die Dienstboten, ihretwegen sei ihr unschuldiger, nichtsahnender Mann in eine diabolische Falle gelockt worden.

Amy war so wütend, dass sie nicht groß auf die anderen achtete. Blind vor Zorn über den grausamen Streich, den ihr Vater ihr gespielt hatte, fragte sie, wo sie denn in ihrem Alter noch eine einträgliche Beschäftigung finden solle, schließlich habe sie keinerlei Ausbildung genossen und sei natürlich davon ausgegangen, dass sie versorgt sein würde.

»Was soll ich denn machen?«, schrie sie ihre peinlich berührten Verwandten reihum an. »Ich bin jetzt vierzig und habe nie gelernt, meinen Lebensunterhalt selbst zu verdienen. Junge Mädchen haben gut lachen, die sind in einer ganz anderen Situation. Erwartet ihr etwa von mir, dass ich irgendwo eine Anstellung als Hausmädchen annehme und Böden wische, Abfalleimer ausleere und Kartoffeln schäle?«

Irgendwann richtete sie diese rhetorische Frage auch an die alte Mrs. Gray, die ihr in ruhigem, distanzierten Ton antwortete: »Es ist mir schleierhaft, wie du zu solch törichten Vorstellungen kommst, Amy. Du bleibst natürlich bei mir. Mr. Frobisher meint, das Geld wird für die Miete einer kleinen Wohnung reichen, irgendwo am Meer. Ich habe mir immer gewünscht, am Meer zu sterben, in Felixstowe vielleicht oder in Worthing oder auch in Bournemouth, aber das ist ziemlich teuer. Ich bin sicher, wir werden gut zurechtkommen. Wir sind aneinander gewöhnt, und in meinem Alter sollte ich jemanden um mich haben.«

Sie sagte es lächelnd. Amy war in ihrer Vorstellung zu etwas weit Entferntem geworden, kaum bedeutender im Grunde als die Möbel um sie herum. Miles staunte über das Feuer in der alten Stimme. Er war wie jedermann davon ausgegangen, dass alte Menschen keine Wünsche mehr haben, dass ihre Leidenschaft versiegt ist, ihr Fühlen erstarrt. Dass sie wie die Stühle und Schränke werden, zwischen denen sie ihre Tage zubringen. Doch die alte Dame war die Einzige, die in der schlimmen Situation an Profil gewann, die Einzige, die wirklich um den Toten trauerte. Für sie war er vor allem der Sohn gewesen, den sie vor fast siebzig Jahren geboren hatte, er war das Kind geblieben, für das sie Träume gehegt hatte, und zugleich der enttäuschte, verbitterte Mann, zu dem er geworden war. Sie hatte gesehen, wie er sich verändert, seine hohen Ideale aufgegeben hatte, sie hatte gesehen, wie er die Hoffnung verloren hatte und immer tiefer gesunken war. Doch ihre Zuneigung war geblieben, sie wurzelte in keiner Kultiviertheit, keiner Leistung seinerseits, nicht einmal in seinen guten Eigenschaften. Sie beruhte auf den Blutsbanden. Und nun, nach seinem Tod, wahrte sie ihre distanzierte, würdevolle Haltung. Ja, trotz ihres Alters, ihrer Trauer und all der Erfahrung ihres Lebens hatte sie sich genug Lebendigkeit bewahrt, um noch Wünsche und Hoffnungen zu hegen und sie sich am Ende zu erfüllen. Es mochten kleine Dinge sein, Wünsche und Sehnsüchte sind ja relativ. Und diesen kleinen Dingen wenden sich alte Menschen instinktiv zu, dachte Miles, wenn sie das fieberhafte Streben der Jugend so weit hinter sich gelassen haben, dass sie nicht mehr davon berührt werden.

Es war in diesen düsteren Tagen etwas Schönes um sie, wenn sie, ruhig und unnahbar, im Kreise ihrer Familie sprach und zuhörte. In die geheime Kammer, in der allein der Geist wohnt, ließ sie niemanden ein. Was aber vor allem anderen blieb, war Schönheit. Es war im Grunde keine Schönheit der Züge oder der Gestalt, des Ausdrucks. Sie entsprang vielmehr einer gewissen wesensmäßigen Güte und dem Mut, den alte Menschen oft beweisen; die Empfindsameren im Haus – die Amerys, Laura, Isobel und Brand – hatten ein Auge dafür.

Isobel reagierte seltsam auf die neue Situation. Seit dem Tod ihres Vaters hatte sie sich verändert, sie war aufgewacht, hatte angefangen zu leuchten. So wie ein silberner Gegenstand, wenn er nach Jahren erstmals wieder poliert wird, auf mannigfache Weise das Licht einfängt und reflektiert, so wie er schimmert und den Raum ringsum förmlich erleuchtet, so glühte Isobel von einer Leidenschaft, die in ihrer Jugend typisch für sie gewesen, dann aber für lange Zeit erloschen war, sodass nun kaum jemand sie wiedererkannte. Kurz bevor sie sich von Brand verabschiedete, sagte sie: »Du hast recht, mein Lieber. Es ist eine grausame Warnung. Es wäre schrecklich, wenn man am Lebensende nicht mehr vorzuweisen hätte als Vater.« Noch ehe ihre Großmutter und ihre Schwester eine Wohnung in Worthington bezogen, verließ sie das Haus und suchte sich in London eine Arbeit. Als Brand davon hörte, dachte er: »Das allein rechtfertigt schon, was ich getan habe. Solange Vater lebte, war sie eine Gefangene. Und während es in seinem Leben keine Perspektive, keine Hoffnung gab, ist ihres übervoll davon.«

# 5

Nach einer Woche kehrte Brand nach Fulham zurück. Während er mit seinem schäbigen Koffer die trostlose Straße entlangging, frohlockten alle seine Sinne bei der Vorstellung, dass er dies alles für immer hinter sich lassen würde. Nach Eustaces Verhaftung hatte er die ganze Mordgeschichte aus seinen Gedanken verbannt. Er identifizierte sich nicht mehr mit dem Mann, der sich so viele Jahre geduckt, sich mühsam durchgeschlagen und mit Sophy gestritten hatte. Es war, als wäre am Morgen des ersten Weihnachtstages in der dunklen Bibliothek eine neue Persönlichkeit in ihm erwacht, dem anbrechenden Tag zugewandt, von aller Furcht befreit, geläutert durch sein Martyrium und die Last des Wissens, die noch immer auf ihm lag.

Das Haus war wie immer heruntergekommen und vernachlässigt. Es war ein Reihenhaus von vielen, jedes durch beschmierte dünne Mauern von den Nachbarn getrennt. Rissige Stufen führten zur Tür hinauf, deren schmutzige Farbe abblätterte. Einige der Häuser hatten kunstlose kleine Anbauten im Erdgeschoss, grüne oder braune Kästen, absurderweise Wintergärten genannt, mit blauen und roten Glasscheiben im Wechsel mit Milchglasrechtecken, wie man sie in Bade- und Wartezimmern fand. Es waren plumpe und unzweckmäßige viktorianische Bauten, die nichts von der Schönheit des Altehrwürdigen oder der Frische und Heiterkeit guter Haushaltsführung ausstrahlten. Brand stieg die Stufen hinauf, die offenbar lange nicht mehr gewischt worden waren, und blieb einen Moment unter dem grotesk pompösen Säulenvorbau stehen. Efeu rankte sich über die Fenster, verschmutzte gelbe Jalousien hingen schief an ihrer Innenseite, wo zudem lange Spitzengardinen das Licht aussperrten. Das ganze Haus vermittelte einen Eindruck von Schäbigkeit und Armut.

Brands zweite Tochter, die neunjährige Eleanor, öffnete die Tür. Ihr Gesicht bot ein Zerrbild der Kindheit, auch wenn es mit seinen blassen, verkniffenen Zügen noch recht unreif wirkte. Das blonde, nachlässig geschnittene Haar hing ihr in die Augen, Hände und Gesicht waren ungewaschen, ihr Kleid zerrissen. Und doch hätte man sie niemals übersehen. Vielleicht war es das faszinierend Wilde, Verschlossene ihres Ausdrucks, was den Blick des Betrachters festhielt. Wer Brand und sie zusammen sah, konnte nicht daran zweifeln, dass sie Vater und Tochter waren. Das Mädchen hatte nichts von der Offenheit und Lebendigkeit ihrer Jahre, vielmehr glich es einem Wesen, das ständig auf der Hut ist, gefasst auf immer neue Qualen und Schrecken, verschanzt hinter einem bitteren Gleichmut, der aufmerksameren Eltern ins Herz geschnitten hätte.

»Wo ist deine Mutter?«, fragte Brand.

»Oben. Sie wusste nicht, dass du heute kommst.«

»Sie braucht nichts für mich herzurichten. Sag ihr, dass ich da bin.«

Er ging nach links ins Wohnzimmer; die leere Wand rechts trennte das Haus von den Nachbarn. Er hatte von dem Kind, das er gezeugt hatte, keinen Kuss oder sonst ein Zeichen der Zuneigung erwartet, und auch er selbst hatte keine Anstalten dazu gemacht. Er hörte Eleanor langsam hinaufgehen und dachte: Wahrscheinlich wieder Ärger mit Sophy. Ein

Wunder, dass sie noch keins von den Gören umgebracht hat.

Das Wohnzimmer war das einer Schlampe: schmutzige Teller auf dem Tisch, ein zerrissenes Tischtuch, zerlumpte Kleidungsstücke auf den Stühlen und überall Staub. Er hatte deswegen oft mit seiner Frau geschimpft, doch heute nahm er es kaum wahr. Die Gegenwart hielt ihn nur noch mit leichtem Griff; vor ihm lag eine glänzende Zukunft, und auf sie freute er sich wie ein Reisender, dem der Gedanke an das Meer in der Ferne die Kraft gibt, es mit Sturm, Hitze und dem Staub in der Luft aufzunehmen, weil sie schon bald Vergangenheit sein werden.

Eleanor kam zurück und sagte, ihre Mutter werde gleich herunterkommen.

»War sie noch nicht angezogen?«, fragte Brand gleichgültig.

Das Kind schüttelte den Kopf. »Sie hat gesagt: ›Dann ist es jetzt wohl aus mit der Ruhe, also genießen wir sie, solange es noch geht.‹«

Zum ersten Mal betrachtete Brand seine Tochter mit Neugier. Ihre Worte hatten irgendwie trotzig geklungen, herausfordernd, als müsste sie sich behaupten, nicht gegen ihn, sondern gegen ihr eigenes Herz. Angesichts ihrer Einsamkeit und Entschlossenheit fühlte er sich einen Moment lang mit ihr verbunden.

Er lächelte schwach und sagte: »Manieren sind nicht gerade deine Stärke, was? In einem anständigen Haushalt wärst du jetzt versohlt worden. Aber hier gelten natürlich andere Maßstäbe.«

Sie verschränkte die Hände hinter dem Rücken und sah ihm gerade in die Augen. Er erwiderte ihren Blick, und plötzlich merkte er, dass sie zitterte. Im nächsten Moment hatte sie sich wieder in der Gewalt, aber die Angst blieb, auch wenn ihr Körper sie verleugnete. Er betrachtete sie genauer und mit wachsendem Wohlwollen. Sie fürchtete offensichtlich, er könnte seine nur so dahingesagten Worte wahr machen, und war entschlossen, ihm die Stirn zu bieten und die Folgen in Kauf zu nehmen. Schon jetzt, dachte er, forderte sie Aufmerksamkeit, ja sogar eine Art Respekt; ihre Persönlichkeit bildete sich bereits heraus. Mut – das ist die Antwort auf ihre Haltung, dachte er. Nur das ist wichtig. Mut und dass man weiß, was als Einziges im eigenen Leben zählt, dass man es nie wieder loslässt.

Sophy trat ein. Sie zerrte sich einen unförmigen Mantel um die Schultern, und aus einem schlampigen Knoten fielen Haarsträhnen über ihren Rücken herab. Mit ihren scharfen, habgierigen Zügen glich sie einem Raubvogel, der sich auf das Aas stürzt, und ihre hängenden Schultern, die Form ihrer Hände und das bösartige Glimmen in ihren Augen verrieten eine angeborene Grausamkeit. So schäbig wirkte sie, so arm, so hässlich und unsauber, dass Brand von einer Mischung aus Abscheu, Mitleid, Staunen und Scheu ergriffen wurde.

War ich wirklich so tief gesunken, hatte ich wirklich jeglichen Anstand verloren, sodass ich mir bei dieser Frau holen musste, was ich an Lust bekommen konnte?, dachte er. O Gott, was für ein Abstieg. Aber damit ist es jetzt vorbei.

»Was hat er gesagt, der Dreckskerl?«, fragte Sophy schroff. »Du weißt, was dir blüht, du ..., wenn du den Mund aufgemacht hast. In meinem ganzen Leben hab ich noch keine so verdammte Lügnerin gesehen.« Sie wandte sich ihrem Mann zu. »Aus der fließen die Lügen raus wie Wasser aus dem Hahn.«

Eleanor beobachtete ihre Mutter, bleich, abwehrend, auf der Hut. Brand wusste nun, warum die Frau bei seiner Rückkehr noch im Bett gelegen hatte. Diese langen Zechtouren waren einer der Schrecken seines Ehelebens gewesen. Noch immer nicht nüchtern, erschien sie ihm wie eine ekelhafte Krankheit, die sein Leben vergiftete.

»Du bist also wieder da?« Sie ließ sich auf einen Stuhl fallen.

»Du hast mich nicht erwartet?«

Sie zuckte mit den Schultern. »Wie auch?«

»Du hast gedacht, ich hab ihn umgebracht, wie alle anderen.«

»Besonders traurig bist du jedenfalls nicht, scheint mir.«

»Hätte ich ihn tatsächlich umgebracht, würde es dich auch nicht weiter scheren.«

»Warum auch, zum Teufel! Wir waren ihm ja nicht gut genug, haben ihn nie gesehen. Für uns ist das kein Verlust.« Sie beugte sich vor, und ihr stumpfes, primitives Gesicht verzog sich zu einem halb gierigen, halb schmeichlerischen Grinsen. »Wie bist du an das Geld gekommen, Brand? Erzähl mir nicht, dass er's dir geschenkt hat.«

»Du siehst jedenfalls keinen Penny davon«, erwiderte er kalt.

»Was soll das heißen?«

»Das soll heißen, dass der Scheck nichts weiter als ein Fetzen Papier ist. Vater war pleite, wie wir alle.«

»Und was hast du jetzt vor?«

»Abhauen natürlich.«

»Du hast das Geld doch gar nicht, das weiß ich.«

Brand lachte schrill. »Hast meine Taschen durchsucht,

was? Mein Gott, eine schöne Ehefrau bist du! Aber wie auch immer, ich gehe weg. Was kümmert's dich, wo ich das Geld dafür herhabe?«

»Was sagst du da? Du lässt uns im Stich?« Ihr Gesicht sah schrecklich aus.

Ihre Worte, ihr Äußeres, das Chaos, das sie in seinem Leben angerichtet hatte, seine Hoffnungen, die sie zunichtegemacht hatte – all das weckte einen brutalen Impuls in Brand. »Ja«, rief er bitter, »und ich danke Gott für die Chance!«

»Und wir sollen wohl verhungern?«

Sie stritten heftig, warfen einander Beleidigungen an den Kopf. Sophy rief, sie habe fünf Kinder zu ernähren, Brand konterte, sie sei früher arbeiten gegangen, sie könne auch jetzt arbeiten gehen, außerdem habe sie bestimmt noch andere Geldquellen.

»Du könntest es zum Beispiel mal bei Ferdinands Vater probieren«, schlug er vor.

Sophy wurde so ausfällig, dass selbst das Kind, das solche Auftritte gewöhnt war, hinter den ramponierten Polstersessel am Kamin zurückwich. Es war eine schreckliche Szene, nicht so sehr wegen der hässlichen Worte, die dabei fielen, als vielmehr wegen der ungenierten, schamlosen, von keinerlei Anstand und Selbstachtung verhüllten Selbstentblößung beider Beteiligter. Für diese Frau, die unfehlbar die rohesten Leidenschaften in ihm weckte, vermochte Brand kein Mitleid aufzubringen. Jede Untreue in der Vergangenheit, jede Misshandlung, jeder Grund zur Klage, jedes Kapitulieren vor einem niederen Instinkt, den keiner von beiden zu bemänteln suchte – all diese Erinnerungen, all die Bitterkeit, all die Hässlichkeiten und Grausamkeiten schossen die Partner dieses unseligen Paares wie Raketen aufeinander ab. Bei Brand öffneten sich die Schleusen der Selbstbeherrschung, die eine Woche lang dem Ansturm seiner Ängste und all der Verdächtigungen standgehalten hatten. Die Frau dagegen war so weit von jeder Selbstachtung entfernt, dass ihr das Entwürdigende der Szene gar nicht bewusst wurde.

»Meine liebe Sophy, sei doch vernünftig«, sagte Brand leichthin. »In vier Wochen wirst du genauso dankbar für die Veränderung sein wie ich. Du gewinnst dadurch mehr Spielraum.« Wieder lachte er.

Ob er die Kinder jetzt vollends im Stich lassen wolle, fauchte Sophy.

»Für sie macht das doch keinen Unterschied«, sagte Brand. »Ob ich hier bin oder ein anderer Mann …«

Eleanor spürte plötzlich, wie etwas in ihr auf diesen hitzigen Schlagabtausch reagierte. Eine eigenständige Persönlichkeit, anders als ihre Eltern, schon jetzt mit eigenen Träumen und Fantasien, wurde sie herumgeschoben wie ein Gegenstand, den man mal in ein Regal, mal in einen Schrank stellt, ohne einen Gedanken daran zu verschwenden. Sie kam hinter ihrem Stuhl hervor. Ihre Instinkte waren die eines Tieres, das an Peitschenhiebe und Verfolger gewöhnt ist.

»Wenn Vater weg ist, dann bleibt der Mann, der diese Woche bei uns gewohnt hat, bestimmt für immer, oder, Mutter? Ich mag ihn, er schenkt mir manchmal einen Penny.«

Ihre Miene, als sie ihren kleinen Kopf zurückwarf, ihr kalkuliert dreistes Auftreten gegenüber beiden Eltern versetzten Sophy in eine unbändige Wut. Sie stürzte sich auf das entsetzte Kind und ohrfeigte es, bis es völlig benommen war. Brand setzte sich auf die Tischkante. Er hatte angefangen zu lachen. Wie am ersten Weihnachtstag in King's Poplars konnte er sich zunächst nicht beherrschen. Er schien gar nicht wahrzunehmen, wie seine Frau das Kind behandelte, als sie es nun zur Tür hinauswarf und hinterherschrie: »Du wartest oben auf mich. Dir bring ich bei, den Mund zu halten, du kleiner Teufel, und wenn ich dabei draufgehe!«

Als die Tür ins Schloss fiel, mäßigte Brand sein Gelächter. »Meine liebe Sophy«, sagte er spöttisch, »ich gratuliere dir. Du glaubst doch nicht, dieses Kind hätte mir irgendwas gesagt, was ich nicht längst weiß? Freut mich zu hören, dass der Mann dir treu zu sein scheint.«

»Ja. Du wärst froh, wenn du nicht mehr für mich aufkommen müsstest, was? Aber so leicht kommst du mir nicht davon. Was ist, wenn sie statt dir diesen anderen drankriegen? Glaubst du, ich weiß nicht, dass du den Mord begangen hast?«

»Angenommen, du hast recht«, erwiderte Brand gedehnt und im selben spöttischen Ton wie zuvor. »Was erwartest du von mir? Eine großmütige Geste? Meine Herren, Sie irren sich. Ihr Häftling ist unschuldig. Sehet, welch ein Mensch.« Er schlug sich theatralisch an die Brust. »Aber das würde dir nicht in den Kram passen. Und es könnte auch deinen treu ergebenen Beschützer in die Flucht schlagen. Witwe eines Mörders ...« Er lachte.

Oben stand Eleanor in ihrem schmutzigen Hemd am Fenster, das ein Stück offen stand (die Schnüre waren gerissen und das Fenster klemmte; auch bei Eiseskälte konnte man es nicht mehr schließen), und schnappte Bruchstücke des Gesprächs auf, die sie mit ihrem instinktiv scharfen Verstand zusammenfügte. Es schockierte sie weder noch ängstigte es sie, dass ihr Vater so höhnisch lachend seine Schuld eingestand; ob er seinen Vater getötet hatte oder nicht, ging sie nichts an. Aber sie begriff, dass er fortwollte, und obgleich sie ihn nicht liebte, war er doch eine feste Größe in ihrem Leben, und deshalb wollte sie nicht, dass er ging.

Die Tür flog auf, und Sophy stürmte herein, das Gesicht dunkel vor Wut. Eleanor erstarrte. Die Unflätigkeiten, die sie nun zu hören bekam, waren für sie so natürlich wie die Babysprache glücklicherer Kinder, doch selbst ihr Mut war am Ende nicht gefeit gegen die rasenden Schläge ihrer Mutter. Übel zugerichtet und ihrer Selbstachtung beraubt, dieses Panzers, der ein einsames Kind vor der Verzweiflung schützt, war sie ihnen hilflos ausgeliefert. Brand versank wieder in einen Tagtraum, und bis er merkte, dass die Schreie, die an sein Ohr drangen, aus seinem eigenen Haus kamen, vergingen mehrere Minuten. Dann aber stürzte er nach oben und entriss seine Tochter den Händen der Mutter.

»Mein Gott, Sophy, reicht dir ein Mörder in der Familie nicht? Kannst du dich nicht ein einziges Mal beherrschen?«

Er stieß das verblüffte Kind aufs Bett und fuhr Sophy an: »Hör auf mit dem Lärm! Halt den Mund, wenn du Ruhe haben willst.«

Blinde Wut über die entwürdigende Situation und die schreckliche Angst, ein Moment des Mitleids mit dem misshandelten Kind könnte seine Entschlossenheit ins Wanken bringen, machten Brand grausam und unbarmherzig. Als Sophy hämisch sagte: »Sieh einer an, der liebevolle Vater!«, entgegnete er bewusst hart: »Ist sie jetzt dran? Noch fünf Jahre, und sie macht einem Mann das Leben zur Hölle. Dazu sind Frauen da.«

Er ging ins Schlafzimmer und begann, Kleidungsstücke in eine Kiste zu werfen. Auf Sophys schrilles Leugnen und ihre Beleidigungen achtete er nicht mehr. In seinem Kopf hatte ein Pulsieren eingesetzt, das ihn davor warnte, sich noch länger mit dieser Frau, mit der er verheiratet war, unter einem Dach aufzuhalten. Auf dem Weg vom Bahnhof hierher hatte er sich eine kurze, wirkungsvolle Szene ausgemalt, nicht diese widerwärtige Zurschaustellung der schlimmsten Zwänge und Gefühle eines Mannes. Es war, als beträte man einen Schuppen voller Unrat und käme schmutzstarrend wieder heraus. Er knallte den Deckel der Kiste zu – sie hatte weder Schlösser noch Gurte – und trug sie in den engen Flur hinaus. Sophy folgte ihm und fuhr fort, ihn als Mörder zu beschimpfen.

»Warte nur, bis der Prozess anfängt«, höhnte sie. »Wer soll dir schon glauben? Adrian Gray hätte dir doch nie zweitausend Pfund gegeben und auch nicht so getan, als ob. Warum auch? Kein Wort wird man dir glauben. Du konntest ihm keine Angst machen. Du zählst doch überhaupt nicht, du nicht, und wenn du noch so eine verdammt hohe Meinung von dir selbst hast!«

Brand floh aus dem Haus und spürte, wie alle Schmach und alles Elend wie eine Nussschale von ihm abfielen. Endlich war er frei. Die Zukunft erschien ihm nur noch wie eine leere Leinwand, die auf seinen Erfolg wartete. Dass man Eustace freilassen und ihn, Brand, verhaften könnte, kam ihm nicht in den Sinn. Bis zur Verhandlung waren es noch einige Wochen, und die Zeit bis dahin war allein seinem Privatleben vorbehalten. Sie durfte nicht unterbrochen, nicht gestört werden durch den Wust aus Angst und Verdächtigungen, in dem ein Prozess gegen ihn stattfinden würde. Noch am selben Abend verließ er England, und sogleich verschluckten ihn die Außenbezirke von Paris, des Paris, das er kannte. Anonym wie ein Schatten betrat und verließ er die hohen, schmalen Häuser, redete an Straßenecken und in Cafés mit Männern, trank, arbeitete und machte Pläne, so losgelöst von allem, was je geschehen war, als hätte er mit jenem anderen Hildebrand Gray, den die Welt gekannt hatte, nichts zu tun. Es war weder Ruhm noch Hoffnung, wonach er in dieser Zeit unermüdlich strebte. Nachdem er erkannt hatte, welche Arbeit er tun musste, nahm er sie in Angriff; die Folgen, fand er, gingen ihn nichts mehr an. Gespannt, elektrisiert und unbezähmbar schöpfte er sein neues Leben aus.

*Sechster Teil*

# ZEUGE DER VERTEIDIGUNG

# 1

Auf der Rückfahrt sagte Miles Amery besorgt zu seiner Frau: »Mir gefällt das nicht, Ruth. Ich komme mir vor wie ein Kommilitone von mir in Charterhouse. Er war ein R.C., für das Priesteramt bestimmt, ein netter Kerl. Aber eines Tages – er war ungefähr achtzehn – kam er zu mir und sagte: ›Es geht nicht. Ich kann nicht so weitermachen.‹ Ich fragte ihn, was sein Problem sei. Ich dachte, vielleicht ist es die Disziplin, die die katholische Kirche ihren Priestern auferlegt: Sie müssen gehen, wohin man sie schickt, sie dürfen nicht heiraten und so weiter. Aber das war's nicht. Es war das Dogmatische, was ihm zusetzte. ›Ich beneide die Tiefgläubigen und die überzeugten Atheisten‹, sagte er. ›Ich wäre froh und dankbar, wenn ich zu den einen oder den anderen gehören würde. Aber ich befinde mich in der schrecklichen Lage zu wissen, dass die katholische Religion die wahre ist, und glaube trotzdem kein Wort davon.‹ So ähnlich geht es mir im Moment auch.«

»Mit Eustace?«

»Ja. Alles spricht dafür, dass er schuldig ist, aber das glaube ich keine Sekunde. Erstens: Warum hätte Vater ihm das Geld geben sollen? Zweitens: Denkst du, einer wie Eustace, für den Risiken und Ausweichmanöver sein täglich Brot sind und immer waren, wirft alle seine Hoffnungen (die sich ja auf Mr. Gray richteten) für einen kindischen Wutausbruch fort? So etwas sieht eher Brand ähnlich als irgendjemand anderem im Haus, und deshalb richtet sich mein Verdacht trotz der Beweislage immer wieder gegen ihn. Wäre es eine vorsätzliche Tat gewesen, hätte ich Eustace sofort für den Schuldigen gehalten und geschworen, dass Brand unschuldig ist. Psychologisch gesehen könnte Brand seinen Zorn genauso wenig über längere Zeit aufrechterhalten, wie Eustace jemandem einen Briefbeschwerer auf den Kopf schlagen könnte. Du darfst nicht vergessen, dass der Mann ein Spieler ist, ein Spekulant. Es muss schon öfter Spitz auf Knopf für ihn gestanden haben, aber bis jetzt hat er sich immer irgendwie aus der Affäre gezogen. Da wird man vorsichtig – es mag eine rücksichtslose Vorsicht sein, aber immerhin. Man ist dann permanent auf der Hut. Manches mag stark genug sein, um diesen Schutzwall zu durchbrechen, aber dein Vater war es bestimmt nicht. Ein Mann mit Eustaces Erfahrung sieht nicht rot und begeht einen Mord nur wegen ein paar harter Worte, mit denen er wahrscheinlich ohnehin gerechnet hatte. Außerdem hätte er deinem Vater sehr übel mitspielen können, solange er lebte; nach seinem Tod ist Gray von keinerlei Nutzen mehr für ihn. Wir haben es mit einer Neuauflage des Londoner und des New Yorker Börsenkrachs zu tun, und ich sehe nicht, wie dein Vater sich da hätte raushalten können. Selbst wenn er ungeschoren davongekommen wäre – sein Ruf hätte gelitten. Und da ist noch etwas. Der Scheck. Hätte Eustace ihn tatsächlich in die Finger bekommen, hätte keine Macht der Welt ihn dazu bringen können, ihn zu vernichten.«

»Oh Miles«, sagte Ruth bekümmert, »du wirst dich doch

nicht für Eustace einsetzen? Selbst wenn er Vater nicht getötet hat - er hat Tausende von armen Leuten ruiniert, und das ist viel schlimmer. Die vielen Selbstmorde gehen auf Eustaces Konto.«

Miles berührte liebevoll ihre Hand. »Vergiss nicht, dass du mit einem Anwalt sprichst«, sagte er. »Das sind keine Beweise.«

Doch obwohl er entschlossen war, sich die Sache aus dem Kopf zu schlagen, weil sie ihn einfach nichts anging, ertappte er sich dabei, dass er in jeder ruhigen Minute eine undichte Stelle aufzuspüren suchte, eine falsche Fährte, einen Punkt, an dem die Polizei in die Irre gegangen war. Wie immer, wenn er in dieser Stimmung war, verlor er die Persönlichkeiten aus dem Blick, er war nicht pro Eustace oder kontra Brand. Er war für Aufklärung und gegen Unklarheit.

## 2

Es gibt eine Theorie, der zufolge man genau die Begebenheiten und Schicksalsfügungen auf sich zieht, mit denen man sich gedanklich am meisten beschäftigt. Miles hatte nie an diese These geglaubt, sich nie auch nur damit beschäftigt. Kurz vor der Verhandlung aber wurde er aus dieser komfortablen Ahnungslosigkeit herausgerissen und mit einer Situation konfrontiert, die seine Integrität und seine persönlichen Gefühle auf eine sehr harte Probe stellen sollte. Eines Vormittags, als er an seinem Schreibtisch arbeitete, kam sein Gehilfe herein und sagte, eine junge Frau wünsche ihn zu sprechen.

Ihren Namen habe sie nicht genannt; er kenne sie ohnehin nicht, habe sie gemeint.

»Sagen Sie ihr, ich brauche einen Namen, für anonyme Mandanten bin ich nicht zu sprechen.« Miles dachte an die vielen verwirrten Männer und Frauen mit ihren haarsträubenden, irrationalen Klagen, die ihm seine Zeit stehlen wollten, ohne dafür zu zahlen.

Edwards kam zurück und sagte, die junge Frau heiße Teresa Field, sie glaube jedoch nicht, dass Mr. Amery sich an ihren Namen erinnere.

»Hm.« Miles dachte nach. »Nein, stimmt, der Name sagt mir nichts. Wer mag das sein?«

»Soll ich sie hereinführen, Sir?«

»Ja, führen Sie sie herein.«

Die Frau war etwa vierundzwanzig Jahre alt, sie hatte das Stämmige, Rosige einer Landbewohnerin und war tadellos in Schwarz gekleidet, mit Stoffhandschuhen und vernünftigen, auf Hochglanz polierten, vorne eckigen Schuhen. Sie benahm sich ehrerbietig, ohne jedoch unterwürfig oder allzu beflissen zu wirken. Das Gesicht mit den klaren Augen strahlte Ruhe aus. Auf den Stuhl, den Miles ihr anbot, setzte sie sich kerzengerade, wie jemand, der es nicht gewöhnt ist, in Anwesenheit Höhergestellter bequem zu sitzen. Miles hielt sie für eine Verkäuferin oder eine Bedienstete in einem vornehmen Haus. Irgendwie kam sie ihm bekannt vor, er wusste nur nicht, woher, und das ärgerte ihn, denn er hielt sich etwas auf sein Personengedächtnis zugute.

Sie sprach leise und deutlich, wie es für die Grafschaft, aus der sie stammte, typisch war.

»Es tut mir wirklich leid, Sir, vielleicht hätte ich nicht kommen sollen, aber so etwas ist mir noch nie passiert, und ich wusste nicht, was ich machen sollte. Niemand konnte mir Genaueres sagen, und da dachte ich, Sie kennen sich doch mit den Gesetzen aus, vielleicht können Sie mir's sagen.«

»Was sagen?«

»Was ich machen soll. Ich weiß, Sie haben wenig Zeit, wegen dieser schrecklichen Sache mit Mr. Gray ...«

Da fiel es ihm wieder ein: Sie war Dienstmädchen im Herrenhaus von King's Poplars.

»Natürlich! Wir haben uns an Weihnachten gesehen, nicht wahr?«

»Ja, Sir.«

»Sind Sie noch dort?«

»Also – nicht direkt, Sir. Darüber wollte ich auch mit Ihnen sprechen. Jetzt, wo Mrs. Gray und Miss Gray weg sind, werden wir nicht mehr gebraucht. Ein anderer Gentleman hat das Haus gekauft, Mr. Richard wollte auf keinen Fall dort wohnen.«

Das wusste Miles bereits, und er lenkte das Gespräch wieder auf das Anliegen seiner Besucherin. Sie beantwortete seine Fragen verständig und ohne zu stocken und strich dabei eine kleine rehbraune Stola auf ihren Knien glatt. Nachdem sich der Haushalt aufgelöst hatte, sagte sie, habe sie Mrs. Cochrane, die Haushälterin, die sich bis zum Einzug des neuen Eigentümers um das Haus kümmerte, um eine Empfehlung für eine besser bezahlte Anstellung in der Umgebung gebeten. Dort sei man sehr angetan von ihr gewesen, habe aber noch ihre Referenzen abwarten wollen. Zu ihrer, Miss Fields, Verwunderung habe sich Mrs. Cochrane jedoch geweigert, sich für sie zu verwenden. Miles erinnerte sich an die sauertöpfisch wirkende hochgewachsene Frau mit dem verkniffenen Mund.

»Sie hat gesagt, sie sei nicht so dumm, wie manche Leute glauben«, fuhr Miss Field fort, »und sie hofft doch, ein Christenmensch zu sein.«

»So kann man's auch ausdrücken, wenn man Ärger machen will«, sagte Miles.

»Ich hab sie gefragt, was sie gegen mich hat, wo ich doch drei Jahre im Herrenhaus war und nie Klagen kamen«, fuhr die Frau ernst fort. »Erst wollte sie nichts sagen. Dann hat sie gesagt, sie weiß, was sie weiß, und sie war von Anfang an dagegen.«

»Wogegen?«

»Dass ich ins Herrenhaus komme, Sir. Jeder weiß ja über meine Schwester Bescheid, hat sie gesagt, so was spricht sich herum.«

»Und was genau?«

»Eigentlich war gar nichts an Betty auszusetzen, sie war nur ein bisschen verrückt, sie war nämlich sehr gescheit und hatte gern ein bisschen Spaß. Aber die Leute reden nun mal, egal, ob es was zu reden gibt oder nicht, also ist sie nicht in Munford geblieben, sie ist nach London und hat als Zimmermädchen in einem großen Hotel gearbeitet. Inzwischen ist sie verheiratet und hat ein Baby, aber Mrs. Cochrane sagt, das ist egal.«

Miss Field hatte auf Erklärungen gedrängt, auf Genaueres, Konkretes, und nach vieler Mühe hatte sie erfahren, dass sich an Heiligabend jemand im Gärtnerhaus am Parktor danebenbenommen hatte. Ein Dienstmädchen hatte der Haushälterin berichtet, sie habe starke Zahnschmerzen gehabt und

Laudanum genommen. Aus ihrem Fenster habe sie ein anderes Dienstmädchen um zwei Uhr morgens aus dem Gärtnerhaus kommen und die Zufahrt hinauf zum Herrenhaus und in einen Seiteneingang schleichen sehen.

»Sie sagt, das war ich, Sir.« Die junge Frau war sichtlich bekümmert und doch erstaunlich beherrscht. »Aber das stimmt nicht. Selbst wenn ich so ein Risiko eingehen würde, was ich nicht tun würde, also ich - ich will damit sagen, dass mich so was gar nicht interessiert.«

Miles glaubte, sie spreche von einem festen Verehrer, doch sie sagte: »Nein, Sir, ich mache mir nur nichts aus so etwas. Es führt doch nirgendwohin.«

Miles wandte ein, dass es immerhin zu Heim und Familie führe.

»Ich hab gemeint, Sir, dass es nicht dahin führt, wo ich hinwill. Ich hab zwei verheiratete Schwestern, und bei beiden hab ich schon mal gewohnt. Na ja, für sie ist das ja alles schön und gut, sie mögen es, aber mir hat es gezeigt, dass es nichts für mich ist.«

»Und was wäre etwas für Sie, können Sie das sagen?«

»O ja, Sir. Aber wenn ich die Stelle nicht kriege, dann kriege ich auch keine andere, weil ich ja keine Referenzen habe. Also komme ich nirgendwohin.«

»Was wäre denn die ideale Anstellung für Sie?«

Sie hatte sich so in Fahrt geredet, dass sie nun freimütig ihre Vorstellungen beschrieb. »Ich wäre gern selbst Haushälterin, Sir«, sagte sie strahlend, und ihr Gesicht leuchtete warm und hoffnungsvoll. »Ich hätte gern mein eigenes Zimmer und ein großes Haus, für das ich verantwortlich wäre. Freitags würde ich dann den Wäscheschrank durchmustern, mit den ganzen

Handtüchern und Servietten und Tischdecken in perfekten Stapeln, und ich wäre dafür verantwortlich.«

Miles ließ sich von ihrer Begeisterung mitreißen. Sie sprach, wie Pilger sprechen, wenn das gelobte Land in Sicht kommt, wie Künstler durch alle Epochen gesprochen haben, sie sah sich als Dienerin in dem schönen, freundlichen Haus ihrer Fantasie, in dem sie, stets dienend, durch fein ausgestattete Räume wanderte. Eine flammende Lebendigkeit beseelte noch ihre banalsten Sätze. Für sie war dieses perfekte Haus das vollkommene Gedicht, das frappierende Gemälde, das Kunstwerk schlechthin.

Miles ließ sie reden. Sie erinnerte ihn an einen Freund, einen Mann von feinem Empfinden, der Vororthäuser entwarf, die in krassem Gegensatz zur Masse schlampig gebauter Kästen standen, wie sie die Landstriche zwischen Newcastle-on-Tyne und Cornwall verschandelten. Sie waren schön, diese kleinen Vorortvillen, deren Eigentümer sie freilich nur unter dem Aspekt der Kosten und der Zweckmäßigkeit betrachteten. Solche Menschen, dachte Miles, ob bescheiden oder anspruchsvoll, schöpften aus derselben Quelle, einer Quelle, die er schon vor langer Zeit in Brand entdeckt hatte.

»Ich kann gar nicht zwischen zwölf und zwei beim Gärtner gewesen sein, wie Morton behauptet«, fuhr Miss Field fort, »denn ich war in meinem Zimmer und habe an das Haus gedacht, das ich einmal führen will, und auch an Weihnachten hab ich gedacht. Weihnachten war bei uns daheim immer eine große Sache, wir haben nie ohne einen Christbaum, ein großes Fest und einen Tanzabend im Gemeindehaus gefeiert. Aber im Herrenhaus war's nicht gerade lustig. Es ist eins von den Zwischenhäusern.«

Neugierig geworden, fragte Miles, was sie damit meine. Sie erklärte ihm ernsthaft, dass arme Leute, solche zum Beispiel, denen es nichts ausmache, von den Grays gewöhnlich genannt zu werden, deshalb lustig seien, weil sie nichts dabei fänden, ihre derben Freuden auszuleben. Reiche und vornehme Leute seien ebenfalls lustig, weil sie gar nicht auf den Gedanken kämen, dass man sie kritisieren könnte, oder wenn doch, dass es irgendwie von Belang wäre. Leute wie die Grays aber blieben ernst und feierlich, weil sie sich nicht mit den ausschweifenden niederen Ständen gemeinmachen wollten und nicht genug Selbstbewusstsein besäßen, um gegen Kritik gefeit zu sein.

»Ich bin nicht gleich ins Bett, als ich in mein Zimmer kam. Ich war noch so aufgedreht, wie immer an Weihnachten. Die Briefe von daheim und die Päckchen hatte ich noch gar nicht aufgemacht, damit wollte ich warten, bis wirklich Weihnachten war, so wie wir's zu Hause immer gemacht haben. Ich fand die Vorstellung schön, dass wir, obwohl wir nicht beisammen sein können, unsere Geschenke alle ungefähr gleichzeitig auspacken. Ich hab also gewartet, bis die Uhr geschlagen hat, dann hab ich die Päckchen aufgemacht. Ich hatte ziemlich viele, weil wir uns alle was schenken, und wenn es noch so klein ist, und wir sind immerhin neun. Als ich alle Briefe zweimal gelesen hatte, hab ich mich ans Fenster gesetzt und nachgedacht. Ich konnte noch nicht schlafen. Es war mein ganz persönliches Weihnachten. Am nächsten Tag würde es eine einzige Hetzerei geben, damit alles pünktlich fertig wird, es waren ja viel mehr Leute im Haus als sonst. Daheim sind wir morgens immer alle zusammen in die Kirche, und nach dem Gottesdienst mit den ganzen Weihnachtsliedern, den Stechpalmenzweigen, der Watte und den roten Beeren an den Fenstern und um die Kanzel hatten wir's eilig, nach Hause zu kommen und das Essen auf den Tisch zu bringen. Das vermisse ich am meisten, seit ich in Stellung bin, und das wird mit der Zeit auch nicht besser. Fünf Weihnachten war ich schon nicht mehr daheim, und jedes Jahr frage ich mich, ob irgendwas passiert, damit ich nach Hause zurückkann, auch wenn jetzt nicht mehr so viele da sind, nur Mutter und meine beiden Schwestern; ein verheirateter Bruder mit seiner Frau und seinen drei kleinen Töchtern kommt auch immer. Und manchmal jemand von den anderen. Also, wie gesagt, ich saß am Fenster und hab in den Schnee rausgeschaut und mich gefreut, weil es so weihnachtlich aussah, und ich hab nicht weiter an die anderen im Haus gedacht, bis plötzlich in einem Fenster rechts das Licht anging. Sie kennen ja das Haus, es ist L-förmig gebaut, daher wusste ich, dass da drüben jemand von den Damen oder Herren schlafen ging, und ich dachte, der sieht, dass bei mir noch Licht brennt, es ist schon fast zwei, und wenn er das Miss Amy sagt, bekomme ich Ärger. Es musste ein Gast sein, denn Mrs. Gray, Miss Amy und Mrs. Devereux schlafen weiter hinten. Da kam ein Mann ans Fenster und blieb dort stehen, so wie ich an meinem Fenster stand, und dann hat er den unteren Teil hochgeschoben und rausgeschaut. Es war Mr. Brand, ich hab ihn ganz deutlich gesehen, und sein Gesicht war so anders als das von den meisten im Herrenhaus, dass ich ihn eine Weile nur angeschaut habe. Er war so – so voller Leben, wenn Sie verstehen, was ich meine, so als ob er das Zimmer von seiner Haushälterin vor sich sieht. So froh sah er aus, dass mir ganz warm ums Herz wurde, als ob da noch jemand im Haus wäre, der weiß, wie ich mich fühle, obwohl er ja gar nicht wusste, dass ich mich so fühle. Dann hat es zwei geschlagen, und er hat direkt zu mir rübergeschaut. Ich hatte den Vorhang zur Seite geschoben, um mir den Schnee anzusehen, aber dann kam ich mir ein bisschen dumm vor und dachte, vielleicht fragt er sich, was ich da mache. Was einem normal vorkommt, wenn man allein ist, kann ja ganz anders aussehen, wenn einen jemand dabei beobachtet. Da hab ich das Licht ausgemacht und mich im Dunkeln ausgezogen und gehofft, dass er mich nicht verrät. Denn wenn Mrs. Cochrane erfahren hätte, dass bei mir die ganze Zeit das Licht gebrannt hat, hätte ich Ärger bekommen.«

Sie hatte sich in Hitze geredet, und ihre Wangen glühten, doch nun verdüsterte sich ihr Blick wieder. »Ich weiß natürlich nicht, ob das alles irgendwas nützt«, sagte sie. »Manche werden mir nicht glauben und vielleicht sagen, ich hätte das Licht ja nicht ohne Grund angelassen. Aber ich wollte wissen, Sir, ob ich da irgendwas machen kann.«

Miles fragte, ob Brand noch in Kleidern gewesen sei, als er am Fenster stand, und Miss Field bejahte entschieden; er habe einen blauen Anzug getragen. Eine ganze Weile habe er da gestanden. Nachdem sie zu Bett gegangen sei, habe sie nicht gleich einschlafen können, sie sei so glücklich gewesen in ihrer friedlichen Einsamkeit, und es habe noch eine Weile gedauert, bis auch er vom Fenster verschwunden sei.

## 3

Aufgewühlt verließ Miles das Büro. Was er soeben gehört hatte, warf ein ganz neues Licht auf das Geschehen, und das beunruhigte ihn, es ärgerte ihn sogar, denn er hatte keine Lust, bei dem bevorstehenden Prozess groß in Erscheinung zu treten. Er ging am Ufer entlang Richtung Westminster. Er war mit einem Mandanten zum Dinner verabredet, doch er war so durcheinander, dass er nicht auf die Uhrzeit achtete. Auf den trägen, öligen Wellen schaukelten die vertäuten Boote und Lastkähne. Ein deutsches Handelsschiff mit bunten Bändern am Schornstein fuhr behäbig und würdevoll vorbei, wenig später gefolgt von einem weit auseinandergezogenen Konvoi durch Taue verbundener Frachtkähne. Auf dem ersten saß müßig rauchend ein Mann und blickte in die frühe Februardämmerung, auf dem zweiten flatterte Wäsche an einer Leine - rosa Hemden und eine blaue Schürze, lange Unterhemden, Socken und ein unförmiges Nachthemd - und blähte sich in der kühlen Brise, auf dem dritten stellte ein barfüßiges Mädchen in einer rosa Flanellbluse einen Wasserkessel auf einen kleinen Ofen, auf dem vierten kämmte sich eine riesige, schlampig wirkende Frau das Haar. Miles blieb stehen und schaute zu, wie die Schiffe langsam vorüberzogen. Andere Ellbogen ruhten neben seinen auf der abgenutzten Brüstung; einige ihrer Besitzer betrachteten die Leuchtreklamen für Whisky, Mehl und Zigaretten am anderen Ufer. Die robusten Silhouetten von Kränen und Baggern ragten rauchgrau vor dem perlfarbenen Himmel auf; es war die Farbe jener dunklen Perlen, dachte Miles unvermittelt, die Ruth so bewunderte. Scheue Liebende standen flüsternd nahe beieinander und berührten sich an den Händen. Schlanke, gepflegte junge Frauen mit Aktentaschen eilten vorüber – erstaunlich, wie frisch sie nach einem Arbeitstag in warmen, lauten, schlecht belüfteten Räumen noch wirkten. Weniger frisch wirkende junge Männer gingen die menschenwimmelnden Bürgersteige entlang und redeten von Elektrizität und Geschwindigkeit, den Göttern der neuen Zeit. Am Bordstein verkaufte eine Frau welke Chrysanthemensträuße, weiter vorn bot ein alter Mann Knöpfe und Schnürsenkel feil. Die Free-Line-Busse, die in einer langen Kolonne heranfuhren, füllten sich rasch. Miles fing Gesprächsfetzen auf, Fragmente unverständlicher Unterhaltungen, Bekenntnisse, Bedenken. Sie ergaben bei weitem kein vollständiges Bild, und doch weckten sie in ihm die instinktive Neugier, die das ganze Leben zu einem prächtigen, funkelnden Schauspiel machte, sodass die Sache mit Brand zu einem bloßen Detail auf einer übervollen Leinwand verblasste.

»Und wenn in der Bude kein Platz ist, müssen wir ins Kino. Anders geht's bei mir heute Abend nicht.«

»Wie wär's mit dem Croon an der Victoria Station? Man muss zwar lange warten, aber die machen einen leckeren Käsetoast für einen Shilling, und es ist auch nicht so laut dort.«

»Was er gern hätte, das wäre ein Automat. Man wirft einen Shilling rein, und raus kommen eine Menge Briefe. Dem kann man auch einen Tritt versetzen, und er tritt nicht zurück – eine sichere Sache also. So was hätte er gern als Sekretärin.«

»So was hast du noch nicht gesehen: ein Unterhemd unterm Pyjama, und die Zahnbürste – grauenhaft.«

»Peter hat angeboten, mir fünfzehn Pfund zu leihen, wenn ich die restlichen zehn auftreiben kann. Schlau ist das nicht gerade, aber wen juckt's? Wir nehmen ja nicht Scharen von Mädchen mit. Aber stell dir vor, du kannst sonntags fahren, wohin du willst und wann du willst, kein Gedränge auf dem Bahnhof, kein Schlangestehen an der Bushaltestelle – und die Mädels bestimmen, wohin es geht.«

»Und die Sommerabende, Junge, Junge ... In der Nähe von Leatherhead gibt's ein Schwimmbad.«

Die aufgedrehten jungen Männer gingen weiter. Benzingeruch hing in der Luft, der Rauch billiger Zigaretten, der Duft von Gesichtspuder und parfümierten Kunstblumen, die die Frauen am Revers ihrer Mäntel trugen; und doch vibrierte die Luft von Leben. Wie schon so oft kam Miles sich vor wie in einem gigantischen Zirkus voller Lichter, Stimmen, Abenteuer, Gefahr und Magie. Das führte ihn geradewegs zu einem anderen Gedanken. Eustace – auf seine berechnende Art genoss sein Schwager das Leben, auch wenn er wenig von dessen Farbigkeit und wandelbarer, trügerischer Schönheit wahrnahm. Der Anwalt in Miles konnte Ruths leidenschaftliches »Aber er hat ein Dutzend Menschen auf dem Gewissen!« und Isobels freimütiges »Was für ein Recht zu leben hat so ein Mensch?« nicht akzeptieren. Eustace hatte, sofern er nicht Adrian Grays Mörder war, nach dem Gesetz genau das gleiche Recht zu leben wie seine erbittertsten Kritiker.

»Der Punkt ist«, argumentierte Miles erregt, während er auf die Westminster Bridge zusteuerte, wo vor dem Hintergrund des Westminster Palace und des dunkelnden Abendhimmels unentwegt voll besetzte Busse vorbeifuhren und Fahrräder,

Karren, Autos, Lastwagen und Straßenbahnen ratterten, klingelten und blinkten, »der Punkt ist: Bin ich verpflichtet, mich zu melden? Ich kann ja nichts beweisen, nur dass Brand sich nicht ganz an die Tatsachen gehalten hat. Ich kann nicht beweisen, dass er etwas mit Vaters Tod zu tun hat. Ich kann Eustace nicht entlasten. Ich könnte eine Menge Staub aufwirbeln und eine neue Theorie entwickeln, aber was würde das bringen?«

Er beleuchtete die Frage von allen Seiten, während er geistesabwesend in die Victoria Street einbog und in Richtung Sloane Square ging, wo er verabredet war. Dass sein Name dann in aller Munde sein würde, störte ihn nicht weiter; an üble Nachrede gewöhnen sich Anwälte früh.

»Es sagt natürlich einiges, dass Brand einen falschen Zeitpunkt angibt, zu dem er schlafen gegangen sei, und dass er außerdem behauptet, Eustace auf der Treppe begegnet zu sein. Dass Eustace das auch dann bestreiten würde, wenn er ihm tatsächlich begegnet wäre, ist ziemlich unwahrscheinlich. Er hat es aber von Anfang an bestritten. Brand sagt, er sei vor Mitternacht zu Bett gegangen, bevor irgendjemand von uns offiziell von dem Mord wusste. Seine Aussagen sind genau das, was man erwarten würde, wenn er schuldig wäre. Aber gehen wir jetzt mal von dem neuen Indiz aus. Angenommen, Brand war um zwei in der Bibliothek. Was sagt uns das? Romford zufolge wurde Gray in den frühen Morgenstunden getötet, wahrscheinlich zwischen eins und zwei, möglicherweise auch später, weil wegen des offenen Fensters die Leichenstarre besonders früh eingesetzt haben könnte. Dass es zwischen Brand und Adrian zum Streit kam, kann man sich denken. Aber was ist mit dem Scheck? Weshalb hätte

Brand mit seinem Vater streiten sollen, wenn er den Scheck bereits in der Tasche hatte? Deswegen war er ja überhaupt nach King's Poplars gekommen. Und würde er auf irgendeine kränkende Bemerkung hin wirklich zuschlagen, wo sich ihm doch nach Jahren endlich eine Möglichkeit bot, sein Leben nach seinen eigenen Wünschen zu gestalten?«

Dann war da noch die Frage des Schecks für Eustace, der in den frühen Morgenstunden des ersten Weihnachtstages ausgestellt worden war. Wenn Brand seinen Vater umgebracht hatte, dann musste Eustaces Scheck jedoch vor Brands Auftauchen in der Bibliothek ausgestellt worden sein. War Eustace also vor seinem Schwager dort gewesen? Und wenn ja, wie erklärte es sich dann, dass sein Scheck später als der von Brand ausgestellt worden war?

Miles mühte sich, sein Schiff zwischen Skylla und Charybdis dieser Indizien hindurchzusteuern. Immer wieder kam er auf die Frage des Schecks zurück. Brand musste seinen an Heiligabend erhalten haben. Angenommen, er ging vor Mitternacht auf sein Zimmer und Eustace kam nach ihm in die Bibliothek. Angenommen auch, Brand ging später ein zweites Mal nach unten. Sofort meldete sich der Verstand und fragte: »Warum?« Er hatte seinen Scheck ja schon, davon war aufgrund der Umstände auszugehen. Und er wollte auch ganz sicher nicht die Erklärung vernichten, die er unterschrieben hatte, denn sie stärkte seine Position. Ohne dieses ungewöhnliche Dokument konnte es schwierig werden, die anderen davon zu überzeugen, dass Adrian freiwillig eine so hohe Summe herausgerückt hatte. Und unter welchem Vorwand hätte er noch einmal in die Bibliothek zurückkehren können? Zudem hatte Eustace ja ausgesagt, er habe sie um drei betreten. Da Gray den Raum nicht verlassen haben konnte, musste sich Eustace erst nach seinem Tod an dem Tresor zu schaffen gemacht haben. Damit war Miles ermattet wieder bei seiner ersten Frage angelangt.

Wer hatte das Verbrechen begangen, Eustace oder Brand?

## 4

Am Sloane Square angekommen, verbannte er die Sache zunächst aus seinen Gedanken. Er verbrachte einen unterhaltsamen und anregenden Abend und kehrte gegen Mitternacht nach Hause zurück. Mit Ruth sprach er vorerst nicht über sein Problem, obwohl es ihn weiterhin quälte. Zwei Tage später wurde der zweite Ziegel der Mauer, die gegen Brand errichtet werden sollte, wie nebenbei an seinen Platz gerückt.

Die Sonne schien, und Miles - er hatte noch immer keine Anstalten gemacht, sich an die Behörden zu wenden - ging die Charing Cross Road hinunter. Der schneidende Wind der letzten Tage war abgeflaut, der Nachmittag war angenehm warm und heiter. Etwas Fröhliches lag in der klaren Luft und auch in den erwartungsfrohen Mienen der Männer und Frauen, die hier auf und ab schlenderten. Vor den Antiquariaten standen Regale auf dem Bürgersteig, und die Leute blätterten in den Büchern. Zwischen den Bücherwänden im anheimelnden Inneren der Läden erblickte man da und dort eine schattenhafte Gestalt, die den Arm zu einem der oberen Fächer hochreckte oder sich zur Tür oder einem der wenigen Fenster hinbeugte, um ein Buch ins Licht zu halten. Miles vergaß Pflicht und Sachzwang für den Moment und blieb stehen. Einem spontanen Wunsch folgend, kaufte er einen von L. herausgegebenen Band mit Briefen sowie – verleitet von betörenden Bildern in leuchtenden Farben – ein Buch über französische Malerei. Während beides eingepackt wurde, nahm er eine illustrierte Ausgabe von *Hans Christian Andersens Märchen* mit bezaubernden Farbabbildungen und zahlreichen Schwarz-Weiß-Zeichnungen zur Hand. Moira und Pat, dachte er, würden jubeln, wenn er ihnen das Buch mitbrächte, aber es war teuer, eine halbe Guinee. Er zögerte, und während er weiter voll Vergnügen darin blätterte, stiegen Erinnerungen in ihm auf.

Er war noch unentschlossen, als plötzlich eine fröhliche Stimme an sein Ohr drang: »Hallo, Miles, das sieht lustig aus.«

Erstaunt sah er auf – Isobel lächelte ihn an. Doch es war eine verwandelte Isobel. Verschwunden waren die Mattigkeit, die Scheu, die Apathie, die jahrelang so typisch für sie gewesen waren. An ihre Stelle waren Selbstsicherheit und Charme getreten, etwas Gesundes und Hoffnungsfrohes, das sein Herz erwärmte.

»Hallo!«, sagte er. »Kommst du auch so gern hierher?« Isobel lachte und antwortete: »Das gehört zu den vielen Lastern, die ich mir neuerdings zulege – du würdest sie natürlich Tugenden nennen. Ich habe Arbeit gefunden, also kann ich es mir leisten, ihnen zu frönen.«

Er fragte sie nach ihrer Arbeit. »Nichts Bedeutendes. Ich katalogisiere die Bücher einer verwirrten alten Jungfer, deren gelehrter Bruder ihr eine riesige Bibliothek vererbt hat. Die Ärmste, die Last des Wissens macht ihr eine Heidenangst, und sie ist hin und her gerissen zwischen der Verachtung für jeden, der sein Leben damit vertut, sich in anderer Leute Gedanken zu vertiefen, und dem Gefühl, dass so viele so düstere, so schwere und schwer lesbare Bücher ungeheuer wertvoll sein müssen. Ich katalogisiere sie also, und wenn ich damit fertig bin, will sie die Liste einem Experten vorlegen, um zu sehen, was sie mit ihnen machen soll.«

»Und gefällt es dir?«

»Ja, Miles. Ich habe festgestellt, dass in mir ein Lesehunger schlummert, der sich, glaube ich, noch zu einer wahren Leidenschaft auswachsen wird. Es macht mir allein schon Spaß, mit Büchern zu hantieren. Ein Raum, in dem nicht auch Bücher zum Mobiliar gehören, erscheint mir mittlerweile leer und geistlos. Ich habe sogar angefangen, mir selbst Bücher zu kaufen. Sieh mal!« Sie zeigte ihm einen Band, den sie unter den Arm geklemmt trug. Es war eine Geschenkausgabe von Chaucers *Canterbury Tales*.

»Wo hast du das her? Diese Ausgabe findet man heutzutage kaum noch.«

»Heute ist mein Glückstag. Es stimmt einfach alles. Die alte Frau hat mir am Vormittag Primeln geschenkt, sie hat sich einen ganzen Korb voll vom Land schicken lassen. Und jetzt das. Und dass ich dich hier treffe. Kaufst du das für die Kinder?« Sie nickte zu dem Märchenbuch hin.

»Ich kämpfe noch gegen die Versuchung.«

»Die Versuchung, das Buch zu kaufen? Oh, Miles, gib ihr ganz schnell nach. Es gibt doch nichts Himmlischeres als ein Nichtgeburtstagsgeschenk.«

Sie war so begeistert, so überzeugend, so siegesgewiss, dass er sich lachend fügte. »Und ich hätte nichts dagegen, dir dieses Buch zum Selbstkostenpreis abzunehmen.« Er legte den Finger auf den Chaucer.

»Das geht nicht, Miles. Wirklich nicht. Wenn ich daran denke, wie lange ich gebraucht habe, um mein nonkonformistisches Gewissen zu beruhigen – die ganze Woche –, und wie schrecklich unentschlossen ich heute Nachmittag von der Oxford Street hierhergekommen bin – nein, ich kann nicht. Eine ganze Woche habe ich gewartet, bis ich das Geld für das Buch zusammen hatte. Gestern Abend war es dann so weit. Ich hatte solche Angst, dass es mir jemand wegschnappt.«

»Warum war dein Gewissen so aktiv? Verstößt es gegen deine Prinzipien, Bücher zu kaufen?«

»Es ist eine Frage nötigen Kleingeldes. Mein Gewissen hat hartnäckig behauptet, dass ich, wenn ich das Geld nicht für Taschentücher ausgebe, bald nur noch solche Malerlappen habe, wie Brand sie in Gesellschaft gern aus der Tasche zieht. Armer Brand!« Ihre Miene wurde ernst. »Er hatte ein grauenvolles Leben mit dieser Frau. Du kannst dir gar nicht vorstellen, in was für einem Zustand sein Haus all die Jahre war – schmutzig und vollgestopft mit einem fürchterlichen Plunder, alles schäbig und kaputt. Seine Taschentücher waren typisch dafür. Obwohl« – sie lächelte wieder – »an dem Abend in King's Poplars hat er plötzlich ein seidenes hervorgeholt. Ich hab ihn damit aufgezogen.«

Miles' Herz machte einen Satz, und ihm wurde ein wenig übel. Während sie darauf warteten, dass das Märchenbuch eingepackt wurde, fragte er Isobel beiläufig, an welchem Abend das gewesen sei, und sie antwortete ganz unbefangen, an Heiligabend. Offensichtlich ahnte sie nicht, worauf seine Frage abzielte; sie war so glücklich, dass der Schatten der

Tragödie sie nicht berühren konnte. Miles beneidete sie. Sie plauderte munter über allerlei Belangloses, und als er ohne sein Wechselgeld gehen wollte, hielt sie ihn am Arm zurück.

»Träumst du?«, fragte sie lachend.

Er nahm sich zusammen, gab eine passende Antwort und ging mit ihr zum Trafalgar Square.

»Wie wär's mit einem Tee?«, fragte er unvermittelt, als er merkte, dass es bereits fünf Uhr war.

Sie schüttelte den Kopf. »Ich muss zurück. Wenn du mal deine Bücher katalogisieren lassen möchtest, Miles, ruf mich an, ich mach dir einen guten Preis.«

## 5

Miles ging wie blind unter dem Admiralty Arch durch in den St. James's Park. Das Schicksal wollte anscheinend, dass er tief in die Sache hineingezogen wurde. Er fragte sich, ob Isobel sich später einmal Gedanken darüber machen würde, was sie da so leichthin gesagt hatte und was für weitreichende Folgen ihre Worte hatten. Denn wenn Brand an Heiligabend ein seidenes Taschentuch in der Hand gehabt hatte, konnte es nur das sein, das Stunden später in Adrian Grays Kamin gefunden wurde. Wäre es nicht halb verbrannt, hätte die Polizei es bei seinen Habseligkeiten entdeckt, denn sie hatte jede Tasche, jede Schublade und jeden Wäschekorb nach seidenen Taschentüchern durchsucht und außer in Eustaces Gepäck keine gefunden.

»Es kann nur seins gewesen sein«, sagte sich Miles verzweifelt. »Wozu gegen die Fakten ankämpfen? Es gibt schon genug Dummköpfe, die das ständig tun. Brand muss seinen Vater getötet haben, im Affekt, mit dem Briefbeschwerer, den er hinterher mit dem Taschentuch saubergewischt hat. Das Taschentuch hat er ins Feuer geworfen. Vermutlich war Blut daran – mit Sicherheit sogar, nach Grays Gesicht zu urteilen. Und damit sind wir wieder bei der alten Frage: warum?«

Immer im Kreis herum, wie ein Hamster im Rad, drehten sich die bekannten Argumente in seinem Kopf. Und wie ein wütender Hamster, der keinen Ausweg sieht, marschierte Miles durch Londons Straßen und wiederholte die immer gleichen Sätze, drehte und wendete die immer gleichen Fakten, als könnte er ihnen dadurch einen neuen Sinn entlocken.

Es gibt ein besonders unter Pfadfindern der letzten Generation beliebtes Spiel, bei dem es darum geht, jeweils einen Buchstaben in einem Wort auszutauschen, sodass es eine ganz andere Bedeutung erhält, also etwa

SAGE
LAGE
LÜGE
RÜGE

So einfach ist es allerdings nie, und die Wörter haben auch immer mindestens fünf Buchstaben. Aber ein solches Spiel spielte Miles nun mit sich selbst. Er begann mit der allseits bekannten Situation und versuchte jeweils ein Element darin zu ändern, um so zu einem stichhaltigen Beweis gegen Brand zu gelangen.

»Das Problem ist natürlich Eustaces Scheck«, sagte er sich.

»Wenn wir Eustace aus dem Fall heraushalten könnten, wäre alles viel einfacher. Brand bekommt seinen Scheck, streitet mit seinem Vater, ermordet ihn – unbeabsichtigt zweifellos –, beseitigt alle Spuren, die auf ihn hindeuten könnten, und geht zu Bett.«

Doch diese Version erschien ihm höchst unbefriedigend. Obwohl Brand ihm keineswegs nahestand, war er dennoch überzeugt, dass nichts, was Adrian Gray gesagt hatte, und sei es noch so hart oder beleidigend, seinen Sohn, der den Scheck ja schon in der Tasche hatte, groß berührt hatte, zumindest nicht so, dass er einen Mord begangen hätte.

»Da ist noch etwas anderes«, überlegte Miles, während er in eine U-Bahn-Station einbog und dem Mann an der Sperre seine Zeitkarte hinhielt. »Etwas, das er vernichtet oder versteckt hat. Aber was? Und was hat es mit den *zwei* Schecks zu tun?«

Am nächsten Tag beschloss er, die Sache, soweit möglich, zu überprüfen, und begab sich dazu in die Redaktion einer Zeitung, in der er die detaillierten Berichte über Grays Tod und auch die nachfolgenden Artikel gelesen hatte. Nachdem er jede Einzelheit genau unter die Lupe genommen hatte, kam ihm ein neuer Gedanke.

»Derjenige, der das Taschentuch verbrannt hat«, schloss er, »hat auch das Löschblatt verbrannt. Ein Löschblatt verbrennt man nicht, wenn man einen leeren Papierkorb neben sich stehen hat, es sei denn, man hat einen bestimmten Grund dafür. Gray selbst wird nichts geschrieben haben, was er später hätte vernichten wollen. Dafür war auch zu wenig Papierasche vorhanden, eine verschwindend geringe Menge laut Polizei, jedenfalls nicht genug für Briefe oder sonst etwas Belastendes. Und außerdem: Belastende Briefe wären nicht in der Bibliothek geschrieben worden, vielleicht nicht einmal in Grays Schrift. Also hat jemand anderer das Löschblatt verbrannt, würde ich sagen. War Brand dieser andere? Und wenn ja, warum hat er es getan? Was stand auf dem Löschblatt? Wir wissen, dass für die Schecks Löschpapier benutzt wurde, ebenso wie für Brands Erklärung, aber niemand hat das fragliche Löschblatt gesehen. Warum wurde es verbrannt, wenn es nicht irgendetwas enthielt, das niemand sehen sollte? Es war auch nur wenig Papierasche vorhanden.«

Dann kam ihm der Gedanke, dass der Mörder das belastende Schriftstück mitgenommen haben konnte, auch wenn in keinem anderen Raum Papierasche gefunden worden war.

»Und da fällt mir noch etwas ein: die Zündhölzer. Eustace hat ein Patentfeuerzeug, nur Brand benutzt diese schrecklichen billigen Zündhölzer. Das scheint die Polizei aber nicht weiter interessiert zu haben.«

Nach diesen Überlegungen wandte er sich einer anderen Frage zu, die ihn von Anfang an beschäftigt hatte. Wie hatte Brand seinen Vater dazu gebracht, einen Scheck in solcher Höhe auszustellen? Die einzige Antwort, die ihm einfiel, lautete: Erpressung. Das führte unmittelbar zur nächsten Frage, nämlich der, was Brand gegen einen Mann wie Adrian Gray in der Hand gehabt haben konnte. Es hätte doch niemand auf ihn gehört. Zudem hatte Gray nichts mehr zu verlieren, und Brand kannte auch nicht so viele achtbare Leute, dass sein Wort von Gewicht gewesen wäre. Und dann diese Erklärung. Ein lächerliches Dokument, dachte Miles. Er zog heftig an seiner Pfeife. Es ist genau in Grays übertriebenem, aufgeblasenem Stil geschrieben – aber wer rückt schon auf eine so vage Erklärung hin zweitausend Pfund heraus? Außerdem muss ihm doch klar gewesen sein, dass er, wenn Brand verschwand – was er mit so viel Geld in der Tasche zweifellos tun würde –, moralisch, wenn nicht gar juristisch für dessen Kinder verantwortlich war. Und da Brand keinerlei Rechtsanspruch gegen ihn hatte, hätte er ihm auch kein Geld gegeben. Das hätte seine Situation später nicht verbessert. Er war zu nichts verpflichtet, daher konnte er sich mit diesem Geschenk von nichts freikaufen. Welchen Anreiz hatte Brand ihm also geboten?

Oder eine hochdramatische Version: Angenommen, Brand war gewalttätig geworden. Der junge Mann würde bei der Aussicht auf einen persönlichen Vorteil höchstwahrscheinlich vor keiner Drohung zurückschrecken. Aber womit hätte er drohen können? Hatte er seinem Vater – buchstäblich – die Pistole auf die Brust gesetzt? Unsinn. Brand besaß keine Pistole und hätte auch gar nicht damit umzugehen gewusst. Hatte er den alten Mann mit dem Messinggewicht bedroht?

»Ich schlag dir den Schädel ein, wenn du mir das Geld nicht gibst«? War die Szene an Heiligabend in der Bibliothek so abgelaufen? Wieder schüttelte Miles den Kopf. Das sah Brand nicht ähnlich. Und außerdem: *cui bono*? Gray hätte sich nur weigern müssen, den Scheck herauszugeben; Brand hätte nichts dagegen tun können. Einen Mord begehen, der nichts bringt – so hätte nicht einmal ein unberechenbarer Mann wie Brand gehandelt. Zudem gab es zwei Argumente, die gegen diese vage Möglichkeit sprachen. Das eine war eine versteckt unter Grays Schreibtisch angebrachte elektrische Klingel; wäre sie zu so später Stunde betätigt worden, hätte das allerhand Kommentare und Fragen nach sich gezogen.

Das zweite war Grays Verhalten am nächsten Morgen: Zweifellos hätte er von Brands Überfall berichtet, seinen Scheck zurückgefordert und Brand damit vor der ganzen Familie bloßgestellt.

»Brand hatte ihm nichts Wesentliches anzubieten«, schloss Miles, »sonst hätte man es bei seinen Papieren gefunden. Und selbst wenn er Gray zum Ausstellen des Schecks gezwungen und ihn anschließend umgebracht hätte, weil er den Scheck nur so behalten konnte, erklärt das immer noch nicht Eustaces Scheck. Ich habe keinen blassen Schimmer, wo wir den unterbringen können. Es sei denn, Eustace hat ihn gefälscht. Ja, gute Idee. Könnte das sein? Die Summe ist genau die, die er brauchte; wenn er sie nicht aufbrachte, würde er ins Gefängnis wandern, und ich behaupte, er dachte sich, wennschon, dennschon. Und wo kommt Gray ins Spiel? Es ist natürlich möglich, bei schlechtem Licht an dem Schreibtisch zu sitzen und einen Scheck auszustellen, ohne den Toten am Fuß der Vorhänge zu bemerken - möglich, aber nicht sehr wahrscheinlich. Mit Sicherheit allerdings hat er einen Blick auf den vorletzten Kontrollabschnitt geworfen und die zweitausend Pfund auf Brands Namen gesehen. Ich könnte allerdings beschwören, dass es für ihn genauso ein Schock war wie für die anderen, als sie am Morgen des ersten Weihnachtstages davon erfuhren. Er hatte nichts davon gewusst, davon bin ich überzeugt. Aber andererseits, wenn ich mir jetzt die Szene im Einzelnen zurückrufe: Brand war sich sicher, dass Eustace keinen Penny bekommen hatte. Er hat ihn ja noch damit aufgezogen. Wenn Eustace den Scheck aber doch bekommen hat, warum hat er das dann in dem Moment nicht erwähnt? Das hätte doch nahegelegen. Und warum hat er der Polizei nichts davon gesagt? Wenn er seinen Verstand halbwegs beisammen hatte, muss ihm doch klar gewesen sein, dass er die Existenz des Schecks unmöglich geheim halten konnte, und weshalb sollte er das überhaupt wollen? Was war mit Eustaces Scheck passiert? Wenn ohnehin herauskommen musste, dass er ausgestellt worden war, was war dann das Motiv, ihn zu vernichten?«

Eine andere These: Eustace hatte den Scheck nicht vernichtet – er hatte ihn deshalb nicht vernichtet, weil er ihn nie besessen hatte. Der Scheck war ausgestellt worden, aber Eustace hatte ihn nicht erhalten. Wer dann? Hatte Gray ihn behalten? Dann hätte er den Kontrollabschnitt durchgestrichen. Brand? Warum? Und woher wusste er, dass der Scheck ausgestellt worden war? Vielleicht hatte er ihn gesehen. Aber wenn Eustace es nicht geschafft hat, seinen Schwiegervater umzustimmen, mit was für einem Argument hatte dann Brand diese erstaunliche Kehrtwendung bewirkt? Und hätte Gray den Scheck in Brands Gegenwart ausgestellt? Zudem war zwischen den beiden Schecks ja einige Zeit vergangen. Sehr viel wahrscheinlicher war, dass Gray gewartet hätte, bis er wieder allein war, um erst dann den Scheck für Eustace auszustellen. Wahrscheinlich hätte er sogar gewartet, bis Eustace bei ihm war. Und wenn Eustace den Scheck selbst ausgestellt hatte? Dann hätte er ihn nicht vernichtet. So wie die Dinge lagen, war er schlicht und einfach Brands Alibi …

Brands Alibi! Ein verdammtes Glück für ihn. Aber – wenn er den alten Mann getötet hatte, wie konnte Gray dann den zweiten Scheck ausstellen? Die Antwort: Er konnte es nicht.

Die Szene: Brand sitzt am Schreibtisch, zu seinen Füßen sein toter Vater, in seiner Hand der Scheck, der beweist, dass er Gray als Letzter lebend gesehen hat. Es ist Heiligabend. Die Ironie der Situation: Zum ersten Mal in seinem Leben verfügt er über so viel Geld, dass er davon leben könnte, doch infolge seiner eigenen verbrecherischen Dummheit nützt es ihm nichts – es sei denn, er kann sich den Konsequenzen seines Verbrechens entziehen. Und den Verdacht kann er nur von sich ablenken, wenn er nachweist, dass nach ihm noch eine andere Person bei Gray in der Bibliothek war. Das wird nicht leicht sein, denn dieser spätere Besucher muss Spuren im Raum hinterlassen haben, etwas für die Polizei Greifbares, etwas, das ihn als den Täter festnagelt. Wie lässt sich das bewerkstelligen? Wahrscheinlich brachte der Scheck in seiner Hand Brand auf die Idee: ein zweiter Scheck – denn wenn er scheitert, wird er aufgrund eines Schecks verurteilt werden, und wenn es einen zweiten Scheck gibt, wird der andere verurteilt werden. Das ist die Lösung. Eine saubere Lösung. Es hat lange gedauert, bis er darauf gekommen ist. Sie beantwortet alle Fragen – das Verschwinden des zweiten Schecks oder überhaupt dessen Existenz. Eustace hat ihn natürlich nie erhalten. Eustace hat ihn nie gesehen. Weder er noch sonst jemand wird ihn je sehen. Die Asche im Kamin stammt vermutlich von dem leeren Vordruck. Aber die Illusion war perfekt.

## 6

Nachdem Miles eine Weile mit sich gerungen hatte, zog er seine Frau ins Vertrauen und schilderte ihr die Lage, wie er sie nun sah. Ruth war fassungslos.

»Miles, du wirst doch nicht etwa Brand ans Messer liefern? Er hat schon genug Feinde!«

»Aber meine Liebe, ich kann doch nicht untätig zuschauen, wie ein Unschuldiger verurteilt wird. Hier geht es nicht um die Person. Es ist eine Aufgabe wie jede andere.«

»Deine Aufgabe, Miles?«

»Sieht so aus. Ich hab sie mir nicht ausgesucht. Den ersten Hinweis habe ich noch ignoriert. Aber ich kann nicht länger den Kopf in den Sand stecken. Es gibt da zu viele Ungereimtheiten, als dass ein ehrlicher Mensch einfach darüber hinwegsehen könnte.«

»Plausibel ist deine Erklärung natürlich schon«, räumte Ruth widerstrebend ein. »Ich erinnere mich an den Krach vor Jahren, als Brand einen Brief in Vaters Schrift geschrieben und zunächst niemand die Fälschung bemerkt hat. Wir kamen rein zufällig darauf. Einen Scheck zu fälschen kann also nicht so schwer sein – oder meinst du, er hat beide gefälscht?«

Miles fuhr herum, und die Pfeife, die er gerade stopfte, fiel ihm aus der Hand.

»Zwei Schecks«, wiederholte er leise. »Zwei. Das ist es, Ruth. Was bin ich für ein Dummkopf, dass mir das nicht eingefallen ist! So ist Brand an sein Geld gekommen. Ich habe hin und her überlegt, um zu verstehen, wie er's gemacht hat, welchen Anreiz er deinem Vater geboten hat, und vor allem, wie ein Mann, der doch wusste, dass er bankrott war, einen Scheck über eine so hohe Summe ausstellen konnte. Soweit ich sehe, wusste außer ihm nur sein Anwalt, wie es um ihn stand. Nicht einmal Eustace und auch nicht Richard. Vielleicht hat er Brand kalt lächelnd hinters Licht geführt – wobei mir auch das eher unwahrscheinlich vorkommt –, aber Eustace hätte er nicht denselben Streich gespielt. Setzen wir die Puzzleteile mal zusammen, ja?«

Er stand auf und trat an den Schreibtisch, nahm einen Silberstift und begann, sich Notizen zu machen.

»Elf Uhr. Brand geht in die Bibliothek hinunter.

Zwei Uhr. Er wird gesehen, als er in sein Zimmer zurückkehrt.

Elf bis zwei. Mr. Gray wird ermordet, dem Arzt zufolge nicht vor Mitternacht, eher zwischen eins und zwei. Was haben die beiden bloß von elf bis eins gemacht?«

»Gestritten«, antwortete Ruth betrübt.

»Ich würde sagen, Brand ist erst gegen Mitternacht runtergegangen. Ich weiß nicht, ob das irgendwie bewiesen werden kann. Wahrscheinlich nicht, weil niemand es bisher in Zweifel gezogen hat. Die beiden könnten ohne weiteres eine Stunde lang gestritten haben, und da sind bestimmt die Fetzen geflogen. Gegen eins oder auch etwas später verliert Brand vollends die Beherrschung – ein schlechter Zeitpunkt zum Streiten, selbst für einen sehr zurückhaltenden Menschen – und schlägt deinem Vater den Briefbeschwerer auf den Kopf. In dem Moment war ihm wahrscheinlich gar nicht bewusst, was er tut, aber das wird bei den Geschworenen nicht verfangen. Die wird nur interessieren, dass er den alten Mann getötet hat. Dann steht er vor der Leiche und begreift, was passiert ist. Zunächst denkt er nicht an die Folgen, behaupte ich, die nackte Tatsache reicht. Aber dann sieht er der Situation ins Auge. Er hat einen Menschen getötet, und dafür wird er vermutlich hängen. Ich weiß nicht, was ihn auf die Idee mit dem Scheckbuch gebracht hat, vielleicht dass er so dringend Geld brauchte. Der Gedanke an Flucht mag seine Fantasie beflügelt haben, Flucht nicht nur vor den Folgen seines Verbrechens, sondern auch vor dem elenden Leben mit Sophy und den Kindern. Nachdem er den ersten Scheck gefälscht hatte, war es ein Leichtes, noch einen zweiten zu fälschen. Und auch die Erklärung muss er selbst geschrieben haben. Ein kühner Streich, aber ein kluger. Er zeigt, wie genau er deinen Vater kannte. Ich sehe ihn direkt vor mir, wie er dieses lächerliche Dokument aufsetzt. Ja, und was machen wir jetzt?«

»Gehst du zur Polizei?«, fragte Ruth ängstlich.

Miles überlegte. »Das wäre im Moment schlecht möglich. Wir haben nichts vorzuweisen, nur Theorien, ziemlich abenteuerliche noch dazu. Wir brauchen eine Basis für unseren Fall. Noch steht er auf so schwachen Füßen, dass er einer eingehenden Untersuchung nicht standhalten würde.«

Auf wie schwachen Füßen genau, musste er später einsehen, als er wieder allein war. Er stützte sich lediglich auf den unbewiesenen Bericht eines Dienstmädchens und eine beiläufige Bemerkung Isobels über ein Taschentuch. Isobel, so vermutete er scharfsinnig, würde alles abstreiten, wenn sie damit ihren Bruder entlasten konnte. Die beiden sahen sich selten, waren aber durch eine seltsam unterschwellige Beziehung eng miteinander verbunden. Sie wurzelte vermutlich in denselben, wenn auch von beiden längst vergessenen frühen Erinnerungen und war durch Loyalität gegenüber dem anderen gekennzeichnet (zumindest, was Isobel betraf), wenn auch nicht durch jene weiter gefasste Loyalität, die man der Gemeinschaft schuldet und auf der die Zivilisation beruht. Was blieb also ohne Isobels Zeugnis? Der Bericht eines Dienstmädchens, eines Dienstmädchens zudem, das dringend ein Alibi für sich selbst brauchte. Der Rest waren allenfalls Vermutungen, Fantasien, Theorien.

»Das reicht nicht«, dachte Miles. »Aber was dann?«

*Siebter Teil*

# DIE LÖSUNG

# 1

Miles vertrat die Theorie, dass man einen Konflikt, durch den man sich verunsichert oder gar erschüttert fühlt, tunlichst für achtundvierzig Stunden aus den Gedanken verbannen und sich strikt auf etwas anderes konzentrieren sollte, um danach erfrischt und mit geschärften Sinnen zu ihm zurückzukehren. Wie es der Zufall wollte, tauchte in seiner Kanzlei wenige Stunden nach seinem Gespräch mit Ruth eine bestimmte Frage im Zusammenhang mit einer Testamentsanfechtung auf, und deren Lösung widmete er sich nun über mehrere Tage mit ganzer Kraft. Dann wandte er sich mit klarem Kopf und (soweit möglich) unvoreingenommen wieder dem Mord in King's Poplars zu.

Da sein Geist effizienter arbeitete, wenn um ihn herum Betrieb herrschte, verließ er die Kanzlei, ging Richtung Charing Cross und bog dann in den St. James's Park ein. Es war ein schöner Februartag, und über den kegelförmigen Kronen der kahlen Bäume zogen silberweiße Wolken leicht und luftig am klaren blauen Himmel dahin. Überall waren blaue Tauben zu sehen, denen der Wind Federboas um den Hals kräuselte. Viele Spaziergänger wanderten durch den Park, und Miles spürte förmlich ihre Energie und Lebensfreude. Kinder trieben Holzreifen neben sich her, machten Spiele und stolperten über ihre eigenen Füße, und auf dem See schwammen Pelikane und Enten. Alles wirkte heiter und fröhlich, und das Gespenst des Elends, dessen Anblick die Freude an einer solchen Szenerie in London so oft trübt, zeigte sich hier nicht. Zwar sah man ein paar Faulenzer, aber selbst die Ärmsten lasen ihre Zeitung oder rauchten ihre Pfeife und genossen das milde Wetter. Die allgemeine Atmosphäre von Heiterkeit und Wohlbefinden beschleunigte Miles' Gedankenfluss. Noch ehe er wusste, wo die Lösung lag, verspürte er die ruhige Gewissheit, dass er sie finden würde. Als er den Park am Buckingham Palace verließ, fegte das Gefühl, seiner Aufgabe gewachsen zu sein, alles Zögern und Zweifeln beiseite. Er ging zur Victoria Station, wo ein reges Treiben herrschte. Schüler am Beginn ihrer Reise auf den Kontinent wuselten schwatzend, streitend und debattierend um einen Kiosk herum, kauften Lesestoff, Bananen, Sandwiches und Rosinenpäckchen und drückten sich ihre Baskenmützen tiefer in die Stirn. Ihr Anblick wirkte höchst anregend auf Miles, der sie von der Seite beobachtete. Er hatte jetzt das vertraute Gefühl, dem fehlenden Indiz auf der Spur zu sein, er musste nur noch die nötige Konzentration aufbringen, um es zu identifizieren. Er mochte es, inmitten einer Menschenmenge nachzudenken. Nichts dagegen, wenn einer seinen Tempel der Ruhe braucht, pflegte er zu sagen, er selbst aber hielt es mit dem Romanschriftsteller, der in einen belebten Laden ging, wenn er schreiben wollte. Miles liebte die Geräusche der Autos, Busse, Karren und Bierkutschen, die unter seinem Fenster vorbeifuhren. Das Klingeln und Hupen, die freudigen oder warnenden Rufe, das Hundegebell und Pferdewiehern, all das bunte, turbulente Treiben des täglichen Lebens belebte und erheiterte ihn. Deshalb hatte er sich in der Kanzlei auch den lautesten Raum ausgesucht und zu Hause ein Zimmer, das zur Straße hinausging, zum Kinderzimmer bestimmt.

An dem Kiosk kauften sich die Schüler Kriminalromane mit grausigen Umschlagbildern - Skelette, Gehenkte, unheimliche Schatten, blutige Messer, Giftflaschen und riesige, geheimnisvolle Fußabdrücke. Ob sich zwischen diesen reißerischen Umschlägen Probleme fanden, die genauso schwer zu lösen waren wie seines? Fantastischer waren sie zweifellos. Ein Mord in der Familie kann sich für jemanden, der nicht unmittelbar davon betroffen ist, recht harmlos anhören.

Eine junge Frau ging vorüber, die sich mit einem jungen Mann in einem Fair-Isle-Pullover und einer schwarzen Baskenmütze unterhielt. Beide hatten Fotoapparate bei sich. »Gott segne den Erfinder der Fingerabdrücke«, sagte der junge Mann. »Ohne die wären wir aufgeschmissen.«

Die Antwort der jungen Frau hörte Miles nicht mehr. Er hatte sein Indiz gefunden und ging schnell weiter.

Es war jetzt also sein Fall. Brand Gray hatte seinen Vater umgebracht, er hatte zwei Schecks und das erstaunliche Dokument gefälscht und war ungeschoren davongekommen. Eustace saß im Gefängnis, teils aufgrund des auf ihn ausgestellten Schecks, hauptsächlich aber aufgrund seiner Fingerabdrücke an dem Tresor. Aber was war mit den Fingerabdrücken auf dem Dokument? Daran schien niemand gedacht zu haben. Man war schlicht davon ausgegangen, dass es echt war. Wenn aber Brand es gefälscht hatte, wie Miles annahm, konnten alle möglichen Fingerabdrücke darauf sein - Adrian Grays bestimmt nicht. Hier ergab sich, so schien es, eine naheliegende Möglichkeit, seine Theorie zu überprüfen.

## 2

Doch die Erkenntnis bereitete ihm keine Freude. Bisher hatte ihn der Reiz der Sache angetrieben, aber nun sah er sich als Brands größten Feind, den unbarmherzigen Verfolger, der unmotiviert den Mann, dem er in King's Poplars hatte helfen wollen, zur Strecke brachte. Es war eine ironische und für ihn verzweifelte Situation. Brands kraftvolle, kreative Persönlichkeit erschien ihm als etwas Wertvolles, Schönes, für Eustace dagegen empfand er so wenig Mitgefühl wie für eine Schnecke, die an seinen Rosen nagte, oder einen Ohrwurm, der über seinen Tisch krabbelte. Und doch ...

Quälend unentschlossen kehrte er nach Hause zurück. Ruth kam ihm in der Diele entgegen.

»Monty ist da«, sagte sie, »Eustaces Sohn.«

»Was will der denn hier?«, fragte Miles entrüstet.

»Deine Hilfe, nehme ich an.«

»Kommt nicht in Frage. Das wäre ja die reine Vetternwirtschaft. Gibt es nicht schon genug Leute, die sich darum reißen, gegen Geld Moores schmutzige Wäsche in der Öffentlichkeit zu waschen? Hat der Junge denn keinen Anstand?«

Doch als er Montague sah, verflog sein Zorn. Eustaces Sohn war ein junger Mann von angenehmer Erscheinung, der eine gewisse, angesichts der Umstände anrührende Würde ausstrahlte.

»Es macht dir hoffentlich nichts aus, dass ich hierherkomme, Onkel Miles«, sagte er. »Es ist nicht wegen des Prozesses; Vater hat einen Anwalt, der tut, was er kann. Aber ich wollte dich gern sprechen.«

Verwundert, und doch bereits ein wenig beeindruckt, bot Miles ihm eine Zigarette an und bat ihn, Platz zu nehmen.

»Ich wüsste nicht, was ich für dich tun kann«, sagte er unbehaglich; zu seiner Überraschung fühlte er sich irgendwie schuldig.

»Und wenn doch, wärst du wohl nicht gerade erpicht darauf«, lautete die überraschende Antwort. »Denn dann müsstest du jemand anderen ins Spiel bringen, der dir vielleicht lieber ist als Vater.«

»Mein lieber Junge«, wollte Miles protestieren, der sich durch diese Unterstellung einer persönlichen Bevorzugung in seiner Berufsehre gekränkt fühlte. Doch dann hielt er inne, denn genau das hatte Montague beabsichtigt.

»Du warst ja zu dem Zeitpunkt auch in King's Poplars«, fuhr Montague fort, »deshalb dachte ich, du erinnerst dich vielleicht an irgendeine merkwürdige Begebenheit dort. Aber dann hättest du das der Polizei bestimmt gesagt. Nein, ich bin nicht gekommen, weil ich dachte, du könntest irgendetwas tun, nur – das Ganze ist einfach furchtbar, verstehst du? Mutter ist am Boden zerstört, und Arnold – was soll ich ihm sagen? Jeden Tag kommen mit der Post Schmähbriefe von Leuten, die durch Vaters Machenschaften ruiniert wurden. Für sie ist natürlich er an allem schuld, die Leute geben ja nie ihrer eigenen Dummheit die Schuld. Oder Freunde schreiben Mutter, wie schrecklich das alles für sie ist – für Mutter, meine ich – und dass sie sie gut verstehen. Das ist alles ein verdammter Blödsinn. Sie traut sich nicht mehr allein aus dem Haus, aus Angst, sie könnte beschimpft oder bemitleidet werden.«

Miles stellte sich vor, wie sie, egoistisch bis auf die Knochen, voller Angst, keiner großmütigen Regung fähig, keines zartfühlenden Gedankens, zitternd in ihrem schönen, absurden Salon mit den Fresken an den Wänden und der Silbertäfelung saß und den Scherbenhaufen ihres Lebens betrachtete, ihren Tod – durch Rowdys, die sie ausbuhten und verhöhnten und ihr beleidigende Briefe schrieben – direkt vor ihrer Haustür. Miles, von Natur aus ein freundlicher Mann, vermochte keinen Funken des Mitgefühls für einen so verachtenswerten Menschen in seiner Brust zu entzünden.

»Hast du deinen Vater besucht?«, fragte er Montague unvermittelt.

»Ich komme gerade von ihm. Deswegen …« Er vollendete den Satz nicht.

»Ah«, murmelte Miles, schwieg einen Moment und zwang sich dann zu der Frage: »Wie kommt er mit der Sache zurecht?«

»Ziemlich schlecht«, antwortete Montague knapp, doch seine nervös verschlungenen Finger sagten mehr als Worte. »Es muss furchtbar sein, eingesperrt zu sein und zu wissen, dass man in zwei oder drei Wochen vor Gericht gezerrt und wegen etwas angeklagt wird, was man nicht getan hat. Vater weiß, dass er seine Unschuld nicht beweisen kann und dass sich alle die Hände reiben werden, wenn er schuldig gesprochen wird. Das kann einen zum Wahnsinn treiben. Warten, warten und kein Ausweg in Sicht.«

Er sprang auf und begann im Zimmer auf und ab zu tigern, auch dies mit anmutigen Bewegungen. Ganz der Vater, dachte Miles beschämt, weil es ihn überraschte, in einem Menschen Zuneigung zu einem solchen Mann zu entdecken. Dabei steckten in jedem Menschen mindestens zwei Persönlichkeiten, und einer, der ein gerissener Betrüger, ein Mörder und ein Feigling war, konnte zu Hause ein liebevoller Vater sein.

»Wenn ich nur irgendetwas tun könnte«, brach es aus Montague hervor, »selbst wenn es in eine Sackgasse führt. Ich glaube, es ist noch schlimmer, wenn man weiß, dass man unschuldig ist. Dann fühlt man sich auch noch betrogen.«

Der Mord allein reicht wohl nicht, dachte Miles angewidert. Gegen den Geschäftssinn des jungen Mannes schien kein Kraut gewachsen, auch nicht in einer so ernsten Situation. Ja, Miles konnte sich vorstellen, wie wütend er war, weil er sich aufgerufen fühlte, eine Rechnung zu begleichen, für die er nicht verantwortlich war. Und auch Angst musste im Spiel sein, Entsetzen, das verzweifelte Sichwinden eines von Panik erfassten Tiers.

Er ließ Montague ziehen, ohne irgendetwas versprochen zu haben, doch als er wieder allein war, führte er sich die neue Situation vor Augen, die durch den Besuch seines Neffen entstanden war. Bisher hatte er den Fall hauptsächlich aus Brands Perspektive betrachtet, hatte nur diesen seltsamen, ungebärdigen und doch nicht restlos niederträchtigen Mann gesehen, der nach seinen eigenen radikalen Regeln lebte, sich eine Gestalt gab, die den anderen fremd war, und nun endlich von der Freiheit kostete, die er so lange hatte entbehren müssen. Miles hatte in seiner entschiedenen Parteinahme für diesen Schwager kaum einen Gedanken dafür übrig gehabt, was Eustace durchmachte. Ehrlicherweise musste er zugeben, dass Eustace, so verachtenswert er auch sein mochte, dennoch Nerven und Wünsche hatte und einfach deshalb, weil auch er ein Mensch war, Rücksichtnahme verdiente. Er hatte Rechte, er hatte einen Standpunkt, er hatte wie jedes Lebewesen empfindliche Stellen. Und er hatte einen Anspruch auf Gerechtigkeit, auf Erlösung von den psychischen Qualen, denen er nun Tag und Nacht ausgesetzt war.

»Ich muss am Ball bleiben«, beschloss Miles unvermittelt. »Ich habe nicht das Recht, einem Menschen eine solche Hölle aufzuzwingen. Eustace mag fast alles, was ihm bevorsteht, verdient haben, aber ich bin nicht sein Richter. In gewisser Weise bin ich für das, was er im Moment durchmacht, verantwortlich.«

## 3

Das von Brand unterschriebene Dokument war untersucht worden. Alle möglichen Fingerabdrücke hatten sich darauf gefunden - Brands, Richards, Amys -, aber nicht Grays. Nirgends eine Spur von Gray, dabei hatte er markante Hände gehabt, mit breiten, kräftigen Fingerkuppen - nein, er hatte dieses Blatt Papier nicht berührt. Und das war in Miles' Augen Brands Todesurteil.

Es blieb nicht mehr viel Zeit. Brand musste irgendwie gewarnt werden. Miles ertrug die Vorstellung nicht, dass sein Schwager wie ein Tier in die Falle lief, ein Tier, das sorglos durch Gestrüpp und Unterholz streifte und plötzlich in ein Loch voller Eisenspitzen stürzte. Eines war vor allem klar: Brand konnte den Folgen seiner Tat nicht entgehen. Wenn nötig, musste er gezwungen werden, Eustace zu entlasten. Oder ihm zumindest die Möglichkeit geben, sich selbst aus der Affäre zu ziehen.

Ihn aufzuspüren war keine leichte Aufgabe. Miles fragte bei Isobel, Sophy und Richard nach, aber keiner wusste, wo er steckte. Sophy erklärte ihm wortreich, dass sie auch keinerlei Bedürfnis danach verspüre. Sein – wenn auch unrechtmäßiger – Nachfolger stellte ihrer Meinung nach eine deutliche Verbesserung dar, er war weniger kritisch, weniger mäkelig, weniger sarkastisch, er verlangte weniger von ihr und befriedigte sie mit einer Rohheit, die sie gerade noch akzeptieren konnte. Sie hatte nie begriffen, dass Brands Brutalität ihr gegenüber in ihrer eigenen Grobheit wurzelte, ihrer Unfähigkeit zu subtileren Gefühlen, ja, zu anderen als instinktiven oder sinnlichen Reaktionen. Auch den Kindern war der Neue lieber. Er war großzügiger, freundlicher, brachte sie nicht mit Äußerungen in Verlegenheit, die sie nicht verstanden, und hinderte Sophy daran, sie zu schlagen. Und er schenkte ihnen Süßigkeiten und Pennys und befreite sie von der Fron der Hausarbeit.

Als Miles das Haus verließ, griff ein grimmig blickendes kleines Mädchen mit klebrigen Fingern nach seiner Hand und flüsterte ihm heiser zu: »Er war's. Ich hab gehört, wie er's Mutter gesagt hat. Ihr wär's sowieso egal, hat er gesagt, und sie hat gesagt, das stimmt. Da hat er gelacht. Ich hab's genau gehört.«

Nachdem sie sich dies atemlos von der Seele geredet hatte, presste sie die Lippen zu einem harten Strich zusammen und starrte ihren unbekannten Onkel an. O Gott, wie tragisch, dachte Miles. Was wirft Brand mit diesem Kind weg! Mit dem, was sie mir in ihrer Verzweiflung, ihrer instinktiven Erkenntnis, dass sie betrogen worden ist, erzählt, will sie sich für alles rächen, was er ihr angetan hat. Das Herz tat ihm weh, und auch in ihm stiegen Grimm und Bitterkeit auf, als er an seine beiden hübschen Töchter dachte, an ihre Unschuld, ihre Fröhlichkeit, ihr Vertrauen.

Nachdem all seine Anstrengungen, seinen Schwager zu finden, vergeblich geblieben waren, entschloss sich Miles, einen Privatdetektiv zu beauftragen. Das war ein Mittel, das ihm nicht besonders zusagte, und er war auch nicht erpicht darauf, der anderen Seite zu helfen, der ja genauso wie ihm daran gelegen sein musste, Brand zu finden. Doch die Zeit drängte, und er wagte nicht, noch weitere Risiken einzugehen. So, wie die Dinge im Moment lagen, konnte Brands Aufenthaltsort rein zufällig bekannt werden, und Miles hatte keinen Grund anzunehmen, dass er mehr Glück haben würde als die Verteidigung.

Ruth runzelte die Stirn, als sie von seinem Entschluss hörte. »Muss das sein, Miles?«, fragte sie angewidert.

»Glaub mir, ich würde es nicht tun, wenn ich eine Alternative hätte. Es ist ein teurer Luxus, ich weiß. Ich hatte mal eine Mandantin, eine Dame, die einen Detektiv beauftragen musste, um ihren untreuen Ehemann ausfindig zu machen. Am Ende bekam sie eine horrende Rechnung, denn der Herr unternahm gern Auslandsreisen, und als sie die Summe sah, sagte sie voller Reue: ›Ich bezweifle, dass Henry so viel für seine Geliebte ausgegeben hat, und er hatte eine Menge Spaß für sein Geld, ganz im Gegensatz zu mir.‹ Für manche Verzweifelten ist ein Privatdetektiv die letzte Hoffnung.«

Carr, der Mann, den Miles schließlich engagierte, sprach auch in Fulham vor und nötigte einer widerwilligen Sophy die Auskunft ab, dass Brand sich im Ausland aufhalte – in Paris, sagte sie, seine Adresse wisse sie nicht.

Carr fuhr also nach Paris, wo sich die Künstler treffen, wo das Geld knapp ist, wo die Hoffnungen groß sind und jeden Monat tausend Tragikomödien aufgeführt werden. Er betrat die hohen grauen Häuser mit seinen hartnäckigen Fragen und verließ sie ohne Antworten, er sprach mit zahllosen Vermieterinnen, Studenten und Hausmädchen. Als Erstes klapperte er die Straßen ab, in denen man Brand vor seiner Heirat gekannt hatte, doch niemand erinnerte sich mehr an ihn. Es war zu lange her, und die Population dieser Häuser verändert sich ständig. Niemand bleibt hier lange, manche landen in einer engen Dachkammer, bei Kerzenlicht, Gemüse für ein paar Sous, in Lumpen und Elend, andere kehren der Welt der Kunst den Rücken und versuchen sich im Geschäftsleben, oder aber sie heiraten und werden zu erfolgreichen Ehemännern und Vätern, die sich nur dann an ihre Vergangenheit erinnern, wenn sie für ihre Söhne und Töchter Pinsel und Farbtuben kaufen. Von den vielen Menschen, die Carr befragte, hatten manche keinerlei Erinnerung an dieses eine unbedeutende Element in der unbeständigen, heterogenen Masse. Einige erinnerten sich nur noch an seinen Namen, und selbst jene, die einst gut mit ihm bekannt gewesen waren, hatten seit Jahren nichts mehr von ihm gehört. Er hatte keinerlei Kontakte mehr zu den Kreisen, in denen er früher verkehrt hatte. Sie hatten ihn ebenso fallenlassen, wie er sie (wenn auch gegen seinen Willen) hatte fallenlassen.

Aus und ein ging Carr in den unergründlichen Häusern, in Cafés, Varietétheatern und Ateliers und nannte hundert Gründe für seine Suche, aber nie den wahren, damit nicht

Brand davon erfuhr und ihm entkam. Unter den Frauen des Viertels entdeckte er die Modelle und Kokotten, die mit den Künstlern zusammenlebten, und setzte seine Suche bei ihnen fort. Dieser Typ Frau, so hatte er festgestellt, behielt einen Mann noch lange im Auge, sei es aus Eifersucht oder Neugier oder auch aus reiner Dummheit. Doch auch hier erfuhr er nichts.

Schließlich spürte er seine Beute durch puren Zufall auf. Er hatte einen Zeitschriftenladen betreten, um nach einer englischen Zeitung zu fragen. Es sei nur noch eine übrig, beschied man ihn, und die sei für einen Engländer reserviert, der jeden Morgen komme; der Monsieur müsse jeden Moment da sein. Noch während die Frau sprach, kam Brand herein. Er hatte keinerlei Versuch unternommen, sein Aussehen zu verändern. Er war dünn und unrasiert und wirkte unterernährt. Die Frau gab ihm seine Zeitung, dann zeigte sie auf Carr und sagte, dieser Monsieur habe sie ihm wegnehmen wollen.

Augenblicklich misstrauisch geworden, sah Brand auf. »Zeitungen gibt es auch woanders«, sagte er aggressiv und ging hinaus.

Carr, noch nicht ganz von seiner Identität überzeugt, folgte ihm in diskretem Abstand auf der anderen Straßenseite. Brand betrat ein Café, ließ sich an einem runden Tischchen auf einen Stuhl fallen und schlug die Zeitung auf. Er schaute nicht hoch, als er bestellte, sondern hielt den Blick auf die Zeitung gesenkt. Er schien etwas Bestimmtes zu suchen. Systematisch überflog er die Spalten, Seite um Seite; die durchsuchten Blätter ließ er zu Boden sinken. Plötzlich fesselte etwas seine Aufmerksamkeit. Er ließ seinen Kaffee stehen, und sein Gesicht nahm einen verwegenen, finster entschlossenen Ausdruck an. Kurz darauf schleuderte er die Zeitung zur Seite und verließ das Café. Carr sprang auf, griff sich die Seite, die Brand zuletzt gelesen hatte, und folgte ihm auf die Straße. Wenig später sah er ihn die Stufen zu einem Haus hinaufsteigen, keine hundert Meter von einer Häuserzeile entfernt, wo er zwei Tage zuvor seine geduldigen Nachforschungen angestellt hatte. Brand ging geradewegs hinein, also war er offensichtlich hier zu Hause. Carr drückte auf die Klingel und erfuhr von einer redseligen Vermieterin, dass der englische Gentleman, nach dem er frage, ein Mister Brett, nicht hier wohne, ihr einziger englischer Gentleman sei ein Künstler, ein Mister Gray, der ein Zimmer ganz oben unterm Dach habe; er bekomme weder Post noch Besuch. Von früh bis spät male und male er. Nur ein Modell komme zu ihm, ein männliches Modell, *mon Dieu*.

Sie warf die Hände hoch.

In einem anderen Café bestellte Carr ein Bockbier und sah sich das Zeitungsblatt an, das er eingesteckt hatte. Ganz unten in der Ecke fand er eine Notiz:

MORDPROZESS IN KING'S POPLARS
Der Termin für die Gerichtsverhandlung gegen Eustace Moore wegen Mordes an seinem Schwiegervater, Mr. Adrian Gray, wurde endgültig auf den 8. März (d.h. auf übermorgen) festgesetzt. Mr. Grays Tod unter mysteriösen Umständen am ersten Weihnachtstag hat großes Aufsehen erregt. Mr. Moore ist Vorstandsvorsitzender von [es folgte eine Aufzählung in Auflösung befindlicher Firmen].

»Das hat Gray also gelesen – vermutlich hat er danach gesucht, seit er hier ist. Ist man ihm auf der Spur? Deutet irgendetwas darauf hin, dass jemand anderer an die Stelle des Verhafteten tritt? Steht da etwas über Gray, als Zeugen oder als Verdächtigen?«

Es widerstrebte Carr ein wenig, den Fall in diesem Stadium und nach seiner spannenden Suche Miles überlassen zu müssen. Zudem hatte ihn sein Auftraggeber nicht uneingeschränkt ins Vertrauen gezogen, und er zerbrach sich den Kopf darüber, was für einen Gegenbeweis Miles vorlegen konnte. Wie auch immer – wem war daran gelegen, dass Moore ungeschoren davonkam?

## 4

Miles erhielt Carrs Telegramm so rechtzeitig, dass er das Nachtschiff noch erreichen konnte. Ruth hatte schon früh in ihrer Ehe gelernt, dass es nicht ratsam war, ihren Mann von seinen Plänen abbringen zu wollen; diesmal aber tat sie alles, um ihn zurückzuhalten.

»Willst du, dass ich das Schiff verpasse?«, fragte er und verbarg seinen verzeihlichen Ärger hinter einer lächelnden Miene.

»Das würde mir wahrscheinlich nichts nützen. Dann würdest du eben das nächste nehmen.«

»Warum bist du denn so strikt dagegen?«

Bleich und verzweifelt wandte sie sich ihm zu. »Ist dir denn nicht klar, was du da vorhast? Brand hat einen Menschen getötet, und du hast das herausgefunden. Er weiß also, dass sein Leben verwirkt ist. Glaubst du, es macht einen Unterschied für ihn, ob er für einen oder für zwei Morde gehängt wird? Und außerdem: Wenn du aus dem Weg bist, erfährt niemand mehr, was er getan hat.«

»Stimmt, daran habe ich nicht gedacht«, sagte Miles. »Dass ich mich Hals über Kopf in Gefahr begebe, meine ich. Nur kommt man nicht weit, wenn man immer auf Nummer sicher geht. Ich werde keine unnötigen Risiken eingehen, Liebste, aber ich muss das zu Ende bringen.«

Brands Atelier unter dem Dach des hohen Sandsteinhauses war riesig. Licht kam durch ein raumhohes Nordfenster herein. In einer Ecke stand hinter einem schmutzigen roten Vorhang ein ungemachtes Bett, eine billige weiße Porzellanschüssel enthielt Wasser, und auf einem runden Tisch, der das kalte Licht reflektierte, standen eine Lampe, eine Tasse und ein Teller mit Äpfeln.

Malt er jetzt etwa Stillleben?, dachte Miles. Brand? Für sein kühles, unkünstlerisches Gemüt hatte es immer etwas Unmännliches gehabt, wenn sich ein erwachsener Mann »mit einer toten Ente und einer Vase mit Kornblumen beschäftigt«.

Brand war in seine Malerei vertieft und hörte nicht, wie Miles leise die Tür öffnete. Miles blieb stehen und sah sich in Ruhe um. Brand kehrte ihm den Rücken zu, ebenso wie das Modell auf dem Podest. Der junge Mann trug einen blauen Anzug und hielt den dunklen Kopf gesenkt. Seine Arme hingen mit geballten Fäusten herab. Die Pose deutete eine starke Energie an, abrupt gebremst durch ein unvorhergesehenes

Ereignis. Eine unterschwellige Dringlichkeit lag in der Luft, so als wäre hier ein verzweifelter Wettlauf gegen die Zeit im Gange.

Fasziniert und angespannt wartete Miles reglos darauf, dass Brand ihn bemerkte. Er hätte noch ewig so dastehen können, hätte nicht ein Blatt Papier seine Aufmerksamkeit erregt, das in einem Luftzug lautlos zu Boden schwebte. Miles bückte sich mechanisch, um es aufzuheben, doch erst, als er es in der Hand hielt, erkannte er es als den Schlussstein des Gebäudes, das er in den vergangenen Wochen so mühsam gegen den Künstler errichtet hatte. Die Zeichnung zeigte einen Kopf, eines jener Selbstporträts, für die manche Maler eine ausgeprägte Vorliebe hegen. Umrahmt wurde er von einem ungewöhnlich gestalteten französischen Spiegel, und Miles wusste sofort, wo das Original hing. Unten auf der Seite waren Brands kunstvoll ausgeführte Initialen und ein Datum zu sehen: 25. Dezember ...

Miles stieß einen tiefen Seufzer aus. Keiner Jury, dachte er, konnte die Bedeutung eines solchen Beweisstücks entgehen.

Als hätte der Seufzer ihn aus seiner Konzentration gerissen, fuhr Brand herum. Er schien Miles zu erkennen, zeigte jedoch keinerlei Anzeichen von Überraschung. Wahrscheinlich, dachte der Anwalt, hatte er seine Umgebung noch gar nicht so weit wahrgenommen, dass eine solche Regung aufkommen konnte. Die Vision, die ihn den ganzen Vormittag über beschäftigt hatte, hielt seine Fantasie noch immer gefangen. Doch als er sprach, klang es völlig normal.

»Das war's«, sagte er zu seinem Modell. »Du kannst gehen.« In seiner Stimme lag keine Spur von Gefühl, doch Miles musste plötzlich an ein anderes »Das war's« denken, das er einmal gehört hatte, und das war so wunderbar gewesen, dass es nicht in Worte zu fassen war. Brand wirkte verändert, gereift, es war, als hätte er eine Persönlichkeit entwickelt, die bisher verkümmert und unterdrückt gewesen war. Als das Modell einen weichen braunen Hut nahm und ohne einen Blick an dem Fremden vorübereilte, sah Miles seinen Schwager erst richtig. Eine bisher nicht gekannte Verlegenheit befiel ihn. Es war nicht die Verlegenheit, die er erwartet hatte, die Scham darüber, dass er beteiligt war an dem, was nun wie feiger Verrat aussah, sondern die Verlegenheit eines kleinen Mannes vor einem anderen, ihm überlegenen. Miles hätte nicht genau sagen können, worin die Veränderung bestand, aber er fühlte sich schuldig, weil er die Dreistigkeit besaß, hierherzukommen und diesen Fremden vor dem zu warnen, was ihm bevorstand, ihm praktisch ein Handeln zu diktieren, das er im Moment kaum in Betracht ziehen konnte.

»Ich habe dich nicht erwartet«, sagte Brand, und Miles nahm hinter seiner Beherrschtheit und Entschlossenheit eine neue Stärke wahr, eine Bereitschaft zu akzeptieren, was das Schicksal für ihn bereithielt. »Was ist passiert?«, fragte Brand.

»Ich habe dich gesucht«, antwortete Miles dümmlich.

»Sehr schmeichelhaft. Aber warum?« Doch er kannte die Antwort, und das wusste Miles. Tief drinnen war sich Brand darüber im Klaren gewesen, dass der Schock jeden Moment kommen konnte, und die Wochen seit dem Tod seines Vaters hatten ihn in die Lage versetzt, alles zu ertragen, selbst das, was nun auf ihn zukam.

»Hast du vergessen, dass der Prozess morgen beginnt?«

»Und wenn schon. Ich habe nichts Neues zu sagen.«

»Bist du sicher, Brand?« Und da Miles die Demütigung, für sich selbst wie für den anderen, nicht ertrug, fügte er schnell hinzu: »Es ist zwecklos, glaub mir. Wir wissen zu viel. Ich könnte dir genau sagen, was du getan hast – wie du die Schecks gefälscht hast, den ersten zu deinen Gunsten und den zweiten als Mittel der Selbstverteidigung, wie du Eustaces Taschentuch verbrannt hast ...«

Brand zuckte leicht zusammen. »Eustaces Taschentuch?«

»Ja. Isobel hat dich noch damit aufgezogen, sagt sie. Es passt einfach alles zusammen. Ich wäre nicht hierhergekommen, um dich zu warnen, wenn ich mir meiner Sache nicht sicher gewesen wäre.«

»Aha«, sagte Brand. »Und ich dachte, ich hätte mich so gut abgesichert.«

»Das hast du auch«, sagte Miles. »Aber der Zufall war gegen dich.«

»Der Zufall«, wiederholte Brand, »das einzig Unkalkulierbare. Du sagst, du bist gekommen, um mich zu warnen – was meinst du damit?«

»Dass man dir, soviel ich weiß, inzwischen auf der Spur ist.«

Brand sah seinen Schwager neugierig an. »Ein komischer Anwalt bist du. Durchkreuzt die Absichten der Justiz. Macht dich das nicht nachträglich zum Komplizen?«

»Kann sein«, sagte Miles. »Aber der Justiz entsteht dadurch kein Schaden. Ihre Absichten ...« Er brach ab. Er vermochte die nackte Wahrheit nicht in Worte zu fassen.

»Und du sparst dem Land fünftausend Pfund«, lobte ihn Brand bezeichnenderweise. »Wie bist du dahintergekommen?«

Miles erklärte es ihm. »Dass dich das Dienstmädchen bemerkt oder dass sie sich in einer ganz anderen Angelegenheit an mich wendet, konntest du nicht vorhersehen. Dass du an die Fingerabdrücke auf deiner Erklärung denkst, war auch nicht zu erwarten. Und was das hier angeht ...« Er hielt das Blatt hoch, das er vom Boden aufgehoben hatte. »Das muss in der Bibliothek entstanden sein, nach dem Mord und bevor du gegangen bist.« Er sah Brand mit einem seltsamen Ausdruck an, nicht mehr verachtungsvoll oder entsetzt, sondern wie einer, der die Maßstäbe des anderen akzeptiert, ohne sie zu übernehmen.

»›Der Mörder‹, habe ich es genannt«, sagte Brand langsam.

Miles machte seinen unterdrückten Gefühlen in einem lauten Ausruf Luft: »Und es hat dich verraten!«

»Mich verraten?« Miles wusste Brands Lächeln nicht zu deuten. »Mich verraten? Oh nein. Das ist nicht fair. Das zumindest ist ein Dienst, den ich mir selbst erwiesen habe.« Er winkte seinen Schwager heran.

Scheu dämpfte Miles' Neugier, als er den Raum durchquerte. Doch als er das Bild auf der Staffelei sah, verschlug es ihm die Sprache. Brand hatte ihn schon wieder vergessen.

Das große Gemälde zeigte einen Mann im blauen Anzug, der mit dem Rücken zum Betrachter auf eine Gestalt zu seinen Füßen hinabblickte. Das Gesicht des liegenden Mannes war abgewandt, doch auch so war das Profil auf Anhieb zu erkennen. Miles blieb stehen, verblüfft, erschüttert. Jetzt fügte sich die lebendige Bleistiftzeichnung ins große Ganze. Denn an der gemalten Wand hing der Spiegel, den Miles einige Wochen zuvor in Adrian Grays Bibliothek gesehen hatte. Und das Gesicht des jungen Mannes in dem gemalten Spiegel war so eindrucksvoll, so vornehm, so durchglüht von einer nicht näher bestimmbaren Würde, dass es ihm ins Herz schnitt. Hier zeigte sich endlich der wahre Brand, den bisher keiner in der Familie hatte sehen dürfen. So kühn wirkte dieses Gesicht, so leidenschaftlich, so stolz und willensstark, dass es die Aufmerksamkeit auch noch des gleichgültigsten Betrachters auf sich ziehen musste. Es war das Gesicht eines Mannes, den man unmöglich ignorieren konnte. Die kraftvolle Ausstrahlung dieser feurigen Persönlichkeit füllte den ganzen Raum.

Miles wandte sich Brand zu und setzte zum Sprechen an, doch dann ließ ihn die Realität in Fleisch und Blut verstummen. Völlig versunken betrachtete Brand sein Bild. Er wirkte erschöpft, all seine Lebenskraft war in die Erschaffung des Gemäldes geflossen, und seine Sehnsucht schien ebenso versiegt wie seine Angst. Er erinnerte Miles an die Zeichnung eines mittelalterlichen Heiligen, die er einmal gesehen hatte; die fanatische Selbsthingabe, die darin zum Ausdruck kam, hatte ihn tief bewegt. Und nun wurde er zum zweiten Mal in seinem Leben Zeuge eines solchen Aufgehens in einem Gegenstand, der größer war als sein Schöpfer und doch konkreter Ausdruck seiner Persönlichkeit. Brand war sich weder der Gefahr, in der er schwebte, noch seiner selbst bewusst. Miles beobachtete ihn aufmerksam. Könnte man die Gefahr, dachte er, an greifbaren Anzeichen festmachen, die man vor ihm auf einem Tisch ausbreiten würde, nähme er sie gar nicht wahr. Diese nicht zu beschreibende Energie hatte ihn im Griff und verschlang ihn. Die Worte blieben Miles im Hals stecken, und er wandte sich ab.

Er mochte kein großer Kenner der Malerei sein, aber das Bild, das er vor sich hatte, überwältigte ihn, nicht nur durch die Kraft, die es ausstrahlte, sondern auch durch die Vollkommenheit der handwerklichen Ausführung. Mit der nur angedeuteten, trostlosen Gestalt des Toten, mit der kraftvollen Entschlossenheit des Mörders hatte Brand ein Meisterwerk geschaffen. Jedes Detail - das Licht, das sich in der polierten Tischplatte spiegelte, die Kante des Messinggewichts, die blau schimmernden Lederpolster des Ohrensessels, die Asche im Kamin, das matte Terrakotta des Vorhangs, der neben dem Kopf des Toten herabfiel -, alles zeugte von Perfektion. Die Gesamtwirkung des Bildes, selbst auf einen Betrachter, für den es keine besondere Bedeutung hatte, musste grandios sein. Die Weißglut, in der das Verbrechen begangen worden war, wurde von der Weißglut, die dem Gemälde innewohnte, noch übertroffen.

»Und?«, sagte Brand leise, als er endlich aus seiner Träumerei erwachte.

»Ist dir eigentlich klar, was du getan hast?«, fragte Miles mit rauer Stimme. »Was andere sagen würden? Das hier ist das Werk eines Irren. Was in aller Welt hat dich dazu getrieben, etwas so Verrücktes zu tun?«

Als Miles seiner Frau später von dem Gespräch mit Brand erzählte, sagte er: »Irgendwie hatte er in diesen letzten Minuten eine verblüffende Veränderung durchgemacht. Ich konnte ihn nicht mehr erreichen. Es gibt keine Worte für die schiere Größe dieses Mannes.«

Der verwandelte Brand - er hatte sich auf die Tischkante gesetzt - beugte sich vor und sagte: »Ich wünschte, ich wüsste eine Antwort auf deine Frage. Das Werk eines Irren? Wie kannst du so etwas sagen? Was weißt du schon, du oder irgendjemand sonst? Und was ist überhaupt normal? Ist Normalität den horrenden Preis wert, den wir dafür zahlen müssen – Originalität, Idealismus, Ehrgeiz? Darauf weiß niemand eine befriedigende Antwort. Vielleicht ist das auch gar nicht so wichtig. Als ich das Bild gemalt habe, dachte ich, es erklärt sich selbst, aber nachdem es nun fertig ist, bin ich mir nicht mehr so sicher. Wahrscheinlich können wir allenfalls sagen, dass wir die Pflicht haben – die moralische Pflicht –, unsere ureigene Arbeit zu tun, ohne Wenn und Aber. Und was das betrifft« – er lächelte freundlich, ernst, mit sanftem Verständnis für eine Situation, die Miles als unerträglich empfand –, »behaupte ich, dass du dich nicht bewusst dafür entschieden hast, mich aufzuspüren. Aber es gibt Dinge, die sind unvermeidbar. Der freie Wille spielt dabei gewissermaßen keine Rolle mehr. Für mich war es genauso unmöglich, dieses Bild nicht zu malen, wie für dich, nichts zu tun, in St. John's Wood zu bleiben und zuzulassen, dass Eustace gehängt wird. Irgendwann zählen Konsequenzen nicht mehr. Ein Bild kann einen Mann an die Akademie bringen, ein anderes bringt ihn an den Galgen. Aber das ist nicht wichtig, nicht, wenn man sich seiner Werte sicher ist. Ich glaube, das sehen alle Künstler so. Einem Schriftsteller geht es wahrscheinlich vor allem darum, sein Buch zu schreiben, unabhängig von einer Veröffentlichung. Die ist dann nur noch eine Beruhigungspille für seine Eitelkeit – sofern er nicht vom Schreiben lebt, und dafür verdienen die meisten von uns nicht genug. Was für ihn zählt, wenn er etwas taugt, das ist die Qualität seiner Arbeit. Sobald sie getan ist, hat er seine Aufgabe im Wesentlichen erfüllt. Das ist die einzige Antwort, die ich mir in den letzten Wochen zusammenreimen konnte. All unsere Erfahrung läuft auf eines hinaus: dass wir in angemessener Weise unsere eigene Ernte produzieren. Und ich glaube«, fügte er nachdenklich hinzu, »wenn wir mit weniger zufrieden wären, würde es sich nicht lohnen weiterzumachen.«

## 5

Unversehens war es Abend geworden, und die Straße lag nun im Schatten. Durch unzählige Vorhänge drangen Nadelspitzen aus Licht, die den Dämmer noch vertieften. Während Brand sein Geständnis niederschrieb, methodisch, Seite um Seite, stand Miles an dem kalten Nordfenster, zitternd von einer Übelkeit, gegen die er kaum anzukämpfen vermochte. Die Überfahrt war stürmisch gewesen, und das Schiff war mehrere Stunden außerhalb des Hafens auf den Wogen hin und her geworfen worden, ehe es einlaufen konnte. Mit einem langsamen, verwahrlosten Zug war er nach Paris weitergefahren. Genug, um selbst den Robustesten krank zu machen, dachte er grimmig. Doch er wusste, dass dieses Unwohlsein, dieses Gefühl von Verlust und Verzweiflung keine körperliche Ursache hatte. Er dachte an vieles und viele, während er dort stand und eine Zigarette nach der anderen rauchte, um sein Gehirn zu betäuben. All die Verräter der Geschichte kamen ihm in den Sinn, vom falschen Sextus bis hin zu Judas Ischariot und von Judas bis hin zu den Spionen des letzten Krieges. Er fühlte sich, als läge ihr Umhang um seine Schultern, als lastete für immer der Druck ihres Leidens auf ihm. Nie wieder, das wusste er, würde er von der Verurteilung eines Verbrechers zur Höchststrafe hören können, ohne an diese schreckliche Stunde in der Mansarde eines schmalen Pariser Hauses zu denken, ohne dieses Grauen und diese Qualen noch einmal zu durchleben.

»Du siehst dir besser an, was ich geschrieben habe«, sagte Brand schließlich. »Ob auch alles in Ordnung ist. Brauche ich eigentlich einen Zeugen?« Er ignorierte Miles' Kopfschütteln und fuhr fort: »Ich möchte, dass du weißt, wie es passiert ist.« Er gab Miles mehrere dünne Blätter. »Habe ich mich klar genug ausgedrückt?«

Er hatte sich so klar ausgedrückt, dass Miles sich, wenn er den Blick von dem langen, detaillierten Bericht hob, verwundert umschaute, weil er keine schweren Möbel, Bücher, Vorhänge und Teppiche sah. Und auch die Gestalt eines jungen Mannes vermisste er, der eilig im Zimmer umherging, Beweise fälschte und sich vor den Spiegel stellte, um sein eigenes Todesurteil zu unterschreiben.

»Ja, das hast du«, sagte er ernst. Brand nickte. Von keiner Hoffnung mehr bewegt, traf er nun seine letzten Vorbereitungen. Und für Miles wurde es Zeit zu gehen. Beim letzten Akt des Dramas wollte er möglichst nicht mehr dabei sein. Wenn die Zeitungen verkündeten:

NACH DER TRAGÖDIE VON KING'S POPLARS
MYSTERIÖSER TOD EINES ENGLISCHEN
KÜNSTLERS

wollte er friedlich bei seiner Frau in St. John's Wood sitzen und sich so überrascht und betroffen zeigen wie jeder andere, der sich für die Sache interessierte.

»Das war's«, sagte Brand. »Oder nein. Ich darf mich nicht

ein letztes Mal verbeugen, ohne mein … mein Geständnis zu unterschreiben.«

Miles sah ihn verwirrt an. »Hast du das nicht schon getan?« Er schob einen Finger unter die Lasche des Briefumschlags, den er in der Hand hielt. Dann zögerte er. Sie missverstanden einander bis zum Schluss. Denn ohne ihn zu beachten, nahm Brand seinen Pinsel und versah sein erstaunliches Werk mit seinen kunstvollen Initialen.

## 6

Miles verließ mit dem Brief in der Hand blindlings das Haus. Die ganze Nacht verfolgte ihn der Gedanke, dass seinetwegen ein von Kraft und Energie strotzender Mann in wenigen Stunden aus dem Plan eines Lebens gerissen werden würde, das er voll auskostete, das er bereichern und erklären konnte. Während er durch die dunklen Straßen ging, vermochte er kaum der mächtigen Versuchung zu widerstehen, den Umschlag und seinen Inhalt zu vernichten und damit den graugesichtigen, zitternden Mann in einem Gefängnis in Grebeshire seinem Schicksal zu überlassen. Nicht dass dessen Leben irgendeinen Wert besessen hätte. Doch der gesunde Menschenverstand bewahrte Miles vor Gefühlen und persönlichen Wünschen und sagte ihm, dass es für Heldentaten dieser Art zu spät war. Es gibt im Leben kein Zurück, und was immer die Zukunft bereithalten mochte: Miles musste darauf zugehen und es bezwingen. Und so empfand er es als etwas Endgültiges, als er das Geständnis in einen graublauen Briefkasten an der Hauswand warf und dann ziellos umherwanderte, bis um ihn heller Tag war.

Und mit dem Licht, dem Heraufdämmern einer neuen Epoche, die jeder neue Tag für den Einzelnen bedeutet, stellten sich Gedanken ein, die ihn beruhigten und trösteten. Die ersten Worte eines Romans kamen ihm in den Sinn, die ihn tief beeindruckt hatten: »Wie schade, dass wir nicht sterben können, wenn unser Leben zu Ende ist.« Wie schade! All die Maler, Schriftsteller und Dichter, die der beklagenswerten Selbsttäuschung erlagen, Fleiß könne Talent ersetzen, die das Publikum beharrlich mit ihren Werken bombardierten, obwohl die Inspiration längst versiegt war, die sich an einstiges Renommee (und an ihre Tantiemen) klammerten – was konnte man für jeden einzelnen von ihnen Besseres erhoffen, als dass sein Leben auf dem Höhepunkt seiner Schaffenskraft endete? Brand würde dieses Bild niemals übertreffen. In ihm hatte er all seiner Kraft, Lebendigkeit und Energie Ausdruck verliehen. Es war die Hochwassermarke seiner Reife, die einzige Form von Unsterblichkeit, die für ihn von Wert gewesen wäre.

Solchermaßen getröstet, machte sich Miles auf den Weg zum Bahnhof, um nach Calais und von dort nach England zurückzufahren, wo der Prozess mit einer Sensation enden würde, wo Eustace Moore dann erneut festgenommen und schließlich wegen Betrugs zu sieben Jahren Haft verurteilt werden würde.

# EPILOG

Der Kritiker schrieb in der ...-*Times* vom 27. Oktober 1932:

> ... Höhepunkt der Ausstellung aber ist fraglos ein »Der Mörder« betiteltes Gemälde des verstorbenen Hildebrand Gray, mit dessen tragischem Tod im Frühjahr dieses Jahres die Kunst einen ihrer wertvollsten Adepten verloren hat. Dieses sowohl in der Kühnheit der Konzeption als auch in der Kraft der Ausführung grandiose Werk zeugt von geradezu genialer künstlerischer Größe. Unmöglich zu sagen, was Gray, wäre er nicht so früh verstorben, noch hätte vollbringen können.

Brand selbst hätte vielleicht in gewohnt zynischer Manier gesagt: »Wenn es unmöglich ist, wozu dann darüber reden? Und was einer noch alles hätte tun können – wozu auch darüber reden? Was er tatsächlich tut, nur das zählt. Und genau das«, hätte er vielleicht gesagt, »mache ich. Und was den Sinn angeht – wer weiß?«

*Martin Edwards*

## NACHWORT

*Porträt eines Mörders* ist eine Kriminalgeschichte, deren Ton, passend zum rauen Winter, schon in den ersten Zeilen anklingt:

> Adrian Gray wurde im Mai 1862 geboren und starb Weihnachten 1931 eines gewaltsamen Todes durch die Hand eines seiner eigenen Kinder. Das Verbrechen geschah aus dem Augenblick heraus, ohne Vorsatz, und der Mörder, noch nicht beunruhigt, geschweige denn verängstigt, stand nur stumm da, starrte ungläubig die Waffe auf dem Tisch an und sah dann zu dem Toten hin, der im Halbdunkel am Fuß der schweren Vorhänge lag.

Dorothy L. Sayers, eine sehr strenge Kritikerin – sie besprach Kriminalromane für die *Sunday Times* –, lobte den Roman: »Ein starkes, beeindruckendes Buch mit einer überzeugenden Zwangsläufigkeit des Handlungsablaufs, die dem Werk etwas wahrhaft Tragisches verleiht.« *Porträt eines Mörders* brachte Anne Meredith einen Vertrag mit einem amerikanischen Verlag, ungeachtet seiner Qualität jedoch weder Ruhm noch Reichtum ein. Das Buch war bald vergessen, seine Autorin aber schrieb unter Pseudonym und mit beträchtlichem Erfolg noch vierzig Jahre weiter.

Als *Porträt eines Mörders* 1933 erschien, war Meredith bereits eine erfahrene Kriminalautorin, doch dieses Buch ist kein Whodunit, und es ist deutlich ambitionierter als ihre früheren Werke. Mit Sayers' Worten: »In der ›klassischen‹ Kriminalgeschichte ist der Mörder meist die irrealste Figur des Buches – ein Manko, das sich nicht vermeiden lässt, denn wir dürfen keinesfalls Einblick in die Geheimnisse seiner mörderischen Gedankenwelt erhalten, sonst wüssten wir ja, wer der Mörder ist, und es gäbe keine Geschichte. Seine Motive, seine Bedenken, der furchtbare innere Aufruhr, der ihn vom Traum zur Tat treibt – all das müssen wir einfach glauben, und oft überzeugt es uns dann doch nicht.«

Diesem Geschichtentyp stellte Meredith jenen gegenüber, der »aus der Perspektive des Mörders erzählt wird. Wir werden Zeugen seines Verbrechens und verfolgen durch seine Augen voll quälender Beklemmung, wie sich die Beweise gegen ihn verdichten.« Als Beispiel nannte sie unter anderem Francis Iles' meisterhaftes Werk *Vorsätzlich. Die Geschichte eines gewöhnlichen Verbrechens* (1931). »Eine dritte Methode«, fügte sie hinzu, »zeigt uns zunächst das Verbrechen aus der Sicht des Mörders und anschließend die Aufklärung aus der Sicht des Kriminalbeamten.« Richard Austin Freeman verwendete diesen Ansatz laut Sayers in *The Singing Bone* (1912). »Und nun kommt Anne Meredith, bei der weniger die Indizien im Vordergrund stehen als vielmehr der Charakter.« Merediths Sympathien liegen beim Mörder, und »weil er ist, was er ist, können wir diese eiskalte Entschlossenheit verstehen ... Niedertracht verbindet sich bei ihm mit Seelengröße, beides in heroischem Ausmaß ... die Aufklärung wird durchweg der Psychologie untergeordnet.«

Merediths amerikanischer Verlag setzte ein Ausrufezeichen hinter den Titel, um dem leuchtend roten und blauen Schutzumschlag einen melodramatischen Anstrich zu verleihen, und ließ sich von Carolyn Wells, einer der populärsten Kriminalautorinnen der damaligen Zeit, ein Blurb verfassen: »Für mich ist dies ein faszinierendes, zutiefst menschliches Buch, von einer Spannung zudem, der man sich bis zur letzten Seite nicht entziehen kann.« Eine biografische Notiz informierte die Leser darüber, dass Anne Meredith sowohl »mütterlicher- als auch väterlicherseits einer Juristenfamilie entstammte. Hätte man sie gelassen, wie sie wollte, wäre auch sie Anwältin geworden, doch ihre Tante war überzeugt, dass ›kein Mann eine Anwältin heiraten würde‹. So ging sie nach London und verbrachte ihre Zeit damit, sich in die Rechtswissenschaft einzuarbeiten, Bücher über Verbrechensaufklärung zu studieren und einen Kriminalzirkel ins Leben zu rufen, dessen Teilnehmer einmal in der Woche ungelöste Kriminalfälle zu lösen versuchten.«

Was die Biografie verschweigt, ist nicht weniger interessant als das, was sie preisgibt. Sie war ein – kommerziell höchst sinnvoller – Versuch, die Autorin, die sich das Pseudonym Anne Meredith zugelegt hatte, neu zu erfinden. Ihr richtiger Name war Lucy Beatrice Malleson (1899 – 1973), und die Zahl ihrer unter den Pseudonymen J. Kilmeny Keith und Anthony Gilbert veröffentlichten Romane lag bereits im zweistelligen Bereich. Ihrem Erfolg verdankte sie zudem die Aufnahme in den Detection Club, für den sie später als Sekretärin arbeitete; in ihrem Memoir *Three-a-Penny* (1940; ebenfalls unter dem Namen Anne Meredith veröffentlicht) findet sich ein amüsanter Bericht über ihre Einführung in den Club.

Sie schloss Freundschaft mit Cecil John Street (zwei seiner unter dem Namen Miles Burton verfassten Romane sind in der Reihe British Library Crime Classics erschienen), ebenfalls Mitglied des Detection Club, und widmete ihm – beziehungsweise seinem bekanntesten Pseudonym John Rhode – ihr Memoir. Mitglieder des Detection Club pflegten ihre Namen spaßeshalber den Romanfiguren anderer Mitglieder zu leihen, so auch Agatha Christie: In *Mit offenen Karten* (1936) nennt sie eine Frau, die allem Anschein nach einen Mord begangen hat, jedoch ungeschoren davonkommt, nur um dann eines anderen Verbrechens bezichtigt zu werden, Anne Meredith.

Romane von Anne Meredith erschienen bis in die frühen 1960er Jahre, doch ihr Bezug zur Kriminalliteratur schwächte sich ab und verlor sich schließlich ganz; keines der Bücher hinterließ einen so starken Eindruck wie *Portrait of a Murderer*. Die Anthony-Gilbert-Romane dagegen erfreuten sich wachsender Beliebtheit. Das lag daran, dass Gilbert in *Murder by Experts* (1936) Arthur Crook einführte, den Cockney-Solicitor mit Talent zum Rätsellösen, der zu einer populären Serienfigur wurde. Das Pseudonym J. Kilmeny Keith und mit ihm Keiths Amateurdetektiv Scott Egerton – möglicherweise der einzige Verbrechen aufklärende Parlamentarier in der Kriminalliteratur – ließ Meredith fallen. Ein Arthur-Crook-Roman, *The Woman in Red* (1941), wurde 1945 unter dem Titel *Mein Name ist Julia Ross* mit Dame May Whitty recht amüsant verfilmt; Crook allerdings wurde aus dem Drehbuch gestrichen. 1987 kam ein unterhaltsames Remake von Arthur Penn heraus, *Tod im Winter*, mit Mary Steenburgen und Roddy McDowall; dieser Film wies noch weniger Ähnlichkeit mit der Buchvorlage auf.

Obwohl Anthony-Gilbert-Romane über die Jahre immer wieder einmal neu aufgelegt wurden, ist Anne Meredith heute längst vergessen. *Porträt eines Mörders* aber beeindruckt durch seine Figurenzeichnung und seine soziale Relevanz und ist ein Beleg dafür, dass entgegen weitverbreiteter Überzeugung viele Kriminalromane, die im Goldenen Zeitalter des britischen Kriminalromans zwischen den Weltkriegen entstanden, alles andere als »cosy« waren.